DIE ENKELIN

Bernhard Schlink

西格伦的选择

[德] 伯恩哈德 · 施林克 著

沈锡良 译

上海译文出版社

目 录

第一部分

一

他回到家了。晚上十点。每当星期四，他的书店总要到九点才关门。九点半，他放下橱窗和大门前的栅栏，会走上半个小时的路穿过那座公园，虽然比穿过街道花费的时间长，但在度过漫长的一天之后他感觉那样惬意舒畅。公园里野草丛生，玫瑰花坛上长满了常春藤，女贞树篱尚未被修剪过。可是空气里味道不错，可以闻到杜鹃花或者丁香花的馨香，菩提树或者臭椿、修剪过的青草或者湿润的泥土的味道。无论是炎炎夏日还是隆冬时节，也不管是艳阳高照还是雨雪交加，他都走这一条路。等回到家里，他这一天的不快和不安也就消失了。

他和妻子住在多层楼的二楼，这是一座具有青春艺术风格的建筑。这个公寓房数十年前购买时很便宜，如今值不少钱，可以用作他们的养老保障了。宽阔的楼梯，弓形的楼梯扶手，石膏花纹，一位裸体美女，她的长发伴随着楼梯一层一层地向上扬起——他喜欢走进大楼，登上楼梯，打开花色玻璃房门，即便他知道等待他的会是什么。

碧尔吉特的外套掉落在过道的地上，两袋食品杂货倒在地上。客厅的门敞开着。碧尔吉特的电脑和她喜欢盖在身上的羊毛毯一样，从长沙发滑落到了地板上。葡萄酒瓶旁边，那只酒杯翻倒了，红酒滴在了地毯上。一只鞋子扔在门口，另一只鞋子扔在瓷砖壁炉旁。就像她习惯的那样，碧尔吉特很可能硬生生地从脚上扯下那双鞋子，随便扔到哪儿算哪儿。

他把大衣挂到衣橱里，将鞋子放在抽屉柜旁边，然后走进客厅。现在他看到郁金香花瓶也翻倒了，碎片和枯萎的花朵漂浮在门旁的一摊水里。他从客厅走进厨房。微波炉旁边有一包鸡肉米饭的空盒子，水槽里放着碧尔吉特吃过的半满盘子以及两个人用过的早餐餐具。如果换作他来收拾，他一定会把所有的东西擦干净、洗干净、清理干净。

他站在那里，感觉肚中和手上都有怒气。可这是一种疲惫至极的怒气。他经常让怒气来来去去。他该怎么办？如果第二天早上他怒气冲冲地面对碧尔吉特，她就会面带羞耻地、固执地看着他，然后转过目光，要求别再打扰她，她只是喝了点儿酒而已，而她究竟能不能喝酒，能喝多少酒，那是她的事，假若她喝酒妨碍了他，他尽可以一走了之。要么她就会痛哭流涕，自责和自卑，直至他安慰她说，他爱她，她很好，一切都很好。

他不饿。碧尔吉特剩下的鸡肉饭够他吃了。他在微波炉里热了一下饭，在厨房桌旁吃起来。吃完他将买好的食品放入冰箱，将客厅里的葡萄酒瓶和酒杯、花瓶碎片和枯萎的花朵扔进厨房，把水擦干，将柠檬汁滴在地毯的葡萄酒渍上去污，关上电脑，将羊毛毯叠起来，开始清洗碗碟。厨房外面有一间小房间，以前是餐厅，现在是洗衣房；他把洗衣机里的衣物取出，放进烘干机，再把脏衣篮里的衣物放进洗衣机里。他烧热水泡茶，端着一杯茶坐在厨房桌旁。

这个夜晚和其他许多夜晚一样。有些夜晚，如果碧尔吉特早就喝上了酒，那么倒在地上的不止两只袋子和一只葡萄酒杯，也不止一只花瓶碎成碎片。另外有些夜晚，如果在他回家之前她才喝了第一杯酒，那么她会是快乐无边、口若悬河、含情脉脉，如果喝的不是葡萄酒而是香槟，那么她便焕发出一种令他既幸福又忧伤的鲜活神采——正如所有明知虚幻却依然美好的事物一般。那些夜晚，他们一起上床睡觉。除此之外，当他回家时，她往往已经躺在床上，要么躺在长沙发上或是地板上，他就把她抱到床上去。

他就坐在化妆桌前的凳子上注视她。布满皱褶的面孔，干瘪的皮肤，鼻孔里的毛发，嘴角边的口水，咧开的嘴唇。她的眼睑有时颤动着，她的双手在做着漫不经心的动作，她说着显然毫无意义的话，呻吟或者叹息。她在打鼾，声音虽然没有大到像他晚些时候躺在她身边无法睡觉，但足以让他难以安然入眠了。

难以忍受的还有她的气味。她身上闻起来有股酒精味和胃病的气味，有时这种气味有点刺鼻，让他想起祖母放在壁橱里的樟脑丸。当她在床上呕吐——幸运的是这种事情很少发生——他就打开窗户，在给她、床以及床前的地打扫时，他就屏住呼吸，时不时在窗口深深地透口气。

不过他未曾错失过坐在凳子上的那个瞬间。他注视着她，在那张憔悴的脸上看到了那张曾经未受伤害的脸，看到了那张度过峥嵘岁月的脸，这样的一张脸在遇到各种各样的情绪时看起来是如此千差万别，有时候都把他搞迷糊了，这张脸即便睡意蒙眬、精疲力竭或者郁郁寡欢，却始终活力四射。可她喝完酒后的表情是多么了无生气！有时她先前的脸也会出现在今天的脸上，那张穿着蓝色衬衫、神情坚定的大学生的脸，那张谨慎而压抑的年轻女书商的脸，在他眼里往往是一个谜团、一种魔术。还有她找到创作灵感之后那张聚精会神的脸，仿佛她一直对她创作的长篇小说绞尽脑汁，或者这部小说在她脑海里永远挥之不去。还有她回到家时那张红润的脸，她近年发现了单车骑行的快乐，喜欢骑车兜风一两个小时。

她的脸很苍老。她已垂垂老矣。可她的脸就是他爱着的那张脸。他想对这张脸说话，这张脸应该对他说话，她温暖的棕色眼睛温暖他的心，她的朗朗笑声引得他哈哈大笑，他愿意对这张令他感动的脸负责，喜欢亲吻它。她触摸他。她对自己在生活中的位置的寻找，她在自己的创作中所创造的秘密，她期待老来功成名就的梦想，她酗酒的痛苦，她与孩子们狗儿们在一起时感受到的欢乐——在这所有的一切中，许多尚未得到满足的东西、许多无法满足的东西让他感动。感动是比爱情少一点吗？或许是吧，如果感动是全部的话。对他而言，感动不是全部。

当他从凳子上起身时，他并不甘心。他从未停止过另有所获的希望。可是他心静如水。事情就是如此。他走进客厅，坐在长沙发上，阅读新近出版的书籍——正是因为新书的洪流永不枯竭，他才成了一名书商。

二

可是那天晚上，当他走进卧室想坐在她身旁时，她却并没有躺在床上。他走到过道，爬上楼梯，来到厨房上方原来用人的房间。这个房间低矮狭窄，窗户很小，和院子相连，可是碧尔吉特喜欢这个低矮狭窄的地方，喜欢它的两道门，一道门在楼梯的底部，另一道门在楼梯的顶部，她将这间房间变成了她的书房。他敲门。碧尔吉特不希望被他打扰，尤其不希望被惊吓。她并没有回应，之后他才打开门。书桌被收拾得很整洁，左边堆放着一叠纸，右边放着一支钢笔，那是他多年前送给她的礼物。窗户旁边有一张纸条，是她的笔迹。他知道自己不应该看上面的字。“你受到……”他没有继续看下去。

他发现碧尔吉特在浴室里。她躺在浴缸里，头在水下，黑发在浴缸边上。他稍稍抬起她的头，水很冷，想必她已在浴缸里躺了多时。他把她拉出来，将她的头搁至浴缸边上。浴缸若是现代一些，她也不至于滑落到水下。为什么他们没有用现代一些的浴缸！他们俩都很喜欢这种既深又长的豪华浴缸，这种浴缸属于青春艺术风格，他们喜欢一起使用，花了巨资修缮。

他站着俯视碧尔吉特，俯视她的乳房，左乳要比右乳大一点，俯视她有疤痕的肚子，俯视她伸展的胳臂和大腿，俯视她的双手，手背似乎向上悬浮至浴缸上方。他回想起她常常表露的心愿，要把左乳缩小，永远无法实现了，回想起她盲肠发炎被割除时他的恐惧，回想起她弹钢琴，她的手指很长，真不该放弃这种爱好。他俯视她，知道她已经死了。可他觉得他似乎可以稍后告诉她，他发现她死在浴缸里，然后和她谈谈此事。好像她只是刚刚死去，不是很久，也不是永远死去。

他得打医疗急救电话。可也没有什么好急救的了，不用着急。他害怕那种吵吵嚷嚷：救护车打着铃、开着蓝闪光灯行驶，停在屋前，救护人员扛着担架；警察保护留有脚印的现场，向他打听情况，向从地下层赶来的好奇的房屋管理员打听消息。他坐到浴缸边上。他很高兴碧尔吉特闭上了眼睛。要是碧尔吉特睁着眼睛，用呆滞无神的目光望着他的话——想到这里他害怕起来。如果碧尔吉特是因为心肌梗塞或者脑溢血出事的话，她的眼睛一定是睁着的。不，她睡着了。只是这样吗？难道她只是酗酒吗？她还服用了什么药物吗？他站起来，走到药品柜，没有找到放在原来位置上的那盒安定药，于是他用脚掀开小垃圾桶的盖子，那盒包装和空铝箔被丢在垃圾桶里。这个铝箔装里有多少药片，碧尔吉特服用了多少？她只是希望自己安然入睡吗？难道她希望自己再也不醒过来？他重新坐到浴缸边上。你想干什么，碧尔吉特？

多年前他就知道她患有抑郁症。他一再试图让她去看治疗师或者精神病科医生。他有这方面的朋友，可以通过治疗缓和或者用药丸控制症状。可是她不愿意。她说自己没有抑郁症，世上就没有抑郁症这种疾病。抑郁的人是有的，抑郁的人始终存在，她是其中之一。她不希望因为药物变成另一个人。至于每一个人必须维持自己的平衡，让自己满怀信心，那真是时髦而愚蠢的胡说八道。事实上，即便没有抑郁症，她也要比其他人更深思熟虑、更一本正经、更抑郁感伤。并不是说她就不会对一个有趣的事件或言论发笑。但让她感到陌生的是那种游戏似的轻而易举、那种嘲弄似的优越感，以这种优越感在朋友和同事圈子里谈论图书与电影、社会与政治，她尤其感到不解的是政治家和艺术家对自己和自己所做的事都没有严肃对待，而是让自己尽情享受那种关注，令人惊叹的、令人发噱的、令人诧异的关注，至少得是关注才行。凡是严肃的事，她都会严肃对待。直至后来，柏林墙倒塌，当他愈发熟悉来自东柏林和勃兰登堡的书商后，他才明白碧尔吉特曾经是民主德国无产阶级世界的孩子，无产阶级世界愿意成为具有普鲁士社会主义热情的资产阶级世界，并且认真对待文化和政治，资产阶级曾经这样做过，如今已经忘记了。自此以后，他用新的目光看着她，充满敬意，也对他的世界所遗忘和失去的东西满怀悲伤。

不，她的抑郁并没有导致她自杀。她喝红酒，一杯接一杯，使得她身心交瘁。她不想再等到睡神来临，而是想要迫使它到来。她迫使它到来，它迫使她就范。为何你就不能等呢，碧尔吉特？可他知道她没有耐心了。正因为如此，她才不会费心脱鞋、整理买来的物品、烹饪、清理以及清洗衣物了。一种出于不耐烦的死亡。

他笑了，喉咙里却哽咽起来。他站起来，打了医疗急救电话。之后他才报了警。他为何一直要等着救护人员过来处理呢？他想把所有的一切都了断了。

三

整个过程持续了两个小时。救护人员来去匆匆。四名警察——两名穿着便装、两名穿着制服，保护事发现场，寻找蛛丝马迹。他向刑警描述自己如何找到碧尔吉特，解释为什么他要把她喝过的酒杯冲洗干净，指给他们看丢在那只小垃圾桶里的那盒安定药包装以及空铝箔，眼睁睁看着他们徒然地寻找绝命书。他们叫来了一家殡葬公司，殡葬人员将碧尔吉特装入一只收尸袋送去法医那儿尸检。他们问他何时发现的碧尔吉特，他下午和晚上都在干什么。当他回答说晚上九点前他在书店里，他的同事和顾客可以作证时，他们显得更加和气友善了，问是否可以麻烦他明天顺便去一趟警署。

他陪同他们走出屋子，之后才关上门，挂上锁。他不知道自己该干什么。他无法入睡，无法看书，无法聆听音乐。他真想痛痛快快地大哭一场。他走到洗衣房，将烘干的衣物放到厨房桌上，再将洗涤好的衣物放入烘干机。当他手里拿着一件碧尔吉特的 T 恤衫——那是她喜欢也是常常穿的 T 恤衫，他再也难以自持，只好暂时将一切搁置下来。

他爬上楼梯向碧尔吉特的房间走去，进了房间，坐在书桌前。现在他看完了上面的文字：“你受到严厉的上帝的惩罚。”这说的是谁？碧尔吉特为何要把它记下来？为何她要把它贴在上面？这使她想到了什么？他将那堆纸拉到自己面前。那是一份稿子。他看出作者名字是一个女性的名字，碧尔吉特曾和她一起参加过一个创作小组。可是他不想阅读任何其他女人的作品，他只想看到碧尔吉特的文字。他一只只拉开书桌的抽屉。上面的抽屉里放着未写过的白纸，各种各样的铅笔，橡皮，卷笔刀，回形针，卷筒胶带。他在下面的两只抽屉里发现有文件夹，在文件夹里发现有打字机打出的稿子，有时只有短短的数行，有时则是长长的段落，还有碧尔吉特手写的纸条、信件、剪报、复印件、照片、小册子。这些文件夹并没有写上标签，那些内容似乎也没有分门别类。但他了解碧尔吉特，这种混乱一定是欺骗性的，不同的文件夹想必代表不同的概念、观点或者小说章节，而所有内容则被归入其中。可是他无法全神贯注，看不到这种条理。

文件夹之间放着一张明信片。是德累斯顿历代大师画廊收藏的让-艾蒂安·利奥塔尔[①]的作品《巧克力女孩》。他把明信片翻过来看。明信片上贴着一张民主德国的邮票，但没有寄信人信息。“亲爱的碧尔吉特，我最近看过她了，一个快乐的女孩。她和你长得很像。你的宝拉。”他又把明信片翻过来，仔细瞅了瞅那

---

① Jean-Étienne Liotard（1702—1789），瑞士画家、艺术鉴赏家。

个巧克力女孩。他没看出有什么相像之处。碧尔吉特也可以细心地观察，对，很细心，但不是用尖鼻子，也不是用尖嘴巴。而且，快乐？不，巧克力女孩看起来并不快乐。

他想起家里没有挂过碧尔吉特的照片，书店的写字台上也没有摆过她的照片。有些朋友家里的抽屉柜上集中摆放照片，将照片装裱在银色和黑色相框里，结婚照片，度假和郊外踏青的照片，父母的照片，孩子的照片。碧尔吉特和他没有生育孩子。而他们一九六九年举行婚礼时也没有照片，因为在朋友眼里那是陈规陋俗，他们感到有点儿害臊，也就没有留下任何痕迹。他们没有拍过照。他从裤袋里掏出钱包，确定多年来随身携带的碧尔吉特的护照照片仍然放在行车证和驾驶证旁边。他会把照片翻拍再放大。

他在碧尔吉特的书桌没有找到他要找的东西。哪一个抽屉里都没有原稿。下面的抽屉里摆着一瓶伏特加，在房间较窄一面的书橱里继续寻找却劳而无功后，他开始喝酒。当天色破晓，他在地板上睡着了。鸟儿开始鸣叫，他马上又醒来了。有一瞬间，他不知道身在何处。有一瞬间，他甚至也记不起来前一天究竟发生了什么。慢慢地，记忆回来了，它先是涌入大脑，继而整个身体。他终于可以哭出声来了。

四

数周之后，他才重新踏进碧尔吉特的房间。他不能把她的东西收起来，不能把衣橱里的外套、衣服收起来，不能把抽屉柜里的衣物收起来，不能把梳妆台上和盥洗盆上方化妆品柜里的发刷、瓶子和罐子收起来，不能把杯子里的牙刷收起来。他没有打开她的东西，甚至没有进入她的书房。他在一部电影里看到丈夫把自己的脸埋在去世的妻子的衣服里，呼吸她的气味，这让他难以置信。看到、触摸或者嗅闻她的东西——这已经超出了他的承受能力。他已经受够了身处碧尔吉特所属而如今她已不复存在的周围环境的折磨。他在公寓里遭受折磨，在书店里遭受折磨，他正思量着放弃这两个地方。但是因为他在路上也遭受着痛苦，他不太相信在一个新的地方会有一个新的开始。碧尔吉特会陪伴在他左右。她会出现在他周围，而不是在他身边。

巴登出版社寄来了一封信。出版社社长克劳斯·埃特林自称是碧尔吉特的朋友，已和她交流很久，对她的创作充满兴趣。他说虽然没有看过她的很多作品，但那些少量的文字令人钦佩，并且他和她经常谈及更多的文章以及她的长篇小说。他也表达了他的哀悼之情。他还打听碧尔吉特的稿子，不管是已完成的还是未完成的。未完成书籍正如未完成的交响曲一样，完全可以让人领略完美无缺的大师风范，令欣赏者喜出望外。

他知道这家巴登出版社。一家小型出版社，拥有良好的规划和漂亮的书籍，他很乐意在书店里展示和出售他们的书籍，他想看到这些书如何获得回报。他还从未见过出版社社长。他和碧尔吉特是怎么相识的呢？

他疑惑地注视着碧尔吉特的照片。她一副若有所思的样子。即使放大了，照片仍然是护照照片。可是她将卷曲的黑发盘起来了，这是他喜欢的发型，她的脸也比前几年更饱满，更女性化，更诱人，她的嘴角上扬成一丝微笑状，她棕色的眼睛或许因为闪光灯耀眼有着令人讶异的表情，不是惊恐而是愉悦的表情，仿佛有什么喜事在等着她似的。你给他寄过什么样的文字？你又跟他谈过哪些文字？

信是在周二寄来的。周末他走进碧尔吉特的房间，坐在写字台前，从抽屉里取出文件夹，将它们整齐地摞起来，然后打开最上面的文件夹。第一页上写着碧尔吉特的笔迹："她是如何学会做自己的？假如她不能成为自己，假如她不能和自己在一起？无时不在、无处不在的声音，窃窃私语、支支吾吾、大声喧哗、嚎啕大哭，昼夜不息。噪音，气味，灯光。"在一段话之后接着写道："目眩。从温暖的黑色到刺眼的灯光。出生便目眩。假若孩子们不乖，孤儿院里晚上就一直开着灯光。或者开开关关，关关开开，忽开忽关，如此循环，无穷反复。阳光耀眼。落雪让人眼花缭乱。天花板上的灯光刺眼。手电筒闪闪发光。拿手电筒照到脸上，不管人有没有睡着，拿手电筒照到身上，不管他有没有吼叫。目眩的面孔。目眩的人们。目眩直至失明。”随后是有关民主德国孤儿报道的剪报、复印件以及小册子，涉及领养、强迫领养、家庭教育与收养院教育、特殊教养院、青年工场、教育营与劳改营以及青少年福利的组织和程序。

第二个文件夹包含青少年堕落、青少年个人暴力和群体暴力、排外和极右、民主德国和东部联邦新州的光头党组织和法西斯分子组织的材料，又是剪报、复印件和小册子，此外还有给新闻记者和研究机构的信件以及他们的回复。碧尔吉特又在一张纸条上写下了几行字：“终于/揍，打，刺/自由。终于/那帮家伙酗酒了/马上。/终于/汗水、鲜血和泪水/兄弟。”第三个文件夹包含了街道、屋舍、花园、乡野的照片。那些地方他都不认识，从那些照片里也看不出它们有何被拍摄的价值，为何要被拍摄下来；照片背面有时会写上二十世纪五十年代的一个日期，但除此之外并没有任何标注说明。

他打开第四个文件夹，发现是一九六四年《萨克森报》文章的复印件。莱奥·魏泽出席污水泵厂落成典礼，莱奥·魏泽出席农业生产合作社敞开式牛棚落成典礼，莱奥·魏泽在国营企业尼斯基车辆制造厂，莱奥·魏泽在欢迎大学生班组活动。莱奥·魏泽身材魁梧，面相和善，在出现官方活动时一脸放松地站在其他拘谨的领导干部中间。在欢迎大学生班组时他微笑着，在照片上和他一起的大学生们也微笑着。碧尔吉特就是其中的一员。她穿着一件工作服，戴着一条头巾，粗制的印花和褪色的复印痕迹夺走了她脸上的朝气。不过她本来就是这副模样。他找到一张纸条，她在这张纸条上以“干部晋升”的标题记录了莱奥·魏泽职业生涯的各个阶段：工农学院，自由德国青年联盟魏斯瓦瑟指导员，青年团校，德国统一社会党格尔利茨县委一秘，德国自由青年联盟中央委员会，党校，社会科学家学位，德国统一社会党格尔利茨县委二秘，德国统一社会党尼斯基县委一秘。

最后一个文件夹包含更长的打印文本，没有标明作者名字，很可能出自碧尔吉特之手。“二十世纪四十年代，民主德国将十二万名青少年关进教养院。关进普通教养院、特殊教养院、专门教养院、青年工场、教育营与劳改营、临时教养院。接收时他们被搜身，被仔细检查，头发被剃掉。起先青少年被关进单人间，室内设有凳子、木板床和提桶。后来他进了一间集体间；固执倔强的人变成了野蛮残忍的人，文化上或是政治上的反抗者变成了刑事犯罪分子，暴力受害者变成了暴力犯罪者，性暴力的受害者变成了性犯罪者。他要去被制服的地方。其他人制服他，因为他是另类，因为他们可以制服他，因为他们被制服了。要是他没有将床铺整理到位或者将牙刷放错了刷牙杯子，要是他该沉默时却说话了或者该说话时却沉默了，那么领导就会对他们进行集体惩罚，而同伴们则会集体惩罚他。有些人试图逃跑。一旦铩羽而归，他们就会抗争。如果再一次铩羽而归，他们就会麻木。他们就会心死。即便在被允许离开之后，他们也不会再活跃起来了。他们患有遗忘症、幽闭恐惧症、广场恐惧症，他们患有精神疾病或者身体疾病，他们变成了性无能或者性冷淡或者易发流产，他们变成了酗酒者。所以，正如青少年在民主德国的教养院里被教化或者被制服一样，早在一九四五年之前青少年就在德国的教养院里被教化或者被制服，而在一九四五年以后也还在……”就这样一直写下去，先是总体叙述，然后对各种各样的教养院及其收治方式与虐待方式进行详细叙述。无论文章内容是什么，都是第一个文件夹中阅读材料的复印件或者结果，供自己使用或者用于发表。这不是他要寻找的东西。

他打开那扇小窗。院子里的栗子树还光秃秃的，但春天的气息已经飘进了房间。他听见两只乌鸫在对唱，于是满怀期待地等候它们，发现其中一只乌鸫，离得更近，叫声也更大，栖落在后排房屋的屋脊上，而它后面的另一只，叫声则更轻，栖落在教堂尖塔的尖顶上。他想起多年前的一天上午，碧尔吉特把他叫醒，因为新年的第一只乌鸫鸣叫了。自从碧尔吉特教会他关注乌鸫的歌唱之后，他才开始注意到它们的叫声。

碧尔吉特写这部小说究竟有多久了？有一天，她放下了书店的工作。在印度度假数月之后，她和书店告别了。碧尔吉特接受了一次金匠培训、一次厨师培训，从一个职业换到另外一个职业，工作的期限都很短暂，紧接着她就投身自然与气候的保护，组织各类活动、行动、示威游行。她很喜欢谈及这类事。她不谈小说的事，不谈为何要写小说，不谈小说写的是什么故事，只是她在写作而已。从什么时候开始？已经六年、七年，甚至十年了？当你退回至书房，你干了什么？在脑海里写作吗？在纸上写作，将纸头翻来覆去地捏成一团丢弃吗？你从窗口注视，倾听乌鸫和麻雀的啁啾、孩子们的声音以及下雨的声音了吗？乌鸫和麻雀在夏日的栗子树上叽叽喳喳，孩子们在院子里嬉闹玩耍、在邻居的屋子里学弹钢琴或者学拉小提琴，而雨水滴落在栗子树上簌簌作响，再敲打在金属外窗台上。你虚度年华了吗？

在他的悲伤中，他时时处处想念着碧尔吉特，仿佛她就在他身边，无时不在、无处不在，他忘记了曾经多少次她离他而去，离他又有多远。

五

他不想出碧尔吉特的丑，于是写信给出版社社长，表示自己仍然在整理她的遗稿。“您问到碧尔吉特的小说稿子。如果您能告诉我小说的主题，倘若您知道的话，那一定会有助于我进行整理。一旦涉及创作，碧尔吉特会显得格外守口如瓶，我很尊重这一点，因此无论对她的小说还是她的其他文字，我都从不打听。现在，因为在跟她的遗稿打交道，若是对她的计划有所知情，想必会有助于我的工作。”

回信来得很快。出版社社长写道，他和碧尔吉特是五年前在波罗的海边一次瑜伽周活动中相识的。他沿着一个沙丘来回溜达，她就坐在沙丘那里写作，终于他坐到了她的身边，问她在写什么。她毫不迟疑地给他朗读她正在创作的诗歌，还毫不害羞地给他看写在本子上的其他诗歌。他记得那本子，皮质封面，一根皮质带子可以缠绕在本子上。尽管他屡屡提出请求，但她从未将创作的诗歌寄给他。但他可以清晰地回忆起她来：她以奇特而感人的方式形成的寡言而抒情的语调，她那些令人困惑的照片，她时而可怕的妙语。当他跟她说他愿意将她的诗歌汇编成册时，她不禁哈哈大笑起来。她说自己不是诗歌作者，她是小说作者。当他探问小说时，她说作品涉及人生就是逃避的主题。她的人生是逃避，所有人的人生都是逃避。这句话引起了他的兴致，当他和碧尔吉特——一年发生过一两次——进行一次漫长的电话交谈时，他问及小说进展，听说创作很顺利。“如果您给我寄来小说稿子，不管是完成稿还是未完成稿，我都会出版。而如果您能找到那本有着皮质封面和皮质带子的本子，我会很高兴终于能将碧尔吉特·韦特纳的诗歌结集出版。”

他从未看到有过一本皮质封面的本子，不知道碧尔吉特创作过诗歌，不知道她在小说创作上有何进展。他感到自己受伤害了。碧尔吉特创作过诗歌，毫不迟疑、毫不害羞地向一个陌生人展示，却没有向他展示？她和一个陌生人聊过她的创作，却没有和他聊过？她把人生写成逃避，她的人生就是逃避——他不是不仅帮助她出逃，还帮助她抵达目的地吗？

他一如从前地想念她。她的存在，夜里他再也无法偎依的她的身体，她迥异的脸——快乐的脸，严肃的脸，固执的脸，悲伤的脸，她的笑声，日常生活的对话，或者关于她计划实施的某个活动，或者关于他阅读的一本新书，她躺在床上而他坐在凳子上时她的目光。可是与他的爱恋和悲伤悄然交织在一起的是那小小的怨恨。

他将碧尔吉特的电脑带到负责处理书店电脑系统的电脑工程师那里。他问后者是否能让黑色显示屏发出光亮。电脑工程师接通了另外一台显示屏，向他询问电脑密码。卡斯帕尔不知道。电脑工程师问卡斯帕尔和碧尔吉特在哪儿以及何时认识的，碧尔吉特在哪儿以及何时出生的，他们的姓氏是什么，他们的父亲和兄弟姐妹的名字是什么，还有哪些对碧尔吉特至关重要的日期、地点和名字，他们可能还拥有哪些秘密。柏林，一九六四年五月十七日，柏林，一九四三年四月六日，哈格尔，埃贝哈德，伊尔玛，吉泽拉，黑尔加——他还想起一九六五年一月十六日，那是碧尔吉特抵达柏林的日子，但所有这些都和密码无关，包括他的名字卡斯帕尔·韦特纳，他的出生日期一九四四年七月二日，统统不是。电脑工程师不知道该如何对付这台电脑，他留下电脑，答应再想想办法。

对，碧尔吉特是在一九六五年一月十六日抵达滕珀尔霍夫机场的。抵达柏林，抵达他这里。他们从那时起开启了共同生活，他觉得仿佛他的生活实际上是从那时才开始的，他的成年生活，在经历了童年、青春、初恋失败以及选错大学专业之后。难道他的人生始于一九六四年五月十七日吗？

六

卡斯帕尔在家乡的大学读了两个学期，一九六四年夏季学期转学至柏林。他逃离了初恋，他的初恋另外找到了意中人，他则从这座大都市寻找到各种各样的兴奋点，他想上那所由大学生们建立起来的大学[①]，他希望自己的人生和学业在东西方冲突的中心会更令人兴奋。而且他想要亲历德国，整个德国，不仅仅是西德，迄今为止他一直生活在平静的信奉天主教的莱茵兰[②]。他的父亲是新教牧师，卡斯帕尔从小在马丁·路德、巴赫以及青岑多夫[③]的熏陶下成长，假期在祖父母那里阅读了爱国主义的历史书籍，根据这些书籍，德意志国家的建功伟业应该归功于普鲁士。正如易北河以西和以南的土地一样，易北河以东的所有土地，柏林——东柏林和西柏林，勃兰登堡，萨克森，图林根，都是他的德国。

他在星期六乘坐来往于民主德国和联邦德国之间的火车抵达柏林，搬进了达勒姆一个大学生合租公寓的一个房间。次日早晨，他早早起床，走了两个半小时穿越星期日宁静的城市，一直走到勃兰登堡门，以便能往柏林墙瞧上一眼。他乘坐轻轨至弗里德里希大街，被穿着绿色制服的边防官员检查，用西德马克换上东德马克，走上大街，准备在整个柏林、在整个德国找到家的感觉。

他一直走到晚上。他没有计划，没有目标，他让自己漂泊。他上了地铁，想熟悉一下城市东部的环境，顺着卡尔·马克思大道从东往西走，从二十世纪五十年代分段式带拱的装饰性建筑演变到二十世纪六十年代光滑的预制混凝土结构建筑，看到了亚历山大广场、柏林大教堂以及菩提树下的那所大学，从博物馆岛到普伦茨劳贝格，一路可见宽阔的鹅卵石路、昔日富丽堂皇如今年久失修的联排别墅，偶尔还路过公园。这座城市的东部比西部更朦胧，空置地段更多，交通更少，小汽车的气味闻起来更另类。但他到东部至少不是去发现不同，而是去寻找共性。他也在那些硕大的海报中寻找共性；东柏林那里宣布要举办德国青年圣灵降临节聚会，西柏林他们那里则赞美宝莹洗涤剂、祖班香烟或者艾尔贝欧长统袜④。

---

① 即柏林自由大学。两德分治后，菩提树下大街所在的柏林大学成为东柏林洪堡大学，原柏林大学部分师生在美英法等西方阵营支持下在西柏林达勒姆成立了柏林自由大学。

② 莱茵兰，亦称莱茵地区，指德国西部莱茵河两岸的土地。莱茵兰本是地理名词，但也蕴含政治与文化意义。

③ Nikolaus Ludwig Graf von Zinzendorf （1700—1760），德国宗教改革家、社会改革家、诗人，摩拉维亚教会领袖。曾游历欧洲和北美，除布道与演讲外，还从事文学创作。

④ “宝莹”(Persil)、“祖班”(Zuban) 和 “艾尔贝欧”(Elbeo) 均为当时民主德国品牌。

下午，这座城市变得生气勃勃起来。中午时分，雾蒙蒙的清凉早晨变成了阳光明媚的温暖春日。在弗里德里希斯海因人民公园边上，他发现有一个摊位在出售配上土豆沙拉和柠檬汁的热香肠。他拿着食物坐在混凝土桌子旁的混凝土长凳上，观看孩子们玩耍、母亲们闲聊。一名男子跟他打招呼，坐到他对面，耐心等到卡斯帕尔吃饱喝足，才说是否可以问他点什么。卡斯帕尔点点头，获悉对面的人想要他插在衬衫口袋里的圆珠笔。他说自己在一个部里工作，撰写重要文件，而本地产的圆珠笔芯容易洇纸。

现在卡斯帕尔更仔细地端详这名男子。中年人，头发稀少，面有愠色，也满怀热情，米色的衬衫外面套了件防风短上衣。卡斯帕尔想到这名男子为了更好地服务于他的国家和他的阶级，居然在向来自敌国的阶级敌人乞讨，这是多么稀奇古怪呀。社会主义公务员的热情。像他这样的公务员之心，西德人里也有。试图寻找共识的卡斯帕尔，在首次遇见民主德国公民时就发现了这一点。他朝对面的人微微一笑，将那支圆珠笔送给了他。

他在弗里德里希斯海因影剧院里观看了侦探片《黑色天鹅绒》，该片讲述了东西德间谍和一台完美的建筑用吊车之间的一个错综复杂的故事，民主德国开发了这台吊车，想在莱比锡博览会上展出，而西德间谍试图摧毁它，好让民主德国蒙羞。卡斯帕尔也在这里找到了共识，东德间谍是詹姆斯·邦德，只是更寻常，穿着朴素，技术平庸，饮食简单，没有幽默感。

次日，他又去东柏林了，这次去了洪堡大学，在大门口坚决要求找哲学系系主任谈话，校方委派一名大学生带他去见了。他说自己攻读德语语言文学和历史学——是否可以被允许作为学生交流一学期？系主任列举了许多做不到的原因，从注册入学问题、行政管理问题直至柏林的法律地位以及两个德意志国家之间缺乏和平共处等等。至少那个接卡斯帕尔的大学生先把他带到食堂用了餐，然后把他送回大门口。他痴迷于马克思和恩格斯预言过的现在开启未来的学说，向卡斯帕尔宣讲自由是对必然的认识，民主德国如何结束了剥削，又怎样享受着男女平等。卡斯帕尔试图谈论个人事务，谈论学业压力、职业前景、度假目的地，可是白费力气。那名大学生抓住马克思、恩格斯和民主德国的话题不放。

卡斯帕尔很沮丧。他该如何在整个柏林、整个德国找到宾至如归的感觉？接下来的几周里，他把要求仅仅局限于偶尔到柏林剧团①看看戏。在柏林自由大学上大课和参加讨论课时，他遇到了和他一样期盼德国青年圣灵降临节聚会的大学生，这是一个了解东德同龄人的机会。聚会将在五月十六日举行。

① 1949 年由德国著名戏剧家贝托尔特 · 布莱希特（1898—1956）等创建的民主德国演出团体，对现代世界戏剧的发展产生过广泛影响。

七

没有多久，卡斯帕尔就对马恩广场上的列队行进和国旗游行活动感到无聊乏味了。他绕着广场闲逛。他太羞怯了，不敢和穿着蓝衬衫的女孩或男孩攀谈。他们被分成不同的小组忙碌着，坐在广场上和公园里，聆听和观看音乐和戏剧演出。许多人和他同龄。但他有一种感觉，这些穿着蓝衬衫、被分成不同小组的人彼此已经足够多了，如果他再过去和他们攀谈，他们一定会以诧异的眼光注视他。

无论如何他在考虑最可能和谁攀谈。有些人并不介意穿着这些蓝衬衫太大或者太小。他们就当是身上穿着自己不喜欢的制服。其他人则是自豪地穿着它们，好像依他们的身份他们更愿意穿上军服。有些女孩让蓝衬衫紧紧地裹住胸部，让上面的纽扣敞开着，看起来很诱人，同时又和看上去诱人的西德女孩迥然不同。有几个人套上了一件薄套衫或者围上了一件花里胡哨的头巾，像是要将蓝衬衫藏匿起来似的。他们是否愿意和来自西德的大学生相遇呢？

第一天晚上，他郁郁寡欢地回到家里，对那一天感到不满意，对自己感到不满意。第二天必须有所改变。他一定会过去。他一定会克服自己的腼腆。他一定会找个人攀谈。若是第一次没能成功，他就会尝试第二次，就会尝试第三次。

在倍倍尔[①]广场上，他看到上大课认识的大学生在和穿着蓝衬衫的自由德国青年联盟成员[②]对话，于是站着倾听。西方反对东方，东方反对西方，一场老练而愤怒的激烈争论开始了，卡斯帕尔只是洗耳恭听，因为那名穿着蓝衬衫的姑娘虽然也说其他人说过的话，却显得妩媚可爱。反正她看起来很有魅力，棕色卷曲的披头散发，棕色的眼睛，结实的脸颊，弧形的大嘴。他们又在亚历山大广场偶遇，开始交谈起来，彼此心生好感，一起度过了聚会的剩余时光，一起观摩，一起倾听，一起交谈，一起大笑，一起跳舞，一起认识来自东西德的大学生。大家一直可以见上面的朋友圈由此形成了。

谈及自己如何认识和爱上碧尔吉特，卡斯帕尔表示那可真是一见钟情。他在倍倍尔广场看到她朝气蓬勃、容光焕发、对答如流，并且和其他人迥异，那不是思想狭隘，而是对舌战充满兴趣，他完全被征服了。他找不到机会和她攀谈，讪讪地离开了，指责自己没有找到机会，真想回去，却又不敢。后来在亚历山大广场再次遇见她，他将这种经历视为老天的馈赠。仿佛

---

① 名称取自奥古斯特·倍倍尔（August Bebel，1840—1913），德国社会主义者，德国社会民主党创始人之一。

② 蓝衬衫是当时民主德国“自由德国青年联盟”成员的标志性服装。

卡斯帕尔并不相信的上帝在为他们的相遇祝福。在倍倍尔广场上，他第一次将目光落到碧尔吉特身上，而这次初见令他神魂颠倒。

卡斯帕尔平时是个慢热的人。他只是慢慢爱上了他的初恋，她并不适合他，他也并不适合她，若不是她离他而去，他或许也会慢慢摆脱她，他只是慢慢选择了自己的专业，很难做出决定去购买一件新衣服或者一台咖啡机或者一辆自行车。可是现在，一切进展迅速。当学期结束，他和碧尔吉特告别，他去了家乡一家出版社实习，而她去了波罗的海边一家休养所参加大学生班组活动时，他们就心知肚明两个人一定会在一起。她立即拒绝了他提出移民至民主德国的建议。也就是说，他要把她从民主德国带到西德。他尚不清楚如何做，但他一定会找到出路。

冬季学期开始时，他找到了可以协助逃跑并且认识出售伪造证书的大学生。他和他们建立了联系，在新克尔恩的一家咖啡馆里会面。他们驾驶一辆白壁轮胎的黑色奔驰双座小轿车到门口，身上穿着骆驼毛大衣，手上戴着的戒指流苏很大。正是当年的罗丝玛丽·尼特里比特①让这样的奔驰跑车出尽了风头。一月十五日碧尔吉特就可以出逃了。这次出逃途经布拉格前往维也纳。碧尔吉特必须递交一份周末到布拉格旅行的申请，卡斯帕尔得搞定护照照片以及筹措五千马克，护照照片必须立即搞定，那笔现金必须在一

① Rosemarie Nitribitt（1933—1957），出生于德国杜塞尔多夫的法兰克福名妓。

月初之前筹措完成。对话时间很短暂，这笔生意以握手确认。

卡斯帕尔回到家里，人在发抖，他觉得自己好像发高烧了。突然之间，出逃不再是一种想法，而是一种坚定不移的意志。他说话算数，他责任在肩。他必须将证件带到边境之外，它们不允许被人发现藏在他身上。一旦证件被人发现，他和碧尔吉特就得坐大牢。直至穿越捷克斯洛伐克然后抵达奥地利之前，碧尔吉特一定也很担心蹲班房。那些危险不再是一种幻象。它们真真切切存在着。卡斯帕尔感到心惊胆战。

他精疲力竭。他颤抖着躺在床上睡着了，两小时后汗流浃背地醒来。他惊讶地发觉恐惧已经过去。多年以后，他偶尔会在夜间醒来，心脏在急速地跳动，因为他梦见有检查，他试图在隐藏什么，或者他梦见有审讯，他试图在隐瞒什么。在碧尔吉特出逃前的几周时间里，恐惧从未回到梦里。对自己不得不做的一切，卡斯帕尔完全镇静自若了。

八

他同样忐忑不安地亲历了所有的一切。翌日中午，他前往东柏林办理护照照片。碧尔吉特没有电话，他无法给她打电话，联系不上她，只能希望在家里见到她。他曾经去过她家里一次，跟她的外婆、母亲和姐妹们打过招呼，黑尔加和碧尔吉特一样还住在家里，而吉泽拉则是恰好过来做客。他被请到客厅品尝咖啡和蛋糕，坐在碧尔吉特夜里睡觉的那张长沙发上，被大家打量，当他和碧尔吉特动身到剧院看戏时，他感到很高兴。他想起那条路来：从轻轨下方的轻轨车站穿越，途经一条大街进入一条小巷，从拐角的一所带有拱形和圆柱的砖结构学校走过，车轮发出尖叫的有轨电车到了那里也要绕过拐角，穿越大街，从一家小面包房走过。他找到了那栋房子，按了门铃，等待开门的蜂鸣声却未果，于是继续按门铃。门关着。

时已三点。卡斯帕尔沿着街区四周溜达，回来时看到一个女人探身二楼窗外，腋下夹着一只枕头。若是又一次按门铃毫无响应，她要问他想找谁时，他该说什么？她一定会看出他来自西德。有一次，东德的朋友们哈哈大笑着向他一一列举从哪儿可以看出他是西德佬，当他去波茨坦参观无忧宫时，就要教他应该穿什么，他作为西德佬不可以干什么。想必他又是这副穿着打扮吧。当一个西德佬一次又一次地出现在门口时，这个女人会想到什么？她是怎样的一个人？一个狐性多疑的女人？一个乐于助人的女人？她能够通过阶级敌人觉察到威胁吗？她想到青春和爱情了吗？卡斯帕尔多希望从她的脸上找到狐性多疑和乐于助人的迹象，可这样他不得不更加接近她了。他转过身来，这次沿着两个街区溜达，而在下一次，当她还一直探身窗外时，他就沿着三个街区转悠，在施普雷河畔镇定了下来。

十二月的浓雾灰蒙蒙地弥漫在城市上空，喧闹的噪音变轻了，视线变得黯淡了。可是对卡斯帕尔而言，一切清晰而亲近得怪异，房舍、街道、河流。仿佛他的计划的危险性使他的洞察力变得异常敏锐，以至于那些事物呈现出更为惨烈的模样。不仅是他的目光，他的所有感官也变得敏锐了。家具作坊的锯子听起来太吵闹，垃圾桶里的垃圾气味闻起来太冲人，他感觉到脸颊上的微风吹拂得如此真真切切，仿佛他和世界之间什么都不复存在了。

他坐在岸边，朝河水望去。碧尔吉特跟他谈起过童年时代的无聊星期日，谈起沿着施普雷河该死的散步，不管是阴雨绵绵，还是晴空万里，总是要对河水、货船以及库房同样地瞥上一眼，那些房舍直抵施普雷河畔，散步的小径从河岸转换至街巷，望着有着屋前小花园或者没有屋前小花园的房舍，直至抵达科隆荒原，走进去走出来，然后再返回。他也想起那些让自己感到无聊透顶的童年时代的星期日。那些日子里让他觉得百无聊赖、无所依恋，没有游戏，没有书籍，那些日子里他只能听天由命，上妹妹的房间瞧瞧，到厨房里拿上一只苹果，在庭院里走一走，躺倒在草地上，再马上起来，把球踢到墙上然后就不闻不问了。那是对一种令人惬意的、昏昏欲睡的虚无状态的美好回忆。就是现在卡斯帕尔也有无所事事的时候，完全不用去想任何事情。他完全可以腾空自己的脑袋，让自己的脑子放飞，令人惬意地、昏昏欲睡地享受这种状态。可他却感到兴奋、紧张，忙忙碌碌。

他感到全身冷得瑟瑟发抖。那天阳光和煦，习习和风从河畔吹来。不过地上冷嗖嗖的。他四肢僵直地站起来回去了。那名女子不再探身窗外，但是窗户开着，当他重新按门铃，又是无人开门时，他听到从楼上传来声音："您想要找谁，年轻人？"他并没有朝楼上望去，只是用肩膀和双手做了个徒劳和遗憾的姿势，径自走了。

此刻，他走到了碧尔吉特曾经描述过的前往科隆荒原的这条路，然后再折回去。这里的风景乏善可陈，他明白她这种深受其害的无聊。无聊只能独自享受，唯有当你听凭无聊的摆布，而不是牵着母亲或姐姐的手不知被硬拉扯到哪儿去的时候。

暮色苍茫。当卡斯帕尔重新站在大楼前时，那个女人曾经探身其外的窗户已经关闭，他看到薄薄的窗帘后面明亮的灯光。他估计碧尔吉特的家就在那些黑魆魆的窗户后面，他又一次按了门铃，门依然没有打开。他害怕起来。碧尔吉特和黑尔加不在家里的理由很多。不过外婆腿脚不便，假若她也不在家的话，那很可能就是出事了，家人想必在出事后坚守在医院的病榻之侧吧。这可能会持续很长时间。他不得不在午夜前守候在弗里德里希大街边上。

他在面包房买了两只小面包塞进大衣袋里。然后他犹豫不定地站在人行道上。对面的学校已经掩映在夜幕之中。他横穿大街，发现在圆柱后面的入口有一个凹角，他可以站到里面去，还可以凑合着坐在里面圆柱的基座上，从那里可以紧盯大楼入口。他吃了那两只小面包。

大街上人烟稀少。偶尔有一辆小汽车从旁边驶过，马达声哒哒地响着，排气管发出臭味。每隔十分钟就有一辆满载乘客的有轨电车从其中一个方向驶来，两分钟后就有一辆几乎空载的有轨电车从另外一个方向驶来。十分钟后，学校里的人也来到街角；轻轨将从城市的工厂和办公室里下班的人们送回家。卡斯帕尔看到他们在路灯的灯光下，穿着大衣，穿着夹克衫，戴着围巾，穿着蓝色工装，戴着帽子，戴着头巾，拿着公文包，摆动手臂或者把双手插进兜里，迈着疲惫不堪或者果断有力或者从容不迫的步伐。有些人消失在街对面的大楼入口处，不一会儿，有一家屋子里的灯光点亮了。夜愈深，轻轨的人流愈少。

卡斯帕尔还从未打量过从他身旁路过的行人。毫无疑问，他站在或者坐在某个地方，人们从他身旁走过，他也看到了他们。

他还曾和某个人说过话，或是翻开过一本书，或是陷入沉思之中。此刻他除了观察人，其他什么事都不做，他才意识到有多少生命从他身边走过路过，这些生命有着自己的工作和自己的房子，有着自己的家庭或者自己的孤单，有着自己的幸福和自己的忧愁，这些生命随遇而安或者抱怨命运不济。他过着自己的人生，而他四周的其他生命对他而言犹如他四周的房舍、街巷和树木一样。除非他不得不和他们打交道，他们也不得不和他打交道；然后他对他们有了一种感觉，以及对他而言他们是什么有了感觉。现在，他第一次意识到他们是如何对待自己的，每一个生命都是一个完整的世界，完整无缺，完美无瑕。是的，他爱碧尔吉特，她也爱他，她不希望他到她的东德，而是希望她到他的西德。可是她有自己的人生，这种人生以自己的方式完整无缺、完美无瑕。只是他不了解这一点，不知道自己身上什么是善，自己身上什么是恶。她已经把他拉进自己的生活。可他忽然之间感觉自己是闯入者，大感惊恐。

然后，一切静寂无声。偶尔有三两行人绕过拐角，或者一辆小车从身旁驶过，因为卡斯帕尔大老远就可以听到小汽车的声响。离学校不远处有一家教堂，卡斯帕尔从轻轨出来的路上看到过这座教堂，他好想让教堂报时的钟声陪伴自己穿越时光。可是他徒然地等待；闹钟坏了，或者是教堂的钟声并没有受到社会主义的影响。有轨电车值得信赖地驶来，不再是每隔十分钟，而是每隔二十分钟，两个照明通亮的玻璃房子，里面乘客很少，偶尔一个乘客也没有。大多数窗户里，灯光变成了淡青色。那些人大概可以看到什么呢？

卡斯帕尔出现在圆柱后面，漫无目的地走了几步。这样活动几下对他很有好处。但一个目标坚定的路人用怀疑的目光打量他，逼迫他重新走进凹角。他想起当乘坐火车抵达目的地时自己常常最喜欢干坐着，不是因为远方吸引他，而是因为他在火车上感觉就像在家里一样。圆柱后面的凹角，夜晚的黑色，不多的几盏路灯黯淡的灯光，街巷传来的稀稀拉拉的声响，有轨电车车轮的尖叫声——他都喜欢。假若他不担心碧尔吉特不能按时回家，而他又不能及时赶到弗里德里希大街的话，那么他很可能会在凹角那里感到宾至如归。

然后一名年轻女子来到了拐角处。此人不是碧尔吉特，可她让他想起了碧尔吉特，她走到大楼入口，准备打开门锁。卡斯帕尔奔向大街对面——原来是黑尔加。他们在黑暗中匆匆朝彼此瞅了一眼，她什么话都不说，他也一样，她用钥匙打开门，他随她穿越光线暗淡的楼梯间。当她用钥匙打开房门，打开过道灯时，她才向他转过身来。她有多漂亮呀，他想，多么美丽、神秘、可爱。为何我之前就没有看到这一点呢？

“我需要碧尔吉特的护照照片。”他困惑不解，结结巴巴地说道。

黑尔加点点头，用手示意他在过道里等候，然后走了。不知哪儿响起了钟声。那是半点报时，大本钟发出八个乐音。十点半。卡斯帕尔喜欢在温暖的屋子里等待；他注意到自己有多冷，多么渴望温暖。黑尔加来了，带来了一只信封。他将信封放进口袋里。

“谢谢。”

“她身高一米七四，棕色眼睛。”她拥抱他，他触摸她，也想要拥抱她，可这时她说了句“拜托你了”，从他身上挣脱开，为他打开了房门。

九

在这次准备出逃的过程中，还有一件事给卡斯帕尔留下了深刻印象。一名戴着黄色围巾的女子。

碧尔吉特和卡斯帕尔真希望圣诞节期间一起待在柏林。碧尔吉特的女友英格丽特去哈尔茨山度假了，将她的公寓让给碧尔吉特。就算卡斯帕尔每天出入境的话——他们至少也有一周时间可以待在公寓里！可是他不得不回家去，因为要到他的朋友们那里筹借出逃所需的资金。他办成了，这个拿出五百，那个拿出三百，谁也没有拒绝。一月初，卡斯帕尔将一只塞进五千马克的信封交给了穿着骆驼毛大衣的两名男子。

两周后，他们把碧尔吉特的证件给了他。不仅是她的。后天出逃的还有一个人，他们让他把证件带给另外一名女子。她将在明天下午两点在国家歌剧院的台阶上和他会面。他们约定她会戴着黄色围巾，他和她说话时她会问他是否真的来自威尼斯。

有时，卡斯帕尔不仅在弗里德里希大街的过境站接受检查，而且还被要求到里屋脱光。倘若这件事再次发生在他身上，他自言自语道，无论他携带一个女人还是两个女人的伪造证件都没有任何区别，有了这种心态反倒可以让他泰然自若地通过检查了。

他站在国家歌剧院前时，才看到那名戴着黄色围巾的女子。她蜷缩在楼梯边的角落里，仿佛她想消失在自己的世界里。

“您真的来自威尼斯吗？”她高大结实，长着一张漂亮而警觉的面孔，说话斩钉截铁。卡斯帕尔想，为什么这种斩钉截铁听上去如此费劲呢？他点点头，于是她将他拉到角落里。“我不想要这些东西。这种事我是不做的。这个不行。”

“我不明白。一切都已经准备好了。钱也付掉了，否则那两名男子也不会给我证件，那个……”

“我的未婚夫。”

卡斯帕尔稍等片刻，可她没有继续说下去。“为什么不行？”

她在他身上匆匆瞄了一眼。“那个庆祝活动并不是安排在我们计划中的星期三，而是要到明天才举行。”

“什么庆祝活动？”

“我们已经准备了数周时间。孩子们很是期待。我和他们一起练过一个节目，这个节目他们如果没有我的话……”她喉咙哽住了，说不出话来，她掏出一条手帕，转过身去。

卡斯帕尔不知所措地站着。她在哭泣吗？他应该抚摩她的肩膀，拥抱她吗？“一个孩子们的庆祝活动……”

她回头向他望去，重新以斩钉截铁的错误语气说话。“我负责这座幼儿园，我不能阻挠这个庆祝活动。如果您不能理解这一点，我不会为此生您的气，我也不会为此生亚历山大的气。”

“您是想留在这里不走了吗？”

“留下，逃走……您别扰乱我。我明天不可以，这就是全部，我不可以。”她抗拒地注视他，犹如在注视一个固执己见的孩子。“我现在走了。”她不再继续说话，从他身旁走过，横穿菩提树下大街。卡斯帕尔目送她远去，直至她消失在新岗哨和军械库之间。

当您决定出逃时，您不是知道就该结束这里的一切吗——幼儿园、孩子以及庆祝活动，和所有的一切结束。现在为何这样一个庆祝活动就可以推翻您的决定？卡斯帕尔真想要问问她了。有些人会将摆在他们面前的事情抛之脑后吗？如果一切依然遥不可及，如果眼下是夏天，而出逃被安排在冬天因而显得很抽象的话，他们会参与接下来的事情吗？假若出逃离得愈来愈近，变得很具体，她难道就不会遇到具体入微和迫在眉睫的事情吗？法国大革命时期，尽管面临断头台的危险，贵族们也是如此错过出逃的机会吗？这位幼儿园女教师面临的也不是断头台的危险，而只是失去和亚历山大在西边一起生活的可能，或许对她而言这始终是一件很抽象的事。

卡斯帕尔还有充裕的时间，直至五点他才见碧尔吉特。他们将圣玛丽教堂约定为见面地点，离碧尔吉特攻读经济学专业的大楼不远。她去上学了，仿佛什么事都没有发生，仿佛她就待在那里。卡斯帕尔无法想象她也不能出逃了。可是对她而言，出逃也不是放弃眼下上大课或者讨论课的理由。

一旦我明天就该放弃我的旧生活，开启一种新生活，那么我会做什么呢？在死亡前一天植一棵树，继续活着，仿佛什么事也没有发生——卡斯帕尔也不知道还有什么更好的事情可做，只要不错过那种新生活。

他漫无目的地走过大街小巷。这时候也不过四点半——他现在非常熟悉东柏林了，五点前足以找到圣玛丽教堂的路。黑云压城，云层很低，时而悄无无声地飘起毛毛雨来。在和煦的暖风中，卡斯帕尔可以感受到春天的气息。自从第一次访问东柏林以来，他渐渐对这些石块路面、这些年久失修的旧民宅、那么多的闲置空地、简陋的小公园以及几辆散发臭味的小汽车有了亲切的感觉。这将是他很长时间里最后一次访问东柏林。在碧尔吉特出逃之后她周围的群体将遭受讯问，她的关系将被人发现，他也会因为协助其出逃而受到怀疑。

他还从未途经过多萝特城墓地，现在是他最后一次机会。他找到了哲学家、作家、剧作家以及来自政界和行政管理机构的人士。尽管他们彼此陌生，常常怀有敌意，但他们彼此挨得很近。他们一定觉得很拥挤。卡斯帕尔想到了那些书，它们并排摆在图书馆和书店的书架上，还不得不挤在一起，黑格尔在康德旁边，马克思在费尔巴哈旁边，海涅在柏拉图旁边。书商和图书馆管理员无法帮助他们。书商会的——这是他第一次想到这件事。

然后他见了碧尔吉特，给了她证件、一只旅行手提包、一条围巾、一包万宝路香烟，向她解释她得做些什么。两个人都很拘束。自从那天晚上在她家门前等候至今，他就再也摆脱不了走进她生活的想法。他发觉她对那些可能失败的事情感到恐惧，而且不想显露这种恐惧。他们相拥在一起，无法放开，也因为他们不知道该说些什么。他们听到有人在吹口哨，其他人在哈哈大笑，卡斯帕尔和碧尔吉特彼此放开，在后边看着那些小伙子们。

“我爱你，碧尔吉特。”

“我也爱你。”

“周六滕珀尔霍夫机场见。”

她点点头，给了他一个吻，步行至轻轨站。他真想再和她一起散会儿步，或者喝上一杯咖啡或一杯啤酒。可是既然她想走，那就走吧。等周六到了机场他一定要拥抱她。

十

时候到了。一九六五年一月十六日，碧尔吉特抵达滕珀尔霍夫机场，不只是他们的共同生活开始了。到目前为止，他已经接受了生活的到来。他还说到做到，将碧尔吉特从东德带到了西德，因为他们彼此相爱。但寻找、找到、租下小公寓，放弃大学学业，开始当书商学徒，接管并扩展书店规模，购买大公寓——这不是在接受生活，而是在设计生活。这是他的生活，开始于一九六五年一月十六日。1611965——如果他能玩一把数字游戏的话，他一定会旗开得胜。

但即便是 1611965 这个数字，也没能打开碧尔吉特的电脑。到最后发现，密码居然是交错输入卡斯帕尔和碧尔吉特名字的字母， kbaisrpgairt[①]，这让卡斯帕尔很高兴。屏幕损坏了；往电脑里录入文字没问题，但写入的内容无法被读取。难道碧尔吉特没有为此烦恼，依然继续写作吗?

卡斯帕尔请人把电脑里的所有内容都打印出来。所有内容?卡斯帕尔确认，他想要一切，无论多少、多么勉强、多么平庸。他想知道碧尔吉特收集了什么，保存了什么，写下了什么，想到了什么，在她的大脑中发现了什么，在她的电脑中发现了什么。他想了解她的大脑。

但是，当他拿到一大摞打印好的文件放在碧尔吉特房间的书桌上，然后坐在椅子上时，他却害怕去读了。他好像要观察她的大脑，把她的头颅锯下来，把头盖骨取下来，好像他在无视和破坏保存在她的大脑里的那些东西。他记得，当他需要她的护照照片，在学校门口的墙角等她时，他感觉自己像一个入侵者，尽管他已经被邀请并被允许进入她的生活。现在他想阅读存储在她的电脑中并用密码保护的内容。尽管他破解了密码，但这并没有赋予他闯入的权利。没有什么可以给他闯入的权利。当他想到她对他隐瞒诗歌创作和小说进展时，他也没有产生怨恨。

他的目光落到第一页纸上，一封打印的邮件，碧尔吉特半年前确认收到一只钟表送出去修理的函，他开始读起来。那些邮件里没有任何秘密，只不过是从他身边走过的那些年的日常生活，碧尔吉特的日常生活，他们共同的日常生活。邀请函，承诺书，谢绝信，生日和身体康复的祝福，音乐会、歌剧以及戏剧的预订门票，他在法兰克福书展或者莱比锡书展上、没法和她电话联系上时祝她一声晚安的邮件，以及他们日间彼此想起的对一些事情不得不处理的邮件。他们彼此还寄送过下一次度假的建议和广告。南蒂罗尔，博尔扎诺上方斜坡边上的一家酒窖兼客栈，他们

---

① 将 Kaspar（卡斯帕尔）和 Birgit（碧尔吉特）两人名字字母交替输入，就是“kbaisrpgairt”。

想在那里好好休息，再从那里徒步旅行；最后几天应该到威尼斯和的里雅斯特去。他喜欢和碧尔吉特一起度假。她酒喝得很少，头脑清晰，有一副快乐的好心肠，他们跑步、游泳，在床上为彼此朗读。

没有她在身边，他都不想去度假了。他根本不想去度假了。他不想再去欣赏音乐会，观看歌剧、戏剧。没有她在身边，他在日常生活中也快乐不起来，在公寓和书店的两点一线中、在早上和夜晚的路途中、在老套的例行公务和新书之中感到自己受到了照顾。正常运转——他并没有因为碧尔吉特的去世而把学会的东西忘掉，他也不会把学会的东西忘掉。那依然是属于他的东西。

他朝黑夜望去，黑色不仅在外面，也在他心里蔓延。他想起了俄耳甫斯。俄耳甫斯可以踏进冥府找到欧律狄克，因为他内心充满光亮。如此充满光亮，以至于他的七弦琴声和歌唱闪闪发光，吸引了冥府渡神卡隆将他划进冥界，冥府看门狗刻耳柏洛斯允许他进入。卡斯帕尔心想，如果我的内心像俄耳甫斯一样充满光亮，如果我对碧尔吉特的爱就像俄耳甫斯的歌声一样闪闪发光，我会找到她吗？有一刻，他梦见自己和碧尔吉特面对面沐浴在他的爱的阳光里。她会跟随我，跟随我的爱的阳光吗？我会有足够的信心在回归人间的路上不回头看她吗？或者我会将信将疑，不得不确信她的存在，或者我会因为她在暗中行事而怨恨她，并立即质问她吗？

突然，他害怕碧尔吉特会从他手中溜走，尽管他对她充满了渴望和悲伤，正如欧律狄克在回归人间的路上从俄耳甫斯身边溜走一样。尽管碧尔吉特死了，但她还在那里，可如果他不再相信她，开始怨恨她，那么她会再次死去，永远死去。

十一

接下来的日子里，卡斯帕尔开始阅读碧尔吉特的邮件。他在这些邮件里不仅发现了过往岁月的日常生活，而且也发现了碧尔吉特在写作过程中交往的朋友，她对自然和气候的投入，她约定的那些活动。她原计划明年夏天住在森林里的一个树屋里，但那里要开辟一条新路，树木要被挖掉，这件事她也没有告诉他。

在这些邮件之后是他熟悉的文字，打印件搁在文件夹里。有一篇长文是他没有见过的。和其他文字不同的是，它有了一个标题："严厉的上帝"，他开始想这个问题：假如碧尔吉特待在民主德国，她将会成为怎样的一个人，而且这篇想必就是那部长篇小说的未完成稿，或者是她的回忆录，或者是一部独特的随笔。至少这个文字不是描写日常生活的文字，他可以怀着轻松的心情阅读它。假如他现在继续读下去，那么他就闯入了碧尔吉特的内心世界，违背了她的意志，放弃了恋爱中的约束，接受了他以某种方式改变她的生活的决定，也接受了她的写作秘密。

因为欧律狄克是冥府里的一个影子，俄耳甫斯听不到她在回归人间的道路上的脚步声。她是否跟随他，这是俄耳甫斯不得不忍受的秘密。卡斯帕尔知道，通过揭开碧尔吉特书稿的秘密，他可以回顾她的以往。不管他在阅读中获悉多少东西，他对碧尔吉特的了解程度如何，她都已经不再需要他了。

他没有看下去。又是数周时间悄然流逝，卡斯帕尔没有再踏进过碧尔吉特的书房。他盼望假以时日，碧尔吉特之死留下的创伤将被治愈，可是时间并没有做到这一点。上午他从自己的公寓出发到书店，晚上再从书店回到公寓，大多吃着微波炉加热的同样饭菜，鸡肉饭，一旦错过了购物，就到拐角的意大利店吃上一只比萨，强迫自己周日散会儿步，如果遇到雨天就看个电影，被关心他的女同事邀请上家里共进晚餐，如果他阅读新近出版的图书，晚上他就比之前多喝上一杯。已是夏令时节，这是一个雷雨频发的夏季。从书店里可以看到，乌云下的狂风如何搅动街道上的灰尘、树叶和碎纸，如何在电闪雷鸣之下的倾盆大雨中奔跑回家，直至全身湿透，在外面冻得发抖，回到家里冲上一把热水澡让自己变得温暖起来——这对他很有好处。当他擦干身体，穿上晨服，穿过公寓时，他告诉自己这只老狗还活着。

一天晚上，他已经不在乎欧律狄克将来会怎么样了。他喝了很多酒，继而狠狠地生起碧尔吉特的气来，怒气里夹杂着每当她再也受不了自己的无能为力时他对她怀有的悲伤。碧尔吉特的自私、无情、固执、忧郁！为什么他总要取悦她，他要容忍她一次又一次的爆发，他要去擦她的呕吐物？他上楼去了碧尔吉特的书房，他摇摇晃晃地向前，双手扶住墙，走到书桌和椅子旁，开始阅读。可是他喝醉了，文字太过复杂，他只好闭上眼睛。当他试图带着书稿下楼时，他在楼梯上绊了一跤，他能控制住自己，却抓不牢书稿，那些书稿于是散落在楼梯和走廊上。

次日早上，他将书稿捡起来。他在晚上失去了欧律狄克。现在这已经不重要了。他拿着书稿回到碧尔吉特的书房，再次坐在书桌旁阅读起来。

严厉的上帝

如果我留下来，我会成为谁？如果没有遇见卡斯帕尔，如果没有爱上他，如果没有选择他，那会怎样？要是我根本没有想到过出走，要是我只知道留下来，那又会怎样？

五斗橱上放着父亲的照片，领章上有骷髅头，银色框架内右下角上有黑色丝带。小女孩抬头望着照片，看到一张俊俏而健壮的面孔，眼睛炯炯而温暖，于是思念起留在战场的父亲来。留在战场？不，他每日都要求自律、投入和忍耐。这是母亲说的。母亲还说，他是位英雄，你不可能说得更多，而且他是亲爱的丈夫，也是亲爱的父亲。他的个子超过了小女孩，也超过了大女孩。不管她站在哪里，他就站在她身后，她走到哪里，他就跟着她，他把影子投射在她的身上。他的死亡阴影。

女孩把照片翻过来。但父亲又站了起来，重新走到女孩后面，把自己的影子又一次投射在她的身上。邪恶的旧时代的阴影。这个女孩想成为美好的新时代的一部分。在这个时代，他们和父辈抗争，解放这个国家和人民，创造新的国家和新人。影子女孩应该在新的国家成为新人吗？如果她努力，如果她经受了考验，如果她甘愿效劳和曲意顺从的话。

我努力过了。假若我留下来了，难道我应该持之以恒地努力下去吗？若是我的努力没有奏效，我会责怪自己吗？因为我是影子女孩吗？因为这个女孩不可能对新时代撒谎吗？因为新时代是好时代吗？

倘使有一天我无法对这些事情视而不见：局势不对劲、提出的任务错误百出、付出的努力了无意义，那么我会不会转而反对新时代？新时代依然是好时代吗？难道我一直徘徊在虚幻的希望中吗？这个新国家的经济正在衰退——毕竟它摆脱了私有财产的束缚，为每个人提供食物，雇用每个人，不剥削任何人。新国家的文化已经固化，老同志们已经反抗，他们没有屈服，不屈服的东西必须变得毫不妥协。新国家的政治不信任公民，老同志们不得不在抵抗中学会不信任，一旦学会了，就再也无法消除不信任。如果他们不能像我们所希望的那样迅速而准确地领导国家进入美好的新时代，我们就应该尊重他们并保持耐心。我们无权从他们手中夺走火炬。我们有责任帮助他们高举火炬，直到他们不能再高举火炬然后把它们交给我们。接下来，我们要继续前进，达到目的，完成事业。

在死亡的阴影下，内疚的良心既然不允许我反抗，也就不会允许我雄心勃勃吗？难道我已经做出了决定，已经满足于一份图书管理员或文员的工作了吗？如果图书馆、当局或工厂在柏林墙倒塌后继续存在，我会适应新法律、新技术和新上级，同时又为我的旧希望而伤心吗？我会为了我那小小的故国想要成为新的国家和创造新人而伤心吗？我会为可能的一切而伤心吗，如果只是……我不知道是什么，但肯定会有一些事情，它应该以某种方式变得与众不同和更加美好。

不，并非如此。我并不是那么渺小、愚蠢和听话。我并没有成为影子女孩。我把照片放倒了，留下了父亲的影子和母亲的废话。我相信创造新的国家和新人的新时代，相信自己在一个新的国家拥有成为新人的权利。我在努力使这个新时代成为一个好时代。我始终甘愿效劳。可我并不总是曲意顺从。

如果我知道经济在衰退，文化在扼杀想象力和创造力，政治在庇护着公民，局势不对劲、任务错误百出、努力了无意义，尽管我不会转而反对新时代，但我还是希望从老同志手中接过火炬，再交到年轻人手里。我一定还会相信这个目标，但会寻找另外一条路。一九六八年春天，这条路在布拉格似乎和我临近了，一九八五到一九八六年间，戈尔巴乔夫在莫斯科选择了这条路。最后，对我而言，一九八九年十一月，柏林的春天和德国期待透明度和新思维的希望来临了。

我怎么能忍受这一切？我会首先开启自己的锦绣前程吗，在出版社、学校、文化机构或科学机构？我是否会制造麻烦，陷入麻烦，困在其中两三年？我会最终找到自己的小天地吗？有多少人找到了自己的小天地？我喜欢外语，小时候有过一个哈萨克笔友，我可以学习哈萨克语，翻译哈萨克文学，另外可以自己创作诗歌。美好的生活？我可以想象，在我的小天地里我会变得悲伤而平静——而在一九八九年十一月将变得很快乐。

可是在一九九〇年，春天、透明度和新思维在德国又一去不复返了：即便是小天地的事，到了一九九〇年也已如过眼云烟。谁也不再需要德译本的哈萨克文学，印刷我的诗歌的小出版社，肯定已经破产倒闭了，我曾在那栋位于普伦茨劳贝格的房子里借过一个廉价公寓，这栋房子肯定被一个投资者收购然后被划入私有住房。我会搬到马察恩，靠着社会救助生活吗？

要么我会在一九九〇年成为在哈萨克斯坦投资的德国企业寻找的译员？要是我赚钱很多，多到足以获得贷款，我会使用优先购买权来买我的房子吗？如果我将我的诗歌改编成流行歌曲歌词或者广告词，我就能功成名就吗？我会成为柏林墙倒塌的赢家吗？

难道一切会迥然不同吗？难道在经历和莱奥的爱情、受到莱奥的欺骗以及女儿的出生之后我完全变成了另外一个人吗？失望之极，愁眉不展，苦不堪言？只要和自己以及孩子达成谅解，非婚生子在当时也不是问题。我能和自己以及孩子达成谅解吗？要么我在莱奥的错误中看到了制度的错误，在他想要以此利用我的冷酷无情中看到了这种冷酷无情，而人们正以这种冷酷无情利用这种制度？我不是要放弃这种制度，拒绝我和我的孩子生活的这个世界吗？我会理解我的母亲吗，不是理解她对领章上有骷髅头的父亲的爱，而是理解她与世隔绝或者与世界分庭抗礼的生活？我会和女儿一起待在她和外婆身边吗？

在这个没有被爱的国家里，我会对在没有被爱的时间里挣到的钱感到无所谓。我早就找到了一些东西，我早就有所行动了。

我会入不敷出，无所期待，无所失望，甚至对我的女儿亦是。统一并没有改变什么。会有什么改变呢？我会继续生活在与世隔绝或者与世界分庭抗礼的地方，步履蹒跚，怨天怨己。我会喜欢与美酒为伴吗？还是我不再在乎了？

我很高兴我没有待下去。我很高兴我离开了。在未曾经历过的人生中没有一种人生是我愿意过的。可我无法摆脱这种人生。我未曾经历过的人生正如我经历的人生一样都是我的人生。人生很悲伤，我怀着一颗愧疚的心在死亡的阴影之下继续着悲伤的人生，继续在小天地里过着悲伤的人生，过着与世隔绝或者与世界分庭抗礼的悲伤的人生。

民主德国让我悲伤。新时代的兴奋，对新国家和新人寄予的希望，早年的乐于助人和无私奉献精神——即便这种开始没有留下任何东西，但也是一种开始。尽管那些不顾制度、反对制度而试图推动国家进步的人没有一个留下来，但他们中没有一个坚持社会主义和自由同属一体，未来属于两者——它从前是这样，而且是真实的，是好的现实和真正的社会主义的坏的现实抗争。它的消失让我悲伤，尽管我知道，好的现实只能与坏的现实抗衡，而坏的现实没有了，好的现实也只能消亡。

假如你生活在一个糟糕的威权国家，那么你就会寄希望于政权更迭，有朝一日云开日出。那个糟糕的威权统治结束了，一个好的威权统治取而代之。如果你曾经反对它，那么你现在可以支持它。如果你曾经不得不流亡，那么你现在可以回来。对留下的人和离开的人而言，这个国家、这个他们曾经梦见过的国家将重新成为他们的国家。民主德国永远不会是被梦想的国家。这个国家已经不复存在。那些留下的人不会再对这个国家感到高兴。那些离开的人无法回到它的身边；他们的流亡没有尽头。因此最后是虚无。国家和梦想无可挽回地失去了。

这种无可挽回的失去并没有让我悲伤。但这种虚无让我悲伤。这种虚无，这种虚无的痛苦，这种痛苦。

*

库伊茨多夫水坝之旅。那是一月份，天一开始暖洋洋的，后来就变冷了，我们生起火来。莱奥加入我们时，我们以为一场争吵就要来临。可是他哈哈大笑。下次我们应该拿到许可证，回家之前我们应该将火场打扫干净。他说他不是过来监控我们的。他想知道我们究竟过得好不好。我们是他的第一个大学生小组。他从去年起才担任县委书记。然后他和我们一起坐在篝火旁。他和我们一起吃饭喝酒，一起引吭高歌。

他后来才告诉我，难道是故意为之吗？难道只是巧合？当我在水边坐下时，他活动活动腿脚？起先他在我旁边站住，然后在我旁边蹲下，递给我一支烟，自己拿了一支，给我们点火。我还知道他晃了晃那包烟，直到两支烟冒出头，让我用手取出我的那支，他自己用嘴叼出他的那支。

我们在篝火旁聊起了狗，他接着说下去。“我哥哥有一条狗，半是狼狗，半是猎狐犬，是一只丑陋、可爱又忠诚的动物。它是一个同伴。所谓同伴就是平等的人，是不是？有时卡托就是这样的一个同伴，我们在森林中往左而不是往右走，因为卡托想要往左走，然后让它在泥泞的小水塘里游泳，虽然我们事后不情愿给它洗澡但还是不得不给它洗澡。不过我们最终把卡托管教得服服帖帖。当它想要出去而我们想留在家里时，它就待在家里，当它在树旁闻来闻去而我们想要继续前行时，它就被皮带一直牵着，我们决定它吃什么，我哥哥决定它何时入睡。我是受不了狗的。既把它视为同伴，又把它管教得服服帖帖。”

“这不是应该做的事吗？从某个方面看，同志和公民就是同伴，但可以支配他们。”

他哈哈大笑，我喜欢他的笑声。笑声出自他的肚子，而非他的喉咙。他蹲在地上。“我希望能带上他们。我会和他们谈谈。我会说服他们。”

“要是他们无法被说服呢？”

“支配他们的人不是我。”

“那么……。”

“要是我变得烦躁了，继续用皮带牵着狗，那是我的事。不关别人的事。”

他这样说，好像他相信就是这么一回事，既一本正经又满怀信心。我感到有点冷，我在发抖，他拥抱我。没有咄咄逼人，没有横行霸道。他又马上说道：“我们应该回到篝火那里去。”可是我站在原地没有动，倚靠在他身上。我希望这样被爱着。作为同伴，平等的同伴。

当时我就爱上他了。

*

我知道你无法逃避自己，你总是时刻准备着远走高飞。但我不知道你也总是时刻带着别人远走高飞。

外婆——以前她坐在我们的客厅里，现在她萦绕在我的脑海里。坐在沙发椅上，睁开眼睛，双手合十，在肚子和大腿上盖上一条毯子，不看书，不听收音机，也不看电视，时刻准备着说出恶言毒语来。母亲。克制、恐惧、努力，像父亲抚养三个女儿那样严格地教育她们，训诫、威胁、斥责，动不动就训斥一番。吉泽拉——她所做的每件事都对，选择了合适的职业，嫁了合适的男人，有了合适的孩子，一个男孩和一个女孩，她的一切因为离婚而变得一塌糊涂，而她不足以警告我，你不能相信任何人、任何事。黑尔加——她避开了所有人，外婆、母亲、吉泽拉、我，还教导我说，如果你想保护自己，你必须把自己隐藏起来。

她们并没有像共用的公寓和五斗橱上父亲的照片那样留下来。她们一起过来骚扰我，外婆的恶言，母亲的叱责，吉泽拉的愤恨，黑尔加的榜样。她们来了，尽管外婆在我出逃不久就去世了，母亲也早已长眠于九泉之下。如果我自己变得痛苦，吉泽拉的痛苦就会融入我的痛苦中。不过我并非痛苦，我很悲伤。我更多地被隐藏起来，被保护起来，这对我并无益处。

你如何逃离他人？通过坚定地过自己的生活。难道我过自己的生活还不够坚定吗？

因为外婆、母亲、民主德国和自由德国青年联盟教会我取悦他人？因为我还没有学会取悦自己，去寻找我的幸福吗？可我已经从自己学到的东西中解放出来。我寻找我的幸福。以我的女儿为代价，以卡斯帕尔为代价。我背叛了她，离开了她。我把他一个人留在书店，却做自己想做的事，去了印度，之后转向金匠和烹饪，最后转向写作。

写作终于不再是为了取悦他人。它仅仅和我有关。你不能为别人写作，不能为读者、评论家或出版商写作，不能为外婆和母亲写作，而只能为自己写作。这就是我在小说上没有取得进展的原因吗？是因为其他人一起过来欺负我吗？是因为我没有从他们教我的东西中解放出来吗？是因为我还一直没有学会这一点：为我自己？

所以我必须写下这部小说。因为我必须学会这一点：为我自己。我也必须停止酗酒。当我喝酒的时候，我觉得仿佛在为自己喝酒，我已经和自己融为一体。好像我可以在事后立即写作，明天立即可以轻松地写作，或者根本不必再写作，因为我已经和自己融为一体。

*

我能找个人把孩子带走吗？还是我自己可以把孩子带走？或许即便我有能力做得到，我也不会想到去做。

不过，我还是想到要做这件事，但是莱奥不想听。他想要我，他想要孩子，我们只能等待。他和他的妻子早就形同陌路。他们俩都想离婚。由于他的身份暴露，离婚必须顺利进行，他不能被泼脏水，他不能被指控犯有鲁莽行为。如果他现在和妻子一起搬走，然后和我住在一起，那么这在党和法院的眼中将是草率的，并且与劳动者的婚姻道德观相矛盾。他双手捧住我的脸。“他们不知道我们是多么认真。”他吻了我，微笑了。“我甚至都不知道还有我们这样的爱情。”

哪一个更好呢： 一个无法捍卫我们爱情的软弱的莱奥，还是一个和我玩游戏的虚伪的莱奥？当他告诉我他不能离婚，而他的妻子患有乳腺癌、他被指控对她轻率地不闻不问时，他看起来绝望透顶，我只好安慰他。他来柏林参加会议，我们相约在摩卡牛奶冰激凌吧品尝了冰激凌。当他吞吞吐吐说出自己的想法时，我们坐在梦碧幽公园的长凳上。也因为他吃过冰激凌之后一路上心情颇佳，只是坐到长凳上时才变得阴郁起来，所以我没有悲惨地接受他的想法。我以为他的妻子要么接受乳腺癌手术，要么死于乳腺癌。我以为我们必须等待更久一些，这个虽然不算好，也算不得坏。

一周后他又来柏林了。他只是为了看我才过来，我很高兴，请英格丽特让我下午借用一下她的公寓。我去火车东站接他，开车去亚历山大广场，走到红色市政厅，在市政厅地窖餐厅吃午饭。我不想问我们过得怎么样，他欣喜若狂，我想我完全不必问，如果有好消息，他自然会告诉我。我们去了英格丽特的公寓，我们睡在一起，躺在一起，直至他告诉我不要吸烟，因为我怀孕了，我顺势问他我们以后怎么办。

“你不用担心自己。”

“担心？”

“堕胎为时已晚，你找不到现在还能做这个手术的人，家庭常备药品现在也起不到作用了。你生下孩子，假如别无他法，我会要走这个孩子。”

“你？”我不明白。我不明白他在说什么，不明白他说话的语调，不明白他的身体姿势。他像个陌生人一样紧挨着我坐在床上，像个陌生人一样和我说话。

“我该如何跟你说这件事呢，碧尔吉特？我们曾经梦想过的东西，不会变成现实。党不会明白这一点，也不会宽恕这一点，而伊尔玛——我们彼此成了陌生人，但对我来说她始终是一个好女人，她会很高兴有孩子、成为母亲，我不能抛下她不管不顾，却和你快乐地生活，再生下一个孩子。这就像是我从她手里抢走了她渴望已久的孩子一样。”

“你在说我的孩子吗？”我发觉，他的话一说出来，我相信的东西、我期待的东西坍塌了。但我不明白它是怎么坍塌的，那坍塌的废墟里还会有什么。他谈到我的孩子了吗？谁从谁手里拿走？他和他的妻子怎么了？他想从我这里得到什么？他是继续想见我，还是不想再见到我了？

“我不会对你不闻不问的。你不能让孩子流产，你必须生下孩子。但是你想读大学，想要有份职业，成为成功人士，现在不可能需要孩子。我们可以要，我和伊尔玛。我们会成为孩子的好父母。我和伊尔玛谈起过，她同意了。”

“你要把我的孩子交给你太太吗？”

“我相信我可以让伊尔玛偶尔让你过来。现在我不想问她，她太受伤了，太嫉妒了，你得明白这一点。但一旦她有了孩子，情况就会不同了。”

我摇了摇头，我的全身开始发抖，满怀愤怒，满怀厌恶，满怀恶心。我讨厌莱奥，讨厌他的虚伪，讨厌他的阴谋。我对他的建议和他的妻子感到厌恶，我对我的孩子将与他俩一起成长的想法感到厌恶。我讨厌我自己。我曾经和此人为伍。我曾经爱过这个人。

我甚至没有力气把他踢出公寓。我默默地穿好衣服走了，他穿好衣服，问我究竟是怎么了，为什么我会变成这样，而我不应该变成这样，他的建议很公平。我比他动作更快，当他走出公寓时，我已经跑下楼梯躲在院子里了。我听到他在楼梯上叫我，我听到屋门砰的一声关上了，过了一会儿，当我走到街上时，他已经不见踪影。

他不能打电话给我，因为我们没有电话。他写信给我说，我们彼此误会了，他只是想帮助我，我们必须再次见面，他要大声表达出来，他爱我，我们不能像我们想象的那样过我们这种爱的生活，但我们可以像以前一样生活，他会试图给我购置一个属于自己的居所。我没有回复他的任何信件，当有一次我从大学出来，他在等着我时，我从他身边走过，我为自己的行为感到骄傲，因为这样的行为让人无法接近，也让人反感。他在我旁边走了几步路、说了几句话之后就放弃了，停住了脚步。

他说得对，要想堕胎为时太晚。朋友推荐给我的医生都拒绝了我。跳下桌子，喝下由刺柏、小白菊和千里光做成的茶也无济于事。我不能拿织针往自己身上扎。尽管有人已经提及改革，要让堕胎变得容易，但也要在多年以后才得以实施。

有一段时间，我感到绝望，也因为恶心、干呕和呕吐困扰着我，这些感觉要比我从有孩子的朋友那里了解的更多。我甚至想过还是接受那个糟糕的建议吧。莱奥将确保怀孕、安全分娩以及孩子被顺利收养。但是春天在周末光临了。当我星期一在晴空丽日之下乘坐轻轨到弗里德里希大街站，在碧绿的菩提树下走至大学时，我的所有绝望一扫而光。那天阳光明媚，我不再闻到伴随着整个城市度过冬天的焦煤味，我闻到的是清新的早晨，阳光如此温暖地照耀，我脱下外套，把它挂在手提包上。我会成功的。怀孕、分娩、把孩子留下或者送给人家、大学学业、工作——我会成功。即便把孩子送给人家，我也会提防落入莱奥之手。我要让他知道我生下了孩子，但并没有把孩子交给他。

*

怀孕的女人坠入爱河，这种事是经常发生的吗？起初我在良心上感到过意不去。难道我的感情不属于我内心成长的孩子吗？我从孩子手里夺走什么了吗？

可作为一个女人，我是怎样的感觉？我一直对我的身体感到很满意，就一个女人对她的身体感到满意而言，我对属于我的身体感到很满意。现在我的身体我做主。我的身材更柔软，我的乳房更丰满，我的头发闪闪发亮，我的脸上容光焕发。我很喜欢注视自己，也喜欢男人们注视我。他们注视我时，他们无法将目光从我的身上移开。他们觊觎我，我就是生命。

五月时，大家还看不出我怀孕。大家很长时间看不出我怀孕，不仅是因为我穿着这样的衣服，而且也是因为我的肚子变小了。我一直喜欢运动，我的腹肌受过训练，我的结缔组织很结实，我没有比平时吃得更多。或许我排斥妊娠也起到了作用。当肚子终于再也无法被忽视时，暑假来了；我去了波罗的海畔的宝拉家里，等到一切过去之后，我才回来。

但我现在还不想在这里写。我想写我是如何坠入情网的。我怀孕了，在爱上莱奥以及厌倦了他之后，我感到筋疲力尽了，我无法想象自己会再次喜欢上一个男人，我会再次爱上一个男人。我喜欢有男人追求我。但这是一种冷冰冰的快乐。如果我让别人靠近我，那只是为了伤害他而已。

五月有德国青年的圣灵降临节聚会。宣传活动和步伐一致的游行、国旗游行、体操与舞蹈表演、公开声明和宣誓以及一个又一个代表团的问候。但也有新的青年电台 DT 64 与节拍，披头士首次到访民主德国，街头和广场上还将安排舞会活动。数百名大学生来自西柏林，对我们充满好奇，正如我们对他们充满好奇一样。有些人过来是和我们讨论政治，柏林墙、重新统一、自由旅行、自由选举，我们作为自由德国青年联盟盟员证明了稳固的意识形态。其他人想要知道我们如何生活，我们对什么感兴趣，我们如何彼此交往，我们假期里干些什么，我们如何对付政治，我们想要成为怎样的人。他们在问我们也问过的问题，这使我们彼此之间熟悉起来。同时，我们的回答对他们来说要比对我们来说更令人兴奋，所以我们也感觉比任何时候更令人兴奋。当我们彼此遇见，我们就一起东游西荡，一起坐在倍倍尔广场、梦碧幽公园以及施普雷河畔，谈天说地、翩翩起舞，互相陶醉。穿着自由德国青年联盟的蓝衬衫被一个西德大学生钦佩和追求，我的感觉很好。

次日上午，我碰见了卡斯帕尔。赫尔穆特，我们自由德国青年联盟的秘书，责成我到倍倍尔广场参加讨论；他猜到了这里基督教民主联盟大学生社团的大学生寻找机会在洪堡大学前和自由德国青年联盟盟员的大学生进行辩论。我为建立反法西斯保护墙的必要性辩护，旨在防止西方的怂恿、瓦解、刺探、破坏和渗透，并将建立两个德意志国家之间的和平共处作为德国重新统一和民主德国自由选举的先决条件。卡斯帕尔站在旁边倾听，直至他不知所措地打断我的话。“你们为什么要辩论呢？你们已经知道了一切；你们接下来说什么，别人接下来说什么。如果其中一个人没有另一个人那么善于应对，”他注视着我，“那能证明什么呢？”一时间，其他人惊讶地注视着他。可是讨论继续下去，仿佛他什么话都没说一样。卡斯帕尔待了一会儿，好像他不想急于粗鲁地转身离开，他慢慢离开人群，继续前行。我盯着他看。他下身穿着牛仔裤，上身穿着衬衫，一件外套搭在肩上，袖子在胸前打结。他腰杆笔挺，走起路来不动声色，像是溜达似的——我喜欢他的步态，让自己看起来也像他那样，让他钦佩我的应付自如。

我在亚历山大广场又见到了他。我有一张战地厨房分发的饭菜代金券，他不知道吃饭需要代金券，耐心地在后面排队，当他排到了前面而遭到拒绝时显得非常失望，我只好请求拿着勺子的女人在没有票证的情况下也给他一份饭菜。他向她致谢，向我致谢，然后跟着我来到教师之家旁边的地方，许多人坐在那里吃饭，我也随之坐下来。他站着，不知道是否应该坐在我旁边，我从他眼里看出他绝不是在寻找更有趣的餐友，而是硬要和我结伴。然后他就坐到我旁边，当还有其他人过来坐下时，他和我挨得更近了，对着我微笑，好像他就属于这里似的。他就是这样的人。他不想和任何人结交，可当他找到某个人时，他立马不见外了，和人很亲近。

“您是只休息一会儿，还是今天的活已经干得够多了？”

“您是指在倍倍尔广场的讨论吗？”

“对。那是工作，对来自基督教民主联盟大学生社团的大学生，还是来自自由德国青年联盟的您。那个没有任何结果的谈话……不过您很好，我很喜欢听您说话。”

“我是说我说过的话。我不只是说说而已。”

“哦，”他将那只盘子放到地上，抱歉地举起双手，“我不想伤害您。当然您说您的，其他人说他们的。可是我认为，如果您不提及您为何要这么说，您要说什么，那么那些讨论无济于事。您希望什么，您害怕什么，有意见的时候您是谁，没有意见的时候您又是谁——您明白我想说什么吗？”

“您是说人的梦想吗？”

“那个也是，不是政治梦想，而是个人梦想。”

我想知道那些梦想是否可以分开，想到了和莱奥的惨败，用勺子舀我的炖肉吃，他也拿起他的盘子继续吃。直至我问他：“您的个人梦想是什么？”

他呵呵一笑，“就像现在这样。在这里重要的不是社会主义还是资本主义，而是我们可以坐在一起吃饭聊天。”

“您学什么专业？您觉得用‘您’称呼很重要吗？我们这里大学生之间都用‘你’称呼。”

这对他并不重要。当他说他的名字卡斯帕尔的时候，我在想他或许觉得名字很尴尬，所以他才更喜欢使用“您”。可是他提及“三圣王”，卡斯帕尔在三圣王中是黑王，他在小时候就学会捍卫并喜欢自己的名字。他攻读日耳曼语言文学和历史学专业。“我喜欢十八世纪和十九世纪的书籍，今天没有人要读的书，比如卡尔·菲利普·莫里茨①和弗里德里希·特奥多尔·菲舍尔②。我有点落后于时代了。”

“正因为如此你梦想没有政治就好了。只要你们拒绝和平共处，我们就无法坐在一起。”

他含笑注视着我，我从他眼里看出他在想什么：可是我们不是坐在一起了么。然后他说道：“我们属于一个整体。我们说同一种语言，假如你不喜欢莫里茨和菲舍尔，他们或许更有趣而不是更讨人喜欢，那么你肯定喜欢冯塔纳或者德布林或者弗兰克③。你学什么专业？”

---

① Karl Philipp Moritz（1756—1793），德国作家、思想家。

② Friedrich Theodor Vischer（1807—1887），德国哲学家、美学家。

③ 冯塔纳（Theodor Fontane，1819—1898）、德布林（Alfred Döblin，1878—1957）和弗兰克（Leonhard Frank，1882—1961）均为德国小说家。

我也想攻读日耳曼语言文学专业，可是被调剂至经济学专业，在学了两个学期马列主义之后，第三学期开始学习国营会计学和国营簿记。我看很多书，当代文学，不过卡斯帕尔说得对，我喜欢弗兰克、德布林和冯塔纳。

“诗歌怎么样？你喜欢诗歌吗？”他注视我，从我的眼神里看出我喜欢诗歌，他兴高采烈，容光焕发，开始朗诵起来：

春天让它的蓝色飘带
在空中重新翩翩飞舞，
熟稔的甜美芳香
充满预感地穿越这片国土。
紫罗兰在做梦，
多想早日争奇斗艳。
听吧，远处传来轻柔的竖琴声！
春天，原来是你大驾光临！
我听到了你的足音！①

周围坐着的人惊讶而搞笑的表情并没有打扰到他，他完全沉浸在诗歌中——沉浸在我的身上。他目不转睛地盯着我看，为我朗诵，只为我，他将这首诗送给了我，他也把这首诗送给了自

① 德国诗人、小说家默里克（Eduard Mörike，1804—1875）的诗歌。

已。当我们站起来离开时，他拉着我的手，我没有松开他的手。

*

从第二天中午起，我们一起参加了圣灵降临节聚会。我不想再待在赫尔穆特那里，也不再允诺参与讨论。我和卡斯帕尔四处走动，听听管弦乐队的音乐，看看各种剧院的演出，隔三岔五跳舞。假如我们发现了一个来自东西德的大学生小组，一帮人穿着蓝衬衫，另一帮人穿着牛仔裤，我们就会全身心地投入其中，等到聚会结束时我们就有了一份大学生清单，我们对这些大学生很感兴趣，于是相约晚上在英格丽特家里聚会。

一旦有了第一个夜晚，后面的夜晚就会接踵而至。我们大多相聚在英格丽特家里，有时去剧院或电影院，然后去酒馆。我们总共十个人，有时人多，有时人少，其中四个人是男女朋友，其他人则是单身。我们无所不谈，从爱情到政治，谈论他们从西德带来的书籍，谈论我们给他们的东德书籍，我们朗诵我们最喜欢的诗歌，收听我们最喜欢的音乐。我从斯蒂芬带来的唱片里了解了爵士乐，从马蒂亚斯的诗歌和爵士乐唱片里认识了贝恩①，贝恩的诗歌并不在我们这里出版，我听到威斯特伐尔在背诵海涅的诗歌，我的心在喉咙里跳动。

当西德的朋友们阅读了康德的《南太平洋点滴》、诺伊奇的

① Gottfried Benn（1886—1956），德国诗人。

《石头的痕迹》和雅各布斯的《一个夏天的描述》[①] 之后，他们想从我们这里知道，我们是否认识出现在书里的那些同志：忠诚事业，坚定信念，却又不固步自封，正直诚实，严以律己，也不宽以待人，但敞开心扉倾听他人的需求，准备接受严厉的批评，既有洞察力，也能提供建议和帮助，不贪图升官发财、飞黄腾达，不追慕虚荣。是否我们有朝一日能将这样的同志带到我们县里？我们思考良久。在我们工作过的企业里我们并没有遇见过；我们认识的绝大多数工人都很能干、值得信赖，但重要的是他们作为工人的荣誉以及金钱，而和党无关，对于党的干预他们会以或友好或恼火的讥讽做出反应。我们想起我们的老师，他们要么信仰坚定、狭隘死板，要么愿意接受新生事物，和党保持谨慎的距离。我们县里有一些人，他们的父亲和母亲是德国统一社会党的人；即便他们从政治上尊重自己的父母，但是太清楚地看到了他们生活在忠于党、忠于职业以及友情和亲情的冲突之中，因此他们不可能成为理想的同志。我们找不到志同道合的人。

但分散我对新时代信仰的并不是经验，也不是哈维曼[②]的《没有教条的辩证法》，也不是他的命运，也不是反对比尔曼[③]的

---

① 康德（Hermann Kant，1926—2016）、诺伊奇（Erik Neutsch，1931—2013）和雅各布斯（Karl-Heinz Jakobs，1929—2015）均为民主德国小说家。

② Robert Havemann（1910—1982），民主德国化学家，曾任教于柏林洪堡大学，后被软禁。

③ Wolf Biermann（1936—　），出生于德国汉堡，后移居民主德国，诗人、歌手，曾被取消民主德国国籍，现居德国汉堡。

煽动。我没有与信仰决裂。我从未意识到自己会离开它。可忽然之间，信仰消失了，正如夏天没有了冬天，饱腹没有了饥馑。还有太多更为重要的东西：和朋友们的对话，新文学，新音乐，发生在我和卡斯帕尔之间的事。我也需要相信这个新时代不必再逃离我的先父、外婆、母亲和姐妹们居住的地方。我发觉逃生的地方在别处。生活在别处。

*

当我到英格丽特家第一次参加聚会时，我很害怕这个公寓房。自从那天下午以后，我就再没有和莱奥在那里待过。卡斯帕尔仿佛知道我是怎样的感觉，他拿起我的手，握住它，含笑注视我。我在弗里德里希大街站接他，我们拥抱以示问候。早在圣灵降临节聚会期间，我们东游西荡时偶尔握过手，晚上告别时拥抱一下。没有接吻，只是拥抱。亲近在我们之间出现了，我们知道彼此之间有着美好的心意，即便我们还不知道是什么。当他在英格丽特的公寓前拿起我的手握住时，我知道他可能想留住我了。

我们不仅和其他人相聚，我们两个人也相聚。我们成了男女朋友，但直至夏季学期结束之前我们彼此之间、尤其在其他人面前没有承认过这一层关系。我本想和莱奥成为情侣关系，但这个愿望既愚蠢又错误，我不再希望自己能拥有情侣关系或者被视为情侣了。恐怕卡斯帕尔害怕被打扰吧。他不仅禁止自己的侵扰行为，而且禁止被他人期望而又超出他愿意给予的感情。但我们相爱了。自从他在圣灵降临节聚会的喧嚣中忘掉世界、忘掉周围环境，把那首诗献给我以后，我就爱上了他。他说在倍倍尔广场就爱上我了。

“为什么在那里？”

“因为你不是像其他人那样顽固不化，而是漫不经心地说出政治的东西。仿佛所有的一切就是一场游戏而已。”他脸色绯红。“因为你看起来很有魅力，我的意思是，你看起来很迷人，可当时我是初次遇见你。”他很羞涩，垂下眼帘，重新注视我，然后说道：“你是我见过的最美的女人。”

我哈哈大笑。

“你笑归笑，但事实就是如此。”我们躺在施普雷河畔特雷普托公园里他那件二手的美国军夹克上面。他双臂支撑着，眼睛四处张望。“并不是美很重要。柏林很多东西并不美，你们那里是这样，我们那里也是这样，尽管如此柏林依然是一座好城市。”

他马上又抑制住了对我的美貌所作的恭维，这一点尽管伤了我的心，但是我并没有表现出来。“究竟什么是重要的？”

“你喜欢翻来覆去做的事。翻来覆去地行走在一条大街上。翻来覆去地阅读一本书。翻来覆去地欣赏一部乐曲。”他坐下来，转向我。“翻来覆去地端详一张面孔。”

“那你喜欢翻来覆去做的事，是因为什么呢？”

他摇摇头。“不知道。或者说得更确切些——有时知道，有时又不知道。你的目光刚刚还是梦幻般的、无可挽救的，突然之间又犹如笛子吹奏者或者小提琴演奏者的目光那样聚精会神，在音乐会上摄像机就转到他们身上。当你朗声大笑时，你的眼睛是如何笑意盎然。当你感到气愤时，你的嘴唇是如何窄小单薄。当你奔跑或者感到激动时，你的脸颊是如何灼灼发光。”他在哈哈大笑。“当我们在亚历山大广场奔跑至轻轨车站时，我在奔跑中就很期待终于可以看到你的脸了。”

我很满意。除此之外我也对五月中旬到七月中旬这两个月里发生的所有的事感到很满意。他不得不在午夜前回到西柏林，我们没有一起过夜，他无法向我展示他的世界，我们无法一起到任何一个地方旅行。但我们享受剧院带给我们的一切，在梦碧幽公园或者在特雷普托公园度过下午的时光，躺在施普雷河畔我带来的一条桌布上，抽着他带来的香烟，阅读、聊天和温存。

我对我们拥有的一切感到心满意足，因为我不想再深思熟虑了。不想再深思熟虑接下来该怎么办，孩子怎么办，我怎么办，卡斯帕尔怎么办。

*

在我们聚会时，讨论的任何一本书没有比克里斯塔·沃尔夫[①]的《分裂的天空》更为激烈的了。是待在民主德国的丽塔说

① Christa Wolf （1929—2011），德国作家，民主德国最著名的女作家之一，《分裂的天空》为其长篇小说代表作。

得对，还是离开民主德国的曼弗雷德说得对？丽塔在福尔克那里找到了她最强有力的代言人，福尔克是我的高中邻座，他在柏林墙修建之后不久逃跑了，过了没几天又回来了。某些人无法离开生养他们的土壤；在这样的土壤里，无论好坏，他们都会有自己的根，也唯有在这样的土壤里他们才能成长。他回答说，丽塔的根扎得不是那么深；她从农村搬到了城市，摆脱了办公室的生活，决定上大学、做教师。尽管社会主义现实存在缺陷，丽塔仍然继续相信社会主义思想，马蒂亚斯和斯蒂芬认为这至少是可以理解的；基督徒也相信上帝的正义，虽然正义在现实中并不遥远。东德大学生觉得丽塔的信仰被理想化和浪漫化了，西德大学生觉得曼弗雷德的听天由命被描述得过于悲哀。使丽塔和曼弗雷德相连在一起的是什么？他们彼此失去的又是什么？是东西德之间的政治敌对，社会主义和资本主义互不相容的生活方式，出身、年龄和地位的不同，性格的不同吗？难道这两个人恰恰如其他人一样在感情上彼此疏远了吗？他们的天空在柏林墙修建之前就已经分裂了还是直至柏林墙修建之后才分裂？分裂的天空被确定为政治发展的结果，还是看到我们头顶的天空被分裂或者完好如初，这全都取决于我们？

七月二日，我们躺在施普雷河畔，卡斯帕尔带来了香槟和纸杯，然后给纸杯斟上酒。

“我们庆祝什么？”

“庆祝我的生日。还有新的一年。”

我们碰杯。我祝他好运，给了他一个吻，然后疑惑地看着他。新的一年有什么好庆祝的？

“对我来说天空并没有分裂。那是上帝的天空，它从四面八方围绕着我——你知道海涅的诗歌。我要搬到这里来。”

我摇摇头。

“如果你希望我搬过来的话。”

我将胳臂搭在他的脖子上。“你忘记这首诗后面写什么了吗？夜晚的星辰犹如长明灯一样飘浮在海涅的上空吗？只有在他百年之后，上帝的天堂才把他团团围住。这首诗刻在他的墓碑上。”

“我打听过了。一直有来自西德的人去了东德。他们到了劳工营，要是他们既不是间谍，也不是想入非非者，也不是刑事犯罪分子，那么数周后他们将被请出去，然后就可以过自己的生活了。我不想做一个好的社会主义者，也不想飞黄腾达，可是这个我不需要。我会找些东西。我们会找些东西。”

我很害怕。我对生活在民主德国的前景感到恐惧。圣灵降临节聚会之后的几个星期里，我心里在成长的东西，我心里没有意识到的东西，现在突然异常清晰地意识到了。我不想再和民主德国有任何瓜葛。我不想再在这里努力和证明自己了。我不想学习经济学，不想和自由德国青年联盟、大学生小组以及参加收割有关联，浪费我的青春年华，我不想再关心该跟谁说些什么，以及我在想些什么。我不想等待新时代、新国家以及新人。我不想等待，我想生活。我不想要埃尔茨山脉和波罗的海之间这一片小小的土地了。我想要这个世界。

我没有好好倾听卡斯帕尔的话。他谈到了职业和各个地方，也谈到了我们可以一起到哪儿做什么。他抱住我说道："我想和你在一起，碧尔吉特。日复一日。我想晚上和你共眠，早上和你一起醒来。你想要我吗？"

他说的话在我脑海里回响，他年方二十，第一次真正恋爱，搬过来一起生活，他怎么知道他想要什么，日复一日，睡着然后醒来，他就是这么想的，我们从来没有一起睡着，也从来没有一起醒来，他问我是否想要他，我想要他，我喜欢看着他，喜欢听到他的声音，喜欢抚摸他，我喜欢他和我难舍难分，我知道他是值得信赖的人，可这是爱情吗？或者说假如我选择了他，这会是爱情吗？如果我得和他在这里生活，我就不能选择他，这点我知道，我不想在这里生活，有他在不想，没有他在也不想，而选择他，爱他，要他，这一切都不在考虑范围内，他说的话，天真无邪、坦诚正直、忠实可靠，他说的是什么话？

"我不希望你搬过来。你不知道自己在说什么。你不可能适应这里的生活。或许你过来是想建设社会主义。可是你不会愿意的。我也不想在这里建设任何东西。我想要这个世界。"

他没有放开我，没有审视地看着我，也没有反驳我。他一直抱着我，双臂搂住我的后背，他的头靠在我的头上。稍后他才轻轻说道："那好吧。那我就带你离开这里吧。"

*

我不知道现在是否应该告诉他我身上发生了怎样的状况。我不知道隐瞒不说会引发怎样的后果。我会一直对卡斯帕尔保持谨慎和保留，这一点阻碍了我和他。并不是说我怕突然说漏了嘴。但当我想敞开心扉时，总会有片刻的停顿：我真的应该这么说吗？或者我应该把它放在隐瞒不说的房间里，我关着它的门，我想忘记它的内容？即便我们彼此相爱，我也能感受到这种谨慎和保留。同床共枕很美，直至今日亦是。但我们从未失去过彼此。

我没有告诉他我怀孕的事，后来不得不向他隐瞒我生了一个女儿以及我对她所做的一切。所以我也不能告诉他我想找她。当我夜里惊醒过来，当我无法入睡，他问我怎么了，我却拒绝了他的好意。他很高兴看到我和孩子们一起玩耍，但他不明白我的内心发生了什么。他也不明白为什么我要对写作保密；他感到很痛苦，我对他的痛苦感到痛苦，可是我不能告诉他我在写什么，因为我在书写我自己、我的女儿以及我对她的思念。

我不知道从长远看隐瞒会造成什么样的后果。如果我早就知道，如果我在很长一段时间里再三考虑的话，它会改变什么吗？他想搬来和我住在一起，如果不是在那里，那么就是在这里，他想把我带出去。把我，而不是把我和孩子带出去。这可如何是好？我听说有人躲在汽车、火车或轮船里，通过隧道、穿越波罗的海或者从捷克或匈牙利边境逃离，所有的一切都不适宜孩子出逃，因为孩子们在藏匿过程中无法保持不动，他们躁动不安，中途又突然无法继续上路了。一旦他知道我和另外一个人生了孩子，他真的还会要我吗？难道我要背叛并离开我的孩子，因为我想出去却无法以其他方式出去吗？什么样的女人、什么样的母亲竟能做出这等事来？

我知道卡斯帕尔不仅说过这句话，仿佛这对他来说理所当然，而且事实上对他来说这也是一件寻常事：他会带我离开这里。他想要我，当他说“那好吧”时，他把我抱在怀里，以此来证实我也想要他。我不想冒这个险。我还以为我们的爱会让我超越一切困难。卡斯帕尔的清晰、周全和决心是如此令人信服，如此令人倾倒，以至于我也同意了他的想法。这是一次飞跃，就像义无反顾地将衣服扔在海滩上一样，我把疑惑抛之脑后，开始一心一意爱上卡斯帕尔了。

一九六四年七月二日是他的二十周岁生日，从那一天开始我爱上了他。我知道学期结束后他要到他的家乡去，将在一家出版社当实习生。我告诉他我和一个大学生小组被委派到波罗的海边一家休养所接受任务。我们不想给对方写信，因为我们不希望在检查机关的审查之下给对方写信。虽然漫长的分离令我悲伤，但并没有让我害怕。我确信我会再见到他，他会把我带出去。我确信。在他对自己的爱情坚信不疑之下，我也对我的爱情坚信不疑。

我们躺在施普雷河畔，直至夜幕低垂。我们彼此讲述着我们的父母和兄弟姐妹，教会对他意味着什么，党对我意味着什么，我们为何而兴奋，我们为谁而陶醉，从第一次调情到初吻。我们妒忌其他人得到的亲吻，并为此哈哈大笑。我想跟他说说莱奥，并不是如何会有他，而只是有过这个人而已，但终究没有提及。

学期结束前我们还见过一两次。但对我而言，七月二日那天晚上既是欢迎之夜，又是告别之夜。我们很快就要互道再见，但我们终生欢迎对方。白天很热，夜晚一定还很热。施普雷河水拍击岸边，孩子们在远方喊叫和大笑，一只乌鸫在歌唱。天地安静下来。卡斯帕尔低声说道：

> 世界怎么会如此静谧，
> 在黄昏的夜幕之下
> 如此亲切，如此慈爱。
> 宛若一个寂静的房间，
> 你们因为嗜睡耽误和忘却了
> 白日的伤悲。①

我很期待他一辈子都会为了我去熟悉那些诗歌。我闭上了眼睛。我多想在他怀里入睡，次日早晨醒来。

---

① 德国诗人克劳迪乌斯（Matthias Claudius，1740—1815）的诗歌《晚歌》中的诗句。

*

宝拉在达尔斯半岛上有一个夏季别墅。她的祖父在战前为他的小船和渔具建造了一个小屋，她在小屋旁边添加了一个小浴室、一个小厨房和一个房间。夏季别墅还在吗？是否已经下令拆除？在扩建小屋时，宝拉没有关心过当局忽视的建筑法，而当局那时也担心围绕夏季别墅问题发生冲突，因为许多夏季别墅都是以类似可疑的方式建造起来的。

夏季别墅位于浅海湾边，远离大海，远离海滨浴场，远离度假屋。我们不去购物或者远足或者骑自行车和某个人会面时，是看不到其他任何人的。我觉得这样挺合适。当我的肚子变大，宝拉就不带我出去购物了。我不想被人看到自己有孕在身，被问及我的孩子出生的事。

我和宝拉相识于幼儿园。我们彼此投缘是因为我们都挨打过，我是因为母亲让我梳两条长辫子，她是因为脸上右半边脸颊和前额上有一个红色胎记。我们在理工中学并排坐在一起，当她成为埃尔富特的一名护士时，我们仍然是朋友，我留在了柏林，上了高级中学。她应该在十月份开始她的第一份工作，现在放暑假了，邀请我去夏季别墅，她对莱奥、怀孕和卡斯帕尔一无所知。后来她告诉我，我到达时她立即发现我怀孕了。但她什么都没问我。她一直等到我在第二周主动说出来。

我确信她的友谊和忠诚，但我还是担心她会如何回应我的情况和我的愿望。我们从夏季别墅前面的草地穿过芦苇，坐在码头上，让双脚没入水中。她总是希望我坐在她的左边，尽管我不仅早就习惯了她的胎记，而且很喜欢看到它；她那红发和无数雀斑的衬托使她的脸闪闪发光。我想象她就是爱尔兰的卡门。她坐在我旁边，那么楚楚动人，那么宁静如水，那么信心十足，她都有点吓住我了。我是多么匆忙地活着，我是多么迅速地让自己参与其中，我是多么突然地做出决定。

我告诉她所有的一切，关于莱奥、怀孕、卡斯帕尔，我不想留在民主德国，卡斯帕尔会带我离开，为何我不能留下这个孩子，为何又不能把孩子交给莱奥。

“那怎么办呢？”

“我会把孩子放在医院或者孤儿院或者牧师家门口。”

她匆匆看了我一眼，仿佛想要证实我是坐在她旁边说了这句话。“那这个孩子以后怎么办？被某个人收养，或者交给某个人负责照料，或者送给孤儿院，如果觉得不好，再到另一家，从一家孤儿院到另一家孤儿院，一家比一家差。你觉得这样无所谓吗？”

“我还没有考虑过这件事。”

“那你考虑一下吧。我不认识莱奥，我不喜欢从你这里了解他的情况，我明白你不想把孩子交给他。可这件事是跟你有关，还是跟孩子有关呢？”

“任何一个义父、任何一个养父、任何一家孤儿院都要胜过莱奥。莱奥是混蛋。”

“哦，碧尔吉特，”她摇摇头，“你究竟是怎么想的？你不想要这个孩子，根本连看一眼孩子都不想，不想拥抱，也不想喂一口奶。你想生产后立即骑上自行车，将孩子带到最近的牧师那里去吗？这个你做不了，这个只能我来做。我应该在你生产时帮你，然后把孩子从你眼前、从你的脑海里赶走吗？”

“我不是说所有的一切我还没有好好想过么？我们还有时间。”

她看了看我的肚子。“还有三个月？”

“两三个月吧。”

她朝湖望去，眯起眼睛，仿佛在打量天鹅，或者那只垂钓小船，或者那只在腐烂的系泊柱上停留的鸬鹚。“没什么好考虑的，只是要做出决定。但你需要我，没有我你无法做出决定。我不喜欢这样，不喜欢孩子被遗弃在门口，不喜欢孩子和任何义父母或养父母一起长大，当然也不喜欢孩子放在孤儿院里。如果你不想要孩子，那孩子就是父亲的。他想要。为什么他就不该是个好父亲呢？他足够好，你才会爱上他，才和他睡觉。”

接下来的几天里，宝拉并没有放弃。尽管我不那么喜欢父亲，但他活着不是要比死在战场更好吗？莱奥一定利用过我——这难道不是表明他多么渴望有一个孩子，他会多么充满爱心地照顾这个孩子吗？我不想逃跑——难道我不是希望我在这里所做的一切能有一个好的结局，然后平心静气地逃离吗？莱奥是无赖，我是受害者——果真如此吗？难道我不是同样在诱惑他，正如他诱惑我那样？为何我没有采取避孕措施呢？我是真的想让他和这个孩子跟我捆绑在一起吗？

我该怎么说？我知道莱奥不能有这个孩子，我用我的脑子和身体想想就知道这一点；我知道我们如何知道一些事情。我一直还知道这一点。我不是生育机器，我的孩子也不是一个物品，你扔进一个五毛钱的假硬币，孩子就可以从机器里钻出来。我知道有坏的义父母、坏的养父母，也有差的孤儿院。但也有其他的义父母和养父母，他们对孩子充满着爱，也有其他的孤儿院由尽心尽职的工作者负责照料。而那些倒了霉的、在一家恶劣的孤儿院里长大的人，也会因此以性格坚强的形象出现在世人面前。

我确信我的女儿没有受到伤害。当我找到她时，她将是一个强大、快乐、幸福的年轻女人。如果我能找到她的话……为什么寻找如此艰难，害得我几乎都不想开始寻找了？我也不能太早地找到我的女儿。在她还太小的时候我不能去找她。她的年龄必须适中，她的生活环境、家庭和职业也必须相符，而且她也一定要经受过一点点命运的风吹雨打。否则她又如何能懂我呢？

宝拉最终放弃了。“如果你做不了，那就算了。我把孩子带走。到时候我们借上一辆小车。”

*

我对在达尔斯半岛上度过的夏天记忆犹新。我大清早醒来，煮好了咖啡，拿起杯子坐到码头上。我经常看到旭日东升。它不仅在东方的水面和芦苇上涂抹上了薄雾，还在西方的天空中投下了一抹粉红色。它从薄雾中升腾出红色，当太阳在晴朗的天空中变成金黄时，我伸展四肢躺在码头上，抬头望向蓝天，发现了启明星，等待白尾海雕出来觅食，聆听鸟儿和青蛙的鸣叫。有时我又一次沉入梦乡。

我也在码头上度过了白日的时光。我阅读《战争与和平》，我虽然喜欢这本书，但一直没有深入读下去，也终究没有读完整部小说。我在梦中度过了数个小时，当我振作起来继续读下去，却不消多长时间，娜塔莎的希望或者索尼娅的谦逊或者皮埃尔的粗鲁就会让我想起自己，于是只好继续做起梦来。我梦见和外婆、母亲和姐妹们告别，我对莱奥的报复、我的教授做出的反应、我喜欢的人和喜欢我的人，梦见我的出逃，和福尔克谈论出逃、滞留在外以及回来，梦见和卡斯帕尔在西德的生活以及不和他在一起的西德生活。我梦见我的孩提时代，在大街上玩天堂和地狱的游戏、在享用高脚玻璃杯里的覆盆子糖果，梦见隔壁面包店的葡萄干小面包、圣诞市场上的旋转木马、校园里的栗子树，梦见加入少年先锋队、对蓝色围巾充满自豪。我梦见周日下午无聊得折磨人。当时，生活的停滞让我不高兴，现在，它让我快乐。我很高兴除了等待什么都不用做。我甚至没有等待，等待是一种活动，我不在活动，而时间在动。它在悄然流逝。

假若下雨了，我就在夏季别墅卧榻上虚度时日。宝拉坐在桌旁学习；她想做社区护士，准备参加附加培训，也准备在我身上练习接生，这原本就属于社区护士的任务。我倾听屋顶上的雨声，第一滴雨声，暴雨时愤怒的噼里啪啦声，连绵阴雨时柔和的沙沙作响声，从树木的树枝上落下的最后一滴雨声，而夏季别墅就坐落在那些树木之下。有时，我和宝拉只穿着一条连衣裙走进温暖的雨中，直至湿漉漉的连衣裙黏附在我们身上，我们哈哈大笑着互相帮忙脱下衣服，从码头跳入水中。

我学习热爱森林。我的母亲从未和我们姐妹一起去过森林。在和少年先锋队队员、自由德国青年联盟盟员一起到森林踏青时，我们必须完成委托并解决任务，一切忙碌而嘈杂。浅海湾边上的森林寂静无声。我听到树林之间的簌簌风声，鸟鸣声，一只狍子或者一只野猪走过时树枝的喀嚓声，我的脚步声。我闻到了森林的味道，地上干燥的松针，腐烂木材的霉味，被敲打过的树干的树脂气味，沉重、酸涩、肉感的蘑菇味。我和宝拉一起行走的时候，她发现我只是闻到过蘑菇的味道，她知道哪些味道好，哪些味道不好，哪些又有毒。我收集了野草莓、小而酸的覆盆子以及黑莓。和柏林周边的森林不同，这里不仅有松树，还有灌木丛、山毛榉和橡树。在树叶的映衬下，太阳和风变幻出一场光影戏，我怎么看都看不厌。它持续不断地变化，却又保持恒久不变——像火焰，像湖泊，又像大海。

一天清晨，我走出夏季别墅，看见一只狐狸。夏季别墅就坐落在森林的最后几棵树下。这只狐狸从森林里跑出来，然后跑过草地。它转过头来望着我。它注意到了我，犹如一个家庭的主人注意到住在他家里的士兵，他不让自己在房间里受到干扰，他们很快会继续前进。那只狐狸消失在芦苇丛中，好像要去游泳一样。我真想和它好好谈谈。

*

当我后来和卡斯帕尔谈及达尔斯半岛时，他想只要一切重新好起来，希望尽快和我一起过去看看。我既不说好也不说不好。当一切重新好起来，当《基础条约》① 签订之后我们不再因为我的出逃而有任何害怕时，他开始催逼我，而我不得不告诉他我已经没有兴致过去看看了。当年的夏日如此令人陶醉，那些画面在我的脑海里如此清晰、如此明朗，因此没有任何新的画面和新的记忆还会留存在我的心里。卡斯帕尔不明白我的想法，他很想再一次和我亲历他在没有我的时候亲历过的所有美好的一切。

他越发不理解我平时也不想到民主德国去。我现在也不想到德国东部新州去。并非因为我想要保留那些美丽的画面和记忆，也不是因为我想要回避那些丑陋的画面和记忆。如今我的脑海里几乎没有任何画面了，就希望这样保持不变。民主德国有民主德国首都柏林的城市地图，在这些城市地图上西柏林仅仅是一个大的白点，一个无人知道的地区。随着我的出逃，民主德国就变成

---

① 即关于东西两德关系的基础条约，1972 年 12 月签订，为分治以来两德首次建立起正式关系。

了这个样子：一个大的白点，一个无人知道的地区。它应该得到研究，可我对此毫无兴趣。

有一件事我得分享一下。民主德国是我前二十年的生命。不接受这段时间作为我的一部分，我该如何认识我、理解我、证明我？我该如何书写我，如何书写我的女儿？我对民主德国完全没有兴趣也并非事实。我在研究孤儿在民主德国是如何长大的，艰难的年轻人面临的问题，那些年轻人被关在其中的孤儿院里。可是我不想过去。不想到宝拉那里去了解她究竟把孩子放到谁家门口了，不想到牧师、医院或者孤儿院那里去，不想到义父母、养父母那里去，不想到孤儿院去。宝拉究竟是否还活着？我最后一次写信给她是在一九七九年，她在不久之后也停止写信了。我当时也不再写信给我的外婆、母亲和姐妹们，但我从黑尔加寄给我的私人通告中获悉，外婆和母亲早已不在人世，吉泽拉在柏林墙快要倒塌前死于乳腺癌。黑尔加也可能已经过世，只是我不知情而已。

我不想到那里去。我感觉自己又回到了出逃前的状态。就好像我刚刚生下了孩子，就好像当宝拉想要指给我看孩子的时候我刚刚把头转过去，就好像我刚刚等着宝拉启动卫星[①]轿车驶离，把孩子带走，在不再属于我的孩子的匿名状态下把她摆脱掉。我必须到那里去，我知道。这是我寻找孩子、寻找女儿的开始，它也属于寻找我自己。如果我找不到她，如果我尽我所能一直找不

① 原民主德国生产的汽车品牌。

到她，我就无法找到自己。

我又看了一遍我写的东西，我并不喜欢它。不错，我有寻找女儿的理由。可是如果我强烈反对，如果我内心深处感到愤怒，我也有理由不这么去做。

*

当我听到卫星轿车驶离时，我得救了。我已经驱逐了长在我身上的东西，摆脱了它。我很空虚，我很轻盈。

我不是怪物。我知道，即使是想要孩子的孕妇有时也会有着和我一样的感受。就像我一样，她们感觉不到自己肚子里有一个她们爱着的、她们抚摸的、她们与之交谈的并且对其拳打脚踢感到高兴的小孩子，她们感觉到的是有一个肿瘤。不是恶性肿瘤。是某种不属于身上的东西。它应该会消失。在分娩时让她们煞费苦心的不是要将孩子抱在怀里，而是要摆脱这个肿瘤。我和长在我身上的东西没有任何关系。宝拉有时试图让我把手放在肚子上，让我内心有所感觉。我没有参与其中。但我遵循了她教给我的关于分娩的一切。据说，第一次分娩时可能需要特别漫长的时间才开始出现阵痛。阵痛在我这里说来就来，孩子也马上呱呱落地。这是一次轻松的分娩。

我是凌晨两三点生下孩子的。当我听不到卫星轿车的声音时，我开始听到鸟儿的啁啾声。晨曦初露，我发现这将是一个天空白皙、太阳苍白的日子，轮廓交错，色彩褪色。我觉得这样挺合适。我也有一种感觉，我变得越来越轻，空虚而轻盈。我睡着了，当宝拉回来时我又醒了，继而又睡着了。我不知道多少时日已然飞逝。

宝拉帮助我清除产后恶露，也在我出汗和疼痛时帮我，并向我展示我该做些什么才能在一周后阻止母乳流出。我想哭时，她认为哭出来对我有用，然后转身离开我。我也认为哭对我有用。并不是说我认为自己犯了罪，必须为此付出代价。我陷入了一片混乱，也许是我造成了这片混乱，而在一片混乱中，我恰恰只能哭泣。

我也没有很多时间。十月中旬冬季学期开始了，我得回到柏林。我不知道何时再见到卡斯帕尔。何时可以出逃，何时我可以到他那里，何时他可以看到裸体的我？我曾经尽己所能不让他看到我的妊娠纹。现在我必须尽我所能防止他看到我松弛的肚子。

我看过介绍农妇的故事，她们阵痛开始时，立即从地里赶到家里，生完孩子次日又回到地里干活了。这也是我想做的。至少卡斯帕尔在我们重逢时没有注意到任何情况，在我出逃三个月后到达他那里时，最后的妊娠纹已经消失，我的肚子重新紧绷而平坦。

我为此感到自豪。直到现在，我才开始想到，十月份我到达后或者我们重逢时，或者七月份我们告别之际，如果我没有向卡斯帕尔隐瞒我的情况，事情会不会好一些。隐藏多可悲，隐瞒多可怕啊。

可是，凡是我能写的，我都已经写下来了。

*

宝拉。我不想被她看穿，我不想被她看透，我不想和她说话，不想到她那里去，不想寻找她。可是她当时把我的女儿放到谁家门口了？

宝拉在医院里没有待很久，她马上就做了社区护士。当她最后一次写信给我时，她已是布里森的社区护士了。其实我不必去见她。我给她写信还不够吗？在我写信给布里森乡政府，获知宝拉的下落和地址之后也是如此吗？

亲爱的宝拉：

你当时没有怪我。你认为我的决定是错误的，并试图让我改变想法。你不是劝导我，而是邀我去感受内心。我不想这么做。我不想见到那个孩子。

现在我想见了。我想见到我的女儿，她已经成为一个强大、快乐、幸福的年轻女人。我想跟她解释为何我当时不能接纳她。我不想向她索求任何东西——我怎么会那样做呢？我想把我现在拥有的一切奉献给她，希望其中有她喜欢的东西。

我在尝试写一本书。写关于我的书，否则还会写谁呢？当时我是谁？我是因为太不成熟而无法对我的孩子承担责任，所以才有必要将她托付给其他人吗？我是太自私了吗？我在西德的生活必须抵偿我让这个东德孩子所遭的罪吗？我想在写作时查明所有的一切。我愿意让自己暴露在我的法庭上，站在我的法庭上。我所写的东西，将是冷酷无情和真实可信的。

你当时把孩子放到谁家门口了？我不应该以书面形式和你解决这些问题，而是需要口头解决。我应该过去探望你。可我不能。我还不能回到民主德国，民主德国还剩下些什么呢？假若我可以这么做的话……

希望你身体健康，并向你致以诚挚的问候。

然后是下一封信：

尊敬的牧师先生：

您不会忘记整整四十年前，有一天夜里有一个婴儿放在您家门口了吧。那个孩子就是我的女儿。拜托您能帮我找到她吗？

我不想打扰她的生活。我只想为她尽我所能。或许她也在找我呢。

致以亲切的问候

诸如此类吗？一封接一封地写信？寄给义父母，寄给养父母，寄给孤儿院？他们究竟会不会帮助我寻找呢？他们首先得询问我的女儿，是否愿意让我寻找？或者他们可以自行做出决定，是否这关系到我女儿的切身利益？他们希望看到我做出决定吗？我得说出当时出了什么事吗？

我至少可以写信给布里森乡政府，打听宝拉的下落。

*

我的女儿，那个强大、快乐、幸福的年轻女人？为何我要一再重复这句话？我是在哪儿研究过民主德国的孤儿、问题青年以及孤儿院？我又在哪儿看到过这张照片，看到过她？

我想我看到她了。一个年轻女人和那些穿着军靴的纹身男人一起站在公共汽车站，看着摄像机，不像其他人那样狂妄自大、固执己见，而是从容不迫、镇定自若——我有一张在洪堡大学入学典礼上的照片，我看起来刚好也是这样。我并没有感觉如此，但我希望有这种样子，在典礼上，在照片上，从容不迫、镇定自若。我不能把这些照片并排放着，我的面前只有一张照片，一座有涂鸦的公共汽车站，啤酒瓶和白酒瓶随意摆放在长椅上和地上，这张照片是从电视上看到，我叫人寄给我的。但我对入学典礼上的那张照片有着清晰的记忆，我也有一张作为大学生小组成员的照片，这张照片刊登在当时的《萨克森报》上。这些照片看起来展示的是同一个年轻女人。当我照镜子时，我会在我身上认出她来，即便我已经老了数十岁。

我们家没有电视机，我们俩也不想要。我只是偶尔在一个女友那里看看电视。她属于民主德国迷惘的一代，柏林墙倒塌时他们二十四五岁，他们的旧教育在统一后的德国毫无价值，对新的教育他们又没有勇气或者没有精力，那些没有工作的人酗酒、东游西荡、出言不逊，有时殴打朋克、外国人或者无家可归者。那位女记者确认了其中不少人是在民主德国的孤儿院里长大的，他们不仅没有接受教育，没有工作，而且也没有家庭。

我问过电视台这张照片是在哪里拍的。奥得河畔法兰克福——我应该立即去那里，从一个公共汽车站到另一个公共汽车站，打听她、寻找她吗？你好，我在这里！我们长得很像——难道我们是母女吗？我们可以坐下来喝杯咖啡或者啤酒吗？我在一九六四年生下了你，又把你遗弃了，我很抱歉。我明白你曾经过得不容易，现在也不容易。我能为你做点什么吗？如果愿意，你可以到我这里来，到我们这里来，我的丈夫对此一无所知，但是没关系。

我没法做到这一点。我怎么知道这张照片显示了我的想法？这里有最惊人、最令人困惑的相似之处。人们一次又一次地遇到长得像猫王埃尔维斯·普雷斯利或比尔·克林顿的人，而当那是一部关于伊丽莎白或林肯的电影时，那么那个女演员看起来就像女王，或者那个男演员看起来就像总统。当我谈论母女关系，并在没有完全确定的情况下做出忏悔和承诺时，我会对一个年轻的女人做些什么？

为何我的女儿就不该是一个强大、快乐、幸福的年轻女人呢？我读到第一次世界大战使德国的一百万儿童成为孤儿，第二次世界大战使德国的五十万儿童成为孤儿，越南战争使越南的一百万孩子成为孤儿，而艾滋病使世界上的一千五百万至二千万儿童成为孤儿。有些人受到创伤，有些人不会——还有什么？还有多少著名的孤儿，无论在现实生活中还是在文学中！不，不管我女儿经历了什么——我不会让自己错过看到她是一个强大、快乐、幸福的年轻女人。年逾四十的她不再是年轻女人，我知道。假若她还没有经历过什么，她如何能理解我？尽管如此，我还是觉得她很年轻，和我当时一样年轻。

如果我把她带到我们家，那会是什么样子？一个年轻女子，在孤儿院里长大并受到精神创伤，在公共汽车站与男人们一起喝啤酒和白酒，辱骂和打架？卡斯帕尔会做出怎样的反应？

在我们结婚的那些年里，有时，我认为卡斯帕尔知道真相，原原本本地知道，他将真相隐藏在他的生活之外，恰如我将真相隐藏在我的生活之外一样。我想他一定觉察到，我在隐藏一个秘密，他出于爱没有触碰它，直到爱让他预料到、让他知道那是什么。然后他和我一起分享它，和我一起承受它，在分享时可以不用语言和手势，这就是为什么他总是对我小心翼翼的原因。我知道他在对我小心翼翼起来，因为我所做的事让他不知所措。离开书店，到印度去，做金匠，烹饪，写作——他不明白是什么驱使我这么做，他害怕这会把我带走。他小心翼翼，因为他不想失去我。可有时我以为还不止这些。

在十九世纪的世界中，人们谈论比较少，卡斯帕尔更喜欢沉浸在十九世纪的文学作品里。我们民主德国谈论也比较少。我是说谈论灵魂的东西。谈论恐惧、强迫和童年印记，谈论从事精神分析和心理治疗的业余活动，我是在逃往西方后才知道的。那些女人不知道自己的男人身上发生了什么，她们抱怨自己的男人不再谈论自己——我在朋友圈经历过多少次这样的事！好像一切都必须被描述和解释！我通常知道她们的男人身上发生了什么。用肉眼看看、用耳朵听听就够了。我们以前学过这些东西，现在没有人学了，或者学过也忘了。以前夫妻通常知道对方不能谈论什么。正因为如此，我有时会想到卡斯帕尔也知道我不能谈论什么。隐瞒不是那么糟糕。不论我们是不是同床共枕，迷失在彼此之中，白日或黑夜终究会到来。

如果我今天告诉卡斯帕尔，我女儿要来找我们，告诉他她是谁，他会有什么反应？他会把贵重物品锁起来，这样女儿就不会把它们拿出去卖，然后去买酒或毒品吗？他会问我怎么做，因为我有酗酒问题，女儿亦会有酗酒问题吗？他会囤积酒，这样我们就可以在家喝酒，而不必从一个酒吧跑到另一个酒吧吗？他会考虑我女儿可能想读什么书，然后把书从书店里带回家，放在客房的床头柜上吗？他会问她是否可以在书店帮他忙吗？他想带她去剧院、听音乐会、看电影吗？是的，他会这么做的。他不会强迫她。如果她不那么令人不快、不可接受，他会很疼爱她的。

自从在电视上看到她以来，为何我又让岁月不经意地流走？

开车去奥得河畔法兰克福的汽车站接她，再把她带到我们这里，已为时太晚。

*

十月，我和卡斯帕尔再次见面时，我们松了一口气。不是因为夏天时我们害怕不会在秋天依然相爱。很奇怪而又很神奇的是，我们从一开始就知道我们的爱情会持久。可是三个月之中难道就什么都不会发生吗？将入境禁令从西柏林人扩大至西德人，朋友圈中的一名间谍，他撰写的报告指出要禁止我们东德学生和西德学生接触，该报告受到国家安全部门的高度重视，发生一次事故，就可以致使我或者卡斯帕尔坐上轮椅。人们可以相爱，又可以彼此失去。

我们恢复了夏日的生活。我们在英格丽特家里与来自东西德的朋友们相聚，和他们一起去剧院和电影院，我们两个人尽可能长时间地坐在公园的布毯上，然后冒着寒风长时间地散步，到咖啡馆和酒吧小坐片刻。我们在圣诞市场上买棉花糖吃，乘坐旋转木马和大转轮；卡斯帕尔装作没有看出这类提议的可悲之处，我也就此向童年和青春告别。

卡斯帕尔没有谈及出逃的事。等是时候了，他才向我解释我该做些什么。我必须预订一月十五日至十七日的布拉格周末游，一九六四至一九六五年冬季可以为东德人提供这样的旅行机会。我要拿到一张车票和证件，以便在十五日坐上前往布拉格的火车，向民主德国边防官员出示证件。不久之后我要向捷克斯洛伐克边防官员出示其他证件，有了这些证件我就可以作为西德人在捷克斯洛伐克过境前往维也纳。卡斯帕尔需要我的护照照片，我的身高，我的眼球颜色。当他十四日将证件带给我时，他向我解释接下来的出逃信息，到达布拉格，乘坐火车前往维也纳，在维也纳什么旅馆以及次日乘坐飞机前往柏林。他将在滕珀尔霍夫机场等我。如果有人在我出逃期间对我说“好兵帅克会怎么说”[1]，那这件事就办成了。设法搞到证件的人会让他们中的一个人和你一起旅行。然后卡斯帕尔给了我一只旅行手提包和一条围巾，那是他在卡迪威百货公司购买的。他还给了我一包万宝路香烟，提醒我在民主德国边检时要把新旅行手提包藏在我的旧旅行手提包里，但在捷克斯洛伐克边检时要把我的旧旅行手提包藏在新旅行手提包里，还要戴上围巾，不再抽珠宝烟，而是万宝路。

我没有问这些人是谁，他们是如何得到这些证件的，是否他们同行，因为边境官员一定是受贿了，不然他们为什么跟我打招呼。卡斯帕尔和我只谈了要点，我们很平静地谈了，好像没有危险，仿佛不会有什么事情出错。发现他拿着我的护照照片穿越边境时我很害怕，在他拿着证件来之前我很害怕，在镜子里看到自己时我很害怕——从我的外表就可以看出我想逃离，心想其他人也会看出我的心思。他把护照照片和证件带出边境时一定也很害

---

① 《好兵帅克》为捷克作家雅·哈谢克（Jaroslav Hašek，1883—1923）创作的讽刺小说杰作。

怕，害怕搜身，正如他和朋友圈的其他人都曾亲历过的那样。十四日，我们没有表现出恐惧。但当我们彼此拥抱道别时，我们坚持得特别久，相拥得特别紧。

在布拉格一起度过周末之后，我和我的外婆、母亲和姐妹们告别。我不想花更多时间道别，不是因为她们会出卖我，而是因为我害怕外婆、母亲和我诀别，害怕我和她们诀别。当我和英格丽特告别时，我拥抱她的时间或许比平时更长；之后她看着我，双手捧着我的头说“祝你好运”，好像她知道似的。我最后一次看到的地方和我最后一次走过的路径让我感动，菩提树下大街，洪堡大学的楼梯间，乘坐轻轨，木制座椅和清洁剂的气味，我们家对面的老学校，有轨电车，面包店橱窗里的杏子馅饼。有那么一刻，我喜欢挂在我们房子上的那块珐琅标牌，标牌上贴有三根弯曲的蓝色色带和一个标签，标签上写着“公认的秩序、安全清洁和纪律模范区”，我一直觉得这个标牌很可笑。

我睡眠很差。我做梦坐在一列火车上，发觉自己坐错了车，在一座没有火车进出的车站上等候，我拖着一只行李箱越过砾石和铁轨，向一列火车走去，快要到达时火车却离开了。我的恐惧存在于我的身体里，轻微的发烧，胃部的抽搐，每一个声音和光线都带来颤抖的恐惧。当曙色微明，当新的一天开始，当我在厨房里煮咖啡、做早餐然后我们坐在一起时，我感到很高兴，好像什么事情都没发生一样。

前往布拉格的火车很冷。我和一对中年夫妇以及一名大学生坐在一节车厢里，我自言自语道，边检时他们无意间就会注意到我不同的证件和身份了，我自问道，他们会做出怎样的反应呢，我不知道自己该做什么。他们在德累斯顿下了车。我独自一人坐在那节冷飕飕的车厢里，人在发抖，因为既感到寒冷又感到害怕，我望着窗外的河流、森林和群山，抽着烟。民主德国边防官员摇摇头，用手挥动车厢里的烟雾。捷克斯洛伐克边防官员则是皱起鼻子，转过身，把我的证件拿到走廊，关上车厢门，在外面检查并盖章。

然后就结束了。我松了一口气。我还是很害怕。如果边防官员谈论车厢里的吸烟女人怎么办？那个女人不可能既是东德人又是西德人吧？他们会回来逮捕我吗？还是他们会把信息传递至布拉格，下车时警察会在等着我吗？

在布拉格下车时我很害怕，我怕捷奥边境。之后我就不会再有任何恐惧了，可恐惧在我的身体里扎下了根。在维也纳那家旅馆酒吧里，我有生以来第一次喝酒麻醉自己，一夜之间我摆脱了恐惧。次日，我享受了飞机的升空和飞行——这是我第一次乘坐飞机。在降落前不久，一名男子坐在我旁边的座位上，含笑看着我。“好兵帅克会怎么说？”他拿走了我的西德证件，称赞我一切做得很棒，起身离开了。

*

在从海关通向大厅的玻璃门后等待时，我看到了卡斯帕尔。

他站在大厅里，看见我之后蹦跳起来，兴奋不已，挥手致意。我也朝他挥了挥手，当我穿过玻璃门时，我们俩都奔跑起来，然后投入了对方的怀抱。

我们只是两天没见面。可我们感觉不同了。我们从一个世界到了另一个世界。我们乘坐出租车去达勒姆，卡斯帕尔带我去他的房间，有冷藏的香槟，他打开香槟，和我碰杯，想从我这里了解出逃的一切。可是他首先想要触碰我，拥抱我，抚摸我，亲吻我。他想和我睡觉，终于能和我睡觉了。我宁愿出去散步，到一座公园、一座森林，到湖畔或者河边，感受乌云预示的下雨的滋味。我想这是我亏欠卡斯帕尔的，我和他睡觉，和他的渴望、他的需要、他的烦躁、他的笨拙睡觉。当雨落到窗玻璃和窗台外沿上时，我睡着了。

半夜醒来。卡斯帕尔睡在我旁边，拳头放在脸前，双腿紧绷，像个孩子一样。我站起来，打开窗户，点上一支烟。没有什么不对，卡斯帕尔没有，那张床没有，那个房间没有。与此同时，又没有什么是对的。我不再在那里，可我还不在这里。我会习惯的。我们会把床推到另一边，从床上望向树木和天空，再为我找上一张桌子置于窗户前，我们会穿过街道，先绕过街区，然后转圈愈来愈大。加热器咕噜咕噜地叫着，我想到我得早上把家里的瓷砖壁炉弄好，有时用旧报纸包裹的煤球就已经保留了余火，我只需要用力吹火来点燃火焰。我想起了家里夜晚响起的声音，外婆拖着脚走路的脚步声，母亲上厕所时急匆匆的脚步声，黑尔加抽烟时的咳嗽声，钟表的敲击声，一刻钟、半小时、三刻钟以及整点报时，在我童年的时候悦耳动听，后来有点儿叮当作响，有轨电车在弯道上发出刺耳的声音，第一班在早晨五点前不久，最后一班在晚上十一点后不久。我想起了我的床；母亲和外婆有一间卧室，黑尔加有一间卧室，她宁愿和吉泽拉一起也不想和我分享这间卧室，我睡在客厅那张长沙发上，沙发已被睡坏，不舒服，嘎吱作响。我的脑海里没有什么特别美丽或特别重要的东西。但是它把我埋藏在乡思的波涛下，我不再知道自己为什么在这里，而不是在那里。

卡斯帕尔醒来，看到我站在窗旁，他从床上坐起，问我道："怎么了？"

我说道："没什么。"

我在很多个夜晚都这么说过，即使在经历第一次强烈的乡愁的夜晚。正如我不想谈论乡愁一样，我也不想和卡斯帕尔谈论我对孩子的思念，我对我的学习和职业的担忧，以及对我俩的担忧。头几周许多方面都不容易：我在马林费尔德临时收容所被审问了三天；卡斯帕尔从父母那里得到的生活费很少，他借来资助我出逃的五千马克必须偿还；合租公寓里没有女人，也不想要女人，敦促我们搬出去；在新的身份证、护照以及我有权领取的补助金的行政程序上，我被当作一个烦人的申请者对待。还有购物！作为一名难民，我收到了用于初次购置衣服和鞋子的代金券，这点代金券只够买些破旧东西。如果我不想接受商店给我的破旧东西，想买些更好的东西，有人告诉我，我必须接受别人给我的东西，不得提出问题或者表达任何愿望。

卡斯帕尔忍受着我在夜里站着、吸烟和沉默，陪我去了当局、商店、学生咨询处以及注册入学办公室，这样我就可以在下个学期开始学习，他给我调换床位，为我找到一张桌子，早上整理床铺，打扫房间，晚上做饭。他充满爱心，乐于助人，富有耐心。直到他无能为力为止。我带了一台小型收音机回家；我一直想买，这次终于买了。我没有事先和卡斯帕尔打招呼就买下了，他简直要疯了。我怎么能花这么多钱，我不是知道我们手头有多紧么，他明白我要改变我的生活不容易，他也要改变他的生活，他可能不得不中止学习，他得工作和赚钱，我表现得像一位公主，这可不行。他没有停止说话，他在谈论我们，不，我们生活在一起并非错误，但我们必须正确地生活在一起，如果我们错误地生活在一起，我们就无法成功，他并不介意我在读书而他放弃学业，但如果我们生活在两个不同的世界，我上大学，他在工作，那我们首先必须正确地生活在一起，如果他又醒来了，而我站在窗口抽烟，他会抓住我、摇晃我，直到我告诉他出了什么事，是的，这不对，但他不会在乎。

我很害怕。我的乡愁，我遭受当局和商店的侮辱，我在学业选择上的犹豫，我对与卡斯帕尔做爱的失望，这方面一直还不和谐，我对钱的担忧——这是一种娇生惯养的装模作样，以此逃避生活，逃避为自己而活，逃避和他生活。

“你说得对。”

他惊讶地看着我。他花了一点时间，直至从我的脸上看出我是认真的，我已经理解了他。然后他微微一笑。“你是我的公主。当我说你表现得像一位公主，我并没有……”

“女王怎么样？”

“女王也很好。”

“我们从头再来吧。”

*

于是我们从头再来。我克服了害羞，告诉他我喜欢什么，不喜欢什么，我想在哪里以及如何被感动，我想扮演什么角色，他应该扮演什么角色，他是一个好学的学生，成为了一个富有想象力的情人。当他看到我晚上站在窗前抽烟，问我怎么了，我就告诉他所有的一切，除了我对女儿的思念。但我晚上很少起来了。我们关于学习和工作谈了很久。他说大学学业对他来说并不重要，学习如何做一名书商也同样很合适，起初我不相信他，敦促他继续大学学业，但后来我意识到他是当真的，于是和他一起去看了柏林的各家书店。我进了柏林自由大学攻读日耳曼语言文学和戏剧。我们找到了一个小公寓，有一个带壁炉的客厅，一个不带壁炉的卧室，一个厨房，那里的洗菜盆也是盥洗盆，楼梯间里有厕所。我们买了一个淋浴装置，把它安装在厨房里。

距离他当学徒和我学期开始还有两个月时间。我们想还清债务，自己挣钱，于是我们在西门子公司找到了工作。卡斯帕尔第一次体验工厂的生活，我则是第一次体验西德工厂的生活。这里的等级制度比我工作过的东德工厂更森严，上司更强势，语气更严厉，流程更快速。我有两个女大学生同事，女工们以倨傲而又显示友好的态度对待我们。我最好还是隐瞒我刚刚出逃的事实吧；我常常被人不仅是倨傲地而且有点轻蔑地对待，就好像我被纵容，以牺牲他人为代价而被宠坏和被喂养一样。我注意到我在当局和商店里遭遇到的侮辱有着广泛的基础。这个学期里，无论是教授还是学生，我没有受到任何人居高临下的对待，但是当我采用东方视角或者使用东方措辞时，我就感到很恼火。大家都以为随着出逃，我已经摆脱了东方的所有一切，因为那是苏联的东西、共产主义的东西，而我现在还是和从前一样。

柏林墙倒塌后，我看到通常发生在东德人身上的事，也零星地发生在我身上。起先东德人受到了欢欣鼓舞的欢迎。他们还被人饶有兴趣地问及东德发生了什么，他们在东德是如何生活的。可是他们被询问的方式，犹如在向一个人打听他进行了怎样的一次旅行。事实证明，他们不仅是进行了一次旅行，现在回来了，而且来自另一个世界，在那个世界里，有些东西尽管是他们建立并维护的，却和他们格格不入，他们曾经和那个世界相连、保持着联系。大家的兴趣也就慢慢失去了。某些特有的东西在东德出现了吗？东德曾经有过压迫、不公正和不幸，压迫和不公正已经一去不复返了，被压迫的东德人可以和没有被压迫的西德人平起平坐，没有成为另类的理由。假若果真成了这样的人，那么他们就是不听话、忘恩负义，因为他们接受了众多的馈赠，才可以像快快乐乐的西德人一样快快乐乐。

和西德人在一起时，我们东德人最好把东德所有的一切都放在一边。当时是这样，今天也是如此。我不只是因为女儿的缘故才把民主德国变成了白点，变成了无人知道的地区。

这也使我对大学学业失去了兴趣。我不属于其中。上大课还行。我们全都默不出声地坐在那里，一边仔细听讲，一边做好笔记。可是在讨论课和研讨会上，有一些学生博览群书，提出正确问题，给出正确回答，做出感觉敏锐的、富有批判性的评论。他们不仅很聪明，或者说，即便不聪明，他们装作不仅很聪明，而且随机应变、精明能干、口若悬河，又如此狂妄自大，以至于其他人将其视为显示真正的优势。我们其他人——当教授对着大家提问的时候，我不是唯一沉默的人，我不是唯一低下头的人，当我不得不说话的时候，我也不是唯一支支吾吾的人。其他人都很害羞。我不敢说一些让人认出我来自东德的话，教授会用“啊，我们来自东德的同学”或者“卡尔·马克思究竟是怎么想的，你肯定知道”或者“这个我们在高中时就知道了，但在你们那里就不是这种情况了”来回应。或是其中一个反应敏捷的人会发现我的出身充满异国情调，课后跟我攀谈，我只会感到自卑，只会感到可怕。

没有任何事情被认真对待。我想知道作者是谁，他写这篇文章是在什么时候、为什么、目的是什么，想知道这篇文章在当年所产生的影响，感受它今天所产生的影响，在文章里找到共鸣，被文字触动和改变，看到、理解以及爱它的力量，它的美丽，它的伟大。在人们的研究中，谁也不想看到和理解文字的力量、美丽和伟大，也不想被文字触动和改变。它是关于文字游戏，关于隐喻、象征和比喻，关于内在与接受、结构主义、共时性与历时性，关于社会学和政治学，关于叙述性的外来词，而其背后隐藏着陈词滥调，例如一个人可以在直接或间接的演讲中回顾性或前瞻性地叙述一次或多次。我不明白任何人，无论是教授、学生、教德语的老师，还是他要教的孩子们，可以从这种对文学的处理中得到什么。

上大学期间最美的事情就是阅读。卡斯帕尔在书店或职校，我则躺在床上看书。我阅读了所有作为作业派给我们以及推荐给我们的东西——文学书籍，而不是关于文学的书籍。第二个学期，我参加了一个关于托马斯·曼的长篇小说《浮士德博士》的讨论课，虽然在之前的假期里不得不工作，因为我们还得还债，但还能省下两周的时间用来读书。我躺在床上，背靠在枕头上、头靠在墙上看书。床头柜上放着一杯掺了伏特加的橙汁，自从斯蒂芬有一次给我制作过一杯之后，我开始喜欢喝了。两块方形小冰块，五分之一伏特加，五分之四橙汁。它很便宜，让我头脑清醒，又让我昏昏欲睡，但只是片刻时间。我读了二三十页，然后睡着了，醒来了，又读了二三十页，又睡着了，又醒了。我阅读的东西伴随我入睡，也伴随我从睡梦中醒来，我在书中既有意识也没有意识，醒来、睡觉、做梦。我从来没有如此沉浸在一本书中，迷失在一本书中，和一本书融为一体，在此之前没有过，在此之后也没有过。

我了解到可以怎么喝酒而不让呼吸泄露你喝了酒。卡斯帕尔没有注意到任何事情，既没有看到满瓶的伏特加，也没有看到空瓶的伏特加。他很高兴我告诉他《浮士德博士》是一部晚间连载小说。

读了两个学期，我辍学了，并没有为此感到惋惜。我也喜欢成为一名书商。卡斯帕尔做学徒的书店也会让我当学徒。但我们决心尽快拥有我们自己的书店，希望从两个不同的书店获取经验。我们住在克罗伊茨贝格，他的书店在策伦多夫，我的书店在舍恩贝格，我们骑自行车，早上一起走一段路。

因为我有高中毕业文凭，所以我和卡斯帕尔的学徒期一样不是三年，而是两年。我的书店很小，很快我就对它了如指掌，半年后，店主经常把我一个人留下。我在职校学习图书贸易学与图书出版学、会计学、企业经济学和市政学；我没有上德语课，因为老师认为我懂得够多了。我喜欢每周花两个半天的时间做一名学生。用信息助兴，参与一点，开个小差，时而听听，时而不听，有趣的时候参与一下，无聊的时候就做做白日梦——这只能在学校里做到，实际上我在十八岁时结束了学生阶段，而在二十二岁时再次拥有了它。我感到轻松和自由，我和卡斯帕尔了解了柏林，结交了新朋友，随着我通过考试，我们还能够庆祝我们即将偿还最后的债务。

然后卡斯帕尔继承了一小笔遗产，我们在寻找一家书店和一套公寓，我们想要孩子，对要孩子是既期待又惶恐，两年后我们找到了前两者，一套公寓和一家书店，要对它们进行布置。公寓很华丽，但维护不佳，书店比我们想要的小，不过在庭院的一侧有一个很大的储藏室可以作为书店的一部分。大部分的活儿都是我们自己干的，在公寓里，我们刮擦和修复天花板上的石膏花饰，在灰泥下面铺设管道，用砂纸打磨地板，给墙壁抹上涂层和铺设瓷砖，安装新的卫生设施，而在书店里，将储藏室打通，地板和墙壁的隔热，新的窗户，地板和货架。我们一起合作得很好，没有因挫折而争吵，共同为取得的进展感到高兴。终于，我们举办了一个大型书店聚会，一年后又举办了一个大型公寓聚会。我还清楚记得，起初我们忧虑重重：我们花在公寓和书店上的精力是不是过多？我们的书店旁边会开一家连锁书店的分店吗？我们会有足够的客源，会有足够的营业额吗？但诸事顺遂。我们的生活有其固定的轨迹，有其程序和仪式。

我对早年生活记忆犹新。我在从柏林开往布拉格的火车车厢；我从维也纳飞往柏林时，在飞机上看到的景色；马林费尔德临时收容所的审讯室；职校的教室；改建期间公寓和书店里光秃秃的墙壁和瓦砾——所有的一切浮现在我的眼前。接下来的若干年里，我的记忆变得越来越虚弱，越来越苍白。那是因为生活放缓，没有惊喜、没有震动了吗？酒精成为陪伴了吗？生活并非没有不寻常的事情：我们租了一个小园圃，为大公寓买了一架三角大钢琴，我们去外面上课，学习意大利语，组织朗诵会，成立了一个成人读书俱乐部和一个儿童读书俱乐部，旅行很多，但没有长途旅行，而是到欧洲各国首都进行短途和快速的旅行，因为我们不想把书店长时间地交给员工。我很清楚我们所做的一切。但我的眼前看不到这些东西。我随身携带着修缮一新的公寓和扩建过的书店的照片；我住在公寓里，我常常将时间花在书店里，即便不在书店里工作之后。但我没有看到卡斯帕尔和我一起上钢琴课，上意大利语课，我们也没有一起去旅行；埃菲尔铁塔、圣彼得大教堂和伦敦塔桥在我的脑海里就像我在电视上或明信片上看到过一样没有任何不同。那么多年来，记忆的迷雾似乎已经消散，有时会被打破，但我在其中采取了不安全的、试探性的步骤。

*

这甚至适用于在印度的几个月，适用于这次伟大的启程和觉醒。我看过一篇文章，介绍薄伽梵·史利·拉杰尼希[1]和他在浦那的静修处，不久后我在书店里见到了一个穿着橙色长袍的女人，她的脖子上挂着一条长长的木质项链，项链上面有一个圆木框，圆木框里嵌有一张脸上留着胡子的男人的小照片，她是薄伽

① Bhagwan Shree Rajneesh (1931—1990)，即印度人奥修，创办邪教组织奥修教。

梵的追随者、门徒。我跟她攀谈起来。她刚从浦那回来，对自己经历的一切感到兴奋不已。她谈到了薄伽梵的演讲、小组、冥想、舞蹈和性爱。她谈到了她的恐惧、她的雄心壮志、她的成功和她的自我，而浦那将她从这一切中解放出来。当我问她将来想做什么时，她微微一笑。她说现在就在此处。此处是目标，现在是实现，我们只需要放任它。放任，放手。

她愉快而自信地说着，注视我，仿佛她能看到我的内心，她用手抚摸我的头，我开始哭泣。我不知道为什么放任、放手的想法深深地打动了我。但在我心中，渴望上升了，变得更强烈，更有意识，渴望离开，走出去，离开我的港口和海岸，在浩瀚的大海中迷失自我，做一个没有自我的我。我没有停止哭泣，她拥抱我。当我平静下来，放开她的双臂时，她抓住我的肩膀笑着看我。“你得走了。”我克制住自己，看着她的笑脸我也跟着笑了，先是犹豫地笑，继而纵声大笑。“我得走了。”

我既感到高兴，也感到不快，卡斯帕尔居然立即让我走了。我希望他尊重我的独立性，让我做出决定并去实施，但这需要他付出显而易见的代价。他说他不喜欢没有我，他会想我，他会思念我。但他说这话的时候，好像他已经平静下来，而这一点伤害到我了。在浦那的“交心”心理治疗小组中，我把他痛骂了一通，他什么话都不会说出来，他是情感的跛子，一个既抑制他的性欲也抑制我的性欲的脓包，我打了那个从脸蛋和身体都让我想起他的男人。就在当天我和这个男人睡了觉。

与他和其他人在一起，我想我理解了什么是爱，爱需要快乐和给予快乐，没有需要，没有要求，没有坚持，而性打开了一扇通向宇宙万物的大门，即便是自发地、自然地或是有意识地，我首先在交欢中，在性高潮中，然后在舞蹈中，在销魂中，在内在之火里，最后在冥想中体验其高度和静默，将自我留在山谷中。当我成了门徒并得到串珠时，我还得到了一个新名字：Prem Sangia，爱之歌。我对一切事物都有了新的热爱，对一切事物都产生了新的欲望。我越发觉得早晨听听薄伽梵的演讲，白日坐在河边冥想，夜晚听听音乐和跳跳舞已经足矣。当我被邀请住在静修处并且在厨房工作时，我想写信告诉卡斯帕尔，我不想回柏林了。

我日复一日地推迟回国。我坐在河边，冥想；冥想的日子是我在浦那最美丽、最清晰的记忆之一。记忆的迷雾散开了，我看到了湍急的河流，我听到了河流的喧嚣，五颜六色的鸟儿在水面上尽情翱翔，蓝天白云映照在水面上。我一次又一次成功地把我的思想、记忆和情感转移到了那条将它们带走的河流上。但是留在浦那不回柏林的决定阻碍了我的冥想。可我已经见识过这些东西，只需要分享它们！

没有，我还没见识过它们。我告诉门徒我的提议，我和他们分享浦那的一间公寓，他们向我表示祝贺。我是多么幸运！薄伽梵的存在，他的能量，他的明净，静修处的活力和音乐，与门徒们的工作。他们像我一样渴望得到一份工作，自然发现我会接受并留下来。我没有决定，我让自己被他们的祝贺和他们自己的愿望所左右。

不仅仅是现在。在修行的几个月里，我被其他人对没有理性主义和物质主义、没有贪婪和恐惧、没有自我的生活的渴望所感染。这不是我的渴望。我不相信理性，不执着于物质，我没有雄心壮志，也没有失去的恐惧，我不需要从中解脱出来。我看到，薄伽梵对西方人来说很重要，对他们来说，事业、成功、威望和财富都很重要，他们已经受够了，他们在寻求醒悟——通过薄伽梵使他们或近或远、或多或少地突然领悟，从而在修行中获得了事业、成功和威望，在静修处的组织和团体的领导中，这些东西要么更重要，要么更不重要。我是东德的孩子，对我来说这一切都了无意义。

虽然我没有以门徒的身份回到柏林，但我已然不是原来的我了。我离开了，启航了，离开了港口和海岸，迷失在浩瀚的大海中。失物招领——我和我自己在一起，我不需要醒悟，不需要新名字，也不需要橙色长袍，我不想再要孩子了，我喜欢我的世界和我的生活，看到了足够吸引我的东西，我想尝试，我想做些什么。我很高兴再次见到卡斯帕尔，早上和晚上都能见到他，和他同床共枕，和他做爱。除此之外，我过着自己的生活。先是成为一名金匠，但没有长时间地做金匠，然后成为一名厨师，只在厨房里待过短暂的一段时间，最后退回至小书房去写作，从那里的一个窗户可以看到院子——也许这听起来不像是真正属于自己的生活，而更像是漫无计划、漫无目的。但对我而言，每一步都是正确的，即便我不知道为什么。有时候我想先赠送给女儿一点好东西。小银杯是我做的第一个金匠活儿，本可以作为生日礼物送给她。然后我觉得女儿更需要一顿丰盛的饭菜，而不是一只漂亮的酒杯。她更需要一张好脸蛋，一副好身材，她必须成为一个人。为此我必须寻找她、找到她，为她奉献，为她效劳，我希望我写这篇文章能做到这一点。

*

我想象我的小说就是这样的：

第一部分：我

童年和青年，莱奥，卡斯帕尔，出生，出逃，学徒期和书店，印度，金匠，厨师，写作之路，写作作为寻找

第二部分：寻找

寻找宝拉，与她对话，线索，跟踪线索，各个阶段

第三部分：她

某个时候我站在门前，敲门或按门铃，她打开房门。或是她的丈夫或孩子打开房门。然后我问是否可以和她说话。对方问究竟有什么事。我说且容我进屋里解释一下。这时孩子喊道：“妈妈，有个女人想进来有话要说。”她走过来，疑惑地看着我：“是吗？”我说这件事说来话长，我会很高兴，假若不必在大门口或

过道里说事的话。也许她会问是不是和这件事或那件事有关，是丈夫出事故了，是女儿在学校里出问题了，还是邻居抱怨了，或者是可能让她感到害怕和恼火的事情，而她不想和它们有任何瓜葛。我说都不是，她让我进去，我们站在厨房里。我想和她私下谈谈，但假如她坚持要她丈夫在场，我该怎么办？想必她知道自己是在波罗的海边一座牧师住宅、一所医院或一家孤儿院门口被发现的吧？一定是把她搁在那里了。我是她的母亲。我无法弥补当年对她没有尽到义务的罪过。但如果我现在能为她做点什么，给她点什么，那我心甘情愿去做。如果她在生活中给我一席之地，我会感到很高兴。

我是否应该准备一张便条，上面写上我的姓名、地址和电话号码，在她把我踢出家门之前留下来？假若她尽管没有把我踢出家门，却对我充满了拒绝和敌意，我该怎么说？感到抱歉？感到遗憾？我不知道我是不是感到遗憾或是感到多大的遗憾。这是很久以前的事了，它已成为我的一部分，我接受它就像接受我自己一样。我可以告诉她，我理解她的拒绝和敌意，然后从口袋里掏出那张便条放在桌上就走。当到那时为止一直站着的她，坐了下来，并邀请我也坐下来时，当她越过厨房餐桌看着我问“为什么”时，我不得不说话了。之后当她说“您宁愿在西德照顾好自己，而不是在这里照顾我”时，我耸了耸肩。我再说一遍，我讨厌莱奥，即使我留在东德我也不会想要她，如果可以，我会把她流产掉，我只会让她听任命运摆布，这样的命运在战争期间和在战争之后就会发生在千千万万的孩子身上。如果她之后问我为什么我真的想要找到她，我该怎么说？是的，我会哭泣，流着眼泪告诉她，我思念她，思念我的女儿，我的骨肉至亲，思念能理解我、我也能理解的女人，渴望真正意义上的契合。那么然后呢？

这些都是多余的问题。我不应该幻想这次相遇，而应该参与其中。我害怕什么？甚至我站在房门口敲门或按响门铃，也暴露了令我心情沉重的痛苦吗？在女儿的命运面前，在她的谴责和指责下，我真的感到内疚了吗？内疚到无法忍受了吗？

布里森乡政府的来信摆在我的桌上已有多日，尚未被打开。

*

宝拉还活着。在担任社区护士多年后，她在柏林墙倒塌时认识了一位来自柏林的医生，他对柏林墙后面的德国充满好奇，想要了解德国，周末时游走在波罗的海、厄尔士山脉、易北河和奥得河之间，因一次故障被困在布里森。两人喜结连理，在里佐夫开设了一家诊所。这是周围一带唯一的诊所。马丁·卢克巴赫博士成了一名真正的乡村医生，作为他的门诊助理，宝拉·卢克巴赫仍然保留社区护士的工作，到了退休年龄，他们依然一起管理着农村地区的医疗护理。他们的地址是里佐夫教堂 1 号。

幸好我给乡长本人留了信。他很高兴告诉我有关我的老朋友的好消息。他说她是一位深受欢迎的社区护士，被邀请参加布里森乡政府组织的大小活动，有时会接受邀请。顺便说一句，她作为高龄产妇还生了一个孩子；儿子学医，接受了专科医生的培训，父母希望他有朝一日能接管诊所。年轻人如今确实不想再到乡下去了。但是小马丁 · 卢克巴赫已经周游世界多时，现在他或许喜欢在自己的家乡安居乐业了。

我查看了一下。驾车近两个小时，乘坐火车大约三小时十二分钟，还要再步行或乘坐出租车十一公里。我会去那里。但我要先完成第一部分的写作，修改我和莱奥在一起直至从印度回来的写作内容，补充之前和之后发生的事情。

*

那是几周前的事了。我什么事都没有做。无论如何，我每天骑自行车，即便我不喜欢冬天双手冻僵，还流着鼻涕。通常情况下，我这个人就像麻木了一样，坐在书桌前，望着院子，望着光秃秃的栗子树，望着背街的房子，望着教堂的塔楼。你很沮丧，你可以而且必须做点什么，如果卡斯帕尔知道，他会问我怎么了，但我不会让他知道，他认为我只是喝得太多了。他说得对，我是喝多了。然后呢？

我又把所有的文字浏览了一遍。我一开始研究、摘录、评论了些什么呀！我只是找到了我已经知道的东西。民主德国的青少年活动之家、青年营、青少年教养所与民主德国的其他一切一样，是如此地民主德国，正如那里的饮食店、书店、大学和铁路。丑陋，小气，狭隘，约束，可耻，麻痹。我本可以节省自己的研究。反正——想知道理论上可能发生在她身上的最糟糕的事情，这是多么愚蠢的想法，现实不可能更为糟糕了。如果是冬天，我会把所有这些东西扔在砖砌壁炉里统统烧掉。

这些诗歌只是一本薄薄的小册子。我把皮质带子缠绕在小本子和一块石头上。然后我去了蒂尔加滕，把小本子扔进了兰德维尔运河。它在水面上短暂地漂浮着，仿佛诗歌想呼吸一点儿空气。然后诗歌顺从了，消失在水中。不管克劳斯对它的出版表现出多么浓厚的兴趣，没有一首诗歌像我希望的那么好。

还有那部长篇小说呢？快十年过去了，才写了这寥寥数页？出于对小说和我本人的失望，我把电脑扔到墙上。从那以后我就再也找不到那部长篇小说了。我仍然可以写作，当我保存写下的内容时，显示屏上的文字会一闪而过，提示音也会响起。就好像我写的东西沉入一口深井。或许我可以叫人把电脑修好。但我觉得小说消失很合适。或许我现在可以继续写。或许我现在甚至可以到里佐夫去，然后开始寻找。写作和寻找是一回事，如果我写作的东西失去踪影，也许寻找的负担也会消失不见。

好吧！几周后我第一次再度写作。因为我又开始喝上橙汁和伏特加了吗？我买了卡迪威百货公司提供的所有品种，浓缩果汁和鲜榨果汁，金色橙汁和血橙汁，葡萄柚血橙汁，石榴血橙汁。带有一点果肉和伏特加的金色橙汁味道最佳。我应该放下无法对卡斯帕尔隐瞒的葡萄酒。我也应该别碰伏特加，我知道，但在成功找到女儿之前我想我需要伏特加。

哦，卡斯帕尔。在我没写作的几个星期里，我每天都在看你送给我的结婚一周年纪念日的那本书。诗歌年鉴。你每天都会精选并抄写一首诗，其中许多是短诗，但也有长诗和叙事诗。你干得多棒啊！与外面买到的诗歌日历不同，你的年鉴里没有一首诗是我不喜欢的。在每一年的五月十七日，春天让它的蓝色飘带在空中重新翩翩飞舞。

当你抱着我到床上去，让我躺倒在床上，而我恰好醒来，我有时会注视你，但我不会让你注意到。然后你坐在凳子上，将目光集中到我身上，不过你只是在做梦。你梦见我们没有孩子了吗？你梦见我不是你的伴侣了吗？你梦见如果我不喝酒，我会成为什么样的女人了吗？还是你梦见你爱过的那个年轻女人？你还一直爱着我，我知道。这是我生命中最大的慰藉：哪怕我在我的生活中什么都成不了，哪怕我对你来说什么都不是——我满足于直至今日仍然被你爱着。

第二部分

一

看完全文，已是午后。有时他无法看下去，径自坐在那里，试图接受、理解和整理读到的内容。她真的那样做了吗？她就是如此看待他的吗？她就是这样的经历吗？他没有注意到吗？她以为他原原本本知道所有的一切吗？这是她的爱情的表现吗？还是她只是逃避责任，让一切变得容易一些，不必和他说，因为他已经知情了？

最后几句话——那是临别赠言吗？碧尔吉特真的是自杀吗？不，如果那是临别赠言，碧尔吉特不会最后才写，而是之前就写好了。那是一种问候。他宁愿在这种问候中读到她对他的爱，而不是他对她的爱。但至少她已经认识到并且需要他的爱。她的最后几句话里包含着让卡斯帕尔悲喜交加的真相，他情不自禁地哭了。

他无声地哭泣。他泪眼婆娑地坐着，打开窗户，让暖风吹进来，擦干眼泪，他听到院子里孩子们玩耍的声音，绳子拍打地面的声音，跳绳数数的声音，跳绳失误时旁人幸灾乐祸的声音。在一间公寓里，有人在钢琴上练习钢琴小品《演艺人》[1]，虽然没有天赋却不知疲倦，而另一间公寓里正在发生激烈的争吵。

因为外面是日常生活吗？突然之间，对他而言碧尔吉特和他之间发生和没有发生的事情似乎很寻常。他们之间虽亲近，却隔着千山万水，他爱她胜过她爱他，她想找到自己，却在没有他的情况下四处寻找，她在他之前有过秘密，和别的男人上过床，有开始，但无善终——那又如何？内心深处，他不知道一切，但他知道，她永远无法完全地付出自己，他也永远无法完全地拥有她。他们都知道这一点，他们分享过这一点，他们在这件事上并没有心存芥蒂。

她也为他写过东西吗？她的文本是给他的遗产吗？如果他找到了它，他应该把它写成一部小说，然后寄给克劳斯·埃特林吗？无论如何，他可以寻找女儿，甘愿为她奉献。这是她想要的吗？他想要吗？

他回到文件夹，找到了布里森乡乡长的信。里佐夫教堂1号，宝拉·卢克巴赫，开车两小时或乘火车三小时十二分钟，然后还有十一公里路程。

他带着这个问题思索良久。即使和碧尔吉特在一起，他曾经也觉得自己像个闯入者，尽管她想要他。女儿不会要他，这一次他肯定是闯入者了。他提供的东西足以证明闯入是正当的吗？碧尔吉特是否也因为问过自己同样的问题却苦于找不到答案而犹豫

---

① 美国黑人作曲家、钢琴家斯科特·乔普林（Scott Joplin，1868—1917）的代表作品。

不决呢？

最终他还是做出了决定，因为他再也无法忍受在家里和书店之间单调乏味的生活了。他想出去。他也有种不祥的预感，想要出去的愿望并不能证明任何事情的正当性，但这种愿望无法抗拒。

二

他没有发现位于里佐夫的马丁 · 卢克巴赫博士诊所的网页，也没有发现电子邮件地址，只找到了一个电话号码。他应该打个电话，作下自我介绍，然后问是否可以过去一趟吗？如果宝拉不希望这样，也不愿意和他通电话，那该怎么办？假若他站在她面前，她一定更难拒绝他。他租了一辆车，驾车前往那里。

车行驶至布里森附近，他离开了高速公路。他想知道宝拉是在哪里工作了那么多年。村庄一望无际，大多数房屋都很简陋，仍然带有民主德国简陋的米色抹灰，有些呈黄色或白色，有些前厅可能已经完工或者存储了某些东西，绿树成荫的村庄广场上矗立着一座小教堂，崭新的屋顶由红砖制成，小教堂成了村庄的中心和依靠。卡斯帕尔车开得很慢，希望能找到一家面包店或一家商店，能买到一杯咖啡和一个面包，可是他遍寻不见。他也没有在街上看到任何人。父母在工作，孩子们还在上学，或者即便已经在家，也在吃祖母或外祖母做的午餐，病人躺在床上，无业人员在花园里忙碌或者在采蘑菇或者在地图上标注的湖边垂钓——卡斯帕尔不想沮丧地想象村庄的空旷，空旷总有它的道理。

他离开了村庄，驱车穿越丘陵地带。玉米地，向日葵地，布满茬儿的田地，有时是森林，还是绿色的森林，但已经开始出现黄色叶子，有时有几栋房子，加上一个由野外乱石和砖块砌成的古老教堂，最重要的是广阔的天空，太阳一次又一次地从云端里钻出来。然后，这条狭路穿过一条山脉，一直向下至奥德布鲁赫地区。土地平坦，远方的高地一定是堤坝，堤坝后面的奥得河一定在流淌。卡斯帕尔开车到堤坝，下了车。

天地一片静寂。有那么片刻，卡斯帕尔屏住呼吸，环顾四周，确保实际上没有任何东西发出声响，而且并非他失去了听力。他爬上堤坝。蓝绿色的奥得河在他脚下流淌，河岸上长满了青草和灌木丛，而在另一边，鹅在休息，绵羊在吃草。卡斯帕尔坐下来，开始倾听：河水的哗啦声，风的呼啸声，鹅的嘎嘎叫声，发动机低沉的噪声，忽隐忽现，忽现忽隐，卡斯帕尔不知道自己身处奥得河的哪一边。他想到了碧尔吉特。他向她抱怨。她为什么闭口无言？他们为什么不一起寻找？他们为什么不一起坐在奥得河畔，太阳照在他们的身上，他们一起聆听静默？他多么想搂住她，多么喜欢让她的头靠在他的肩膀上。

里佐夫坐落在一个高地脚下，高地突出在山脉之上，然后陡然向下至奥德布鲁赫。卡斯帕尔左右看了看，数了数大约有三十栋房子。教堂已成废墟，尖塔没有圆顶，中殿没有屋顶。旁边那栋简陋的比德迈风格[①]的三层楼房曾经是牧师住宅。现在它既是马丁 · 卢克巴赫博士的家，也是他的诊所。

现在是门诊时间。大门敞开着，候诊的病人在走廊里或坐着或站着，卡斯帕尔环顾四周，一个女人给他指了指放在走廊尽头抽屉柜上的一本书，抽屉柜旁边摆放着饮水机和杯子。他只需登记一下，届时会被叫到。“按顺序进行。”当他登记完，作为候诊队伍里最后一个病人倚靠在墙边时，女人点了点头，重复道：“按顺序进行。”

等候的人大多上了年纪，安静地坐着；两名年轻女子正在谈论一位土耳其女理发师在弗里岑新近开张了一家美容美发店，三个孩子在玩智能手机，一名年轻男子想和年轻女子们搭讪，但没有被她们理会。卡斯帕尔谢了指给他书看的女人，也被告知医生对待每个人都一视同仁，无论是新病人，还是老病人，而你可以从他说话听出他来自西德，否则不是那种用词。然后过道尽头的门打开了，一位母亲抱着一个孩子走了出来，身后是一个穿着白大褂的女人，红头发，右脸颊上有一个红色的胎记——正是宝拉本人。她朝那本书看了看，叫了下一位病人，对大家说：“很抱歉，耽误大家时间了。出了点意想不到的状况。”她的声音，她的姿势，她的动作——一切都表明她对自己的权威毫不怀疑。她比卡斯帕尔想象的要更高大、更瘦削，尽管不漂亮，但凭借自信

① 指 19 世纪上半叶在德国、奥地利等地发展起来的一种艺术风格，具有简朴、实用的特点。

和活力所做的一切充满魅力。

卡斯帕尔计算了一下候诊者，估计轮到自己不会早于两小时。他走出房子，来到教堂，看到中殿搭有脚手架以防围墙倒塌，看到还有钢梁，可能是为了修缮而存放着。尖塔上盖了一个平屋顶，一座闹钟挂在尖塔上。穿过村庄时，他发现一家名为“为了德国统一”的老客栈，里面可提供德国和亚洲菜肴还有比萨。他走进去，几个人坐在几张桌子旁喝啤酒，大家各归各默不出声，一名男子站在老虎机旁。卡斯帕尔打了招呼，但那名男子并没有搭理他，他坐到柜台前，向店主点了一杯咖啡和一个面包，两样东西都是由那位看起来像是具有亚裔血统的店主太太带来的。一座有挂钟的教堂、一家客栈、一位医生——里佐夫是一个名副其实的村庄。卡斯帕尔继续在村子里逛来逛去，他还发现了一家商店，出售农民家的鸡蛋、牛奶、水果、叶菜和土豆。他爬上小山，发现了一个用锻铁镶边围绕起来的古老墓地，可以看到沼泽、村庄和奥得河的艳丽景致。

然后他又回到诊所前。大门仍然敞开着，走廊里空无一人。卡斯帕尔走了进去，坐了下来。当宝拉陪着那个提醒他按顺序进行的女人从治疗室里出来说再见时，她看了看那本书。“韦特纳先生吧？”她微微一笑。“您是最后一位。请关上大门好吗？”

从大门口往治疗室那里走，卡斯帕尔开口说话了。“我不是病人。我是碧尔吉特的丈夫。已故碧尔吉特的丈夫。请原谅我直接闯进来了。如果能和您谈谈，我会很高兴的。如果现在不行，那么我可以……”

“碧尔吉特的丈夫？碧尔吉特到西德去找的那个人吗？”她带着好奇愉快地问道。

卡斯帕尔松了一口气。“是的，就是我。我找到了碧尔吉特的笔记，她在笔记里写到了您。写到了她的女儿。”

她点点头。“我以为有一天碧尔吉特会来。没想到是您来了。”

“碧尔吉特往布里森写过信，找到了您的地址。然后她就死了。”

“是什么病？”

他皱了皱眉头。“她不想活了，酒精过量，服用安眠药，在又深又长的浴缸边上。说来话长。”

宝拉又点了点头。“您想留下来吃晚饭吗？”

“很乐意。非常感谢。”

“我还得收拾一下。然后我们去厨房。”

她捡起一只放在地上的水杯，卡斯帕尔回应道：“我来收拾好了。”她点点头，走进治疗室，敞开着门在那里收拾起来。卡斯帕尔捡起四处乱放着的东西扔进废纸篓，把椅子整齐地并排排列，然后把饮水机里的空水桶换成了放在抽屉柜旁边的装满的水桶。

“我看您挺会收拾。”

“我每天晚上都得收拾。我有一家书店。”

“我记得碧尔吉特看很多书。一直到最后也是吗？”

“这些年，她看的书越来越少。也许是因为她自己开始写作了。她想寻找、想找到她的女儿，把事情写下来。

宝拉走出门，拥抱他。“很遗憾，您失去了她。如果您不爱她，您就不会到这里来。”

三

在厨房里，卡斯帕尔洗了宝拉从院子里拿来的生菜、西红柿和香草，搅拌香草凝乳，切面包片，打开一瓶雷司令葡萄酒。她把盘子、面包、火腿、香肠、凝乳、生菜、醋和油放在托盘上，他拿着那瓶葡萄酒和一大瓶水跟随她来到院子里一张桌子旁。蔬菜苗床维护得很好，草地很久没有割过草了，即使花朵凋谢了，绣球花看起来依然艳丽，苹果树上结满了小苹果，而桌子就摆放在苹果树下。这是一个令人舒心的院子。

“您丈夫不过来吗？”

“我丈夫出门旅行去了。他成了一名乡村医生，但仍然对肿瘤病毒感兴趣——他作为助手研究过肿瘤病毒，希望成为这个领域的教授。现在他有时会参加会议，回来时既感到伤心又松了一口气，感到伤心是因为他本可以做到教授职位，松了一口气是因为他已经从虚荣心的社会里走了出来。”她看到卡斯帕尔惊讶的神情，哈哈一笑。“您想知道今天下午是谁在看门诊吧。除了我，还有谁。我们只是一起开设了诊所。别告诉健康保险医师协会。不过或许他们本来就知道。”

她吃得很快，喝葡萄酒就像喝水一样，一杯接一杯地喝。然后她向后倚靠着。“您尽管慢慢享用。我要向您报告，不是您向我报告。虽然——在我讲完我的故事之后，我还想听听碧尔吉特的故事。您能从冰箱里再拿一瓶酒吗？”

卡斯帕尔走进厨房。现在他看到冰箱上方墙上挂着一张年轻人的照片，像宝拉一样有雀斑，神情严肃。他把瓶子和开瓶器放到桌边，问道：“冰箱上面——那是您的儿子吗？”

“我们一心希望他能接管我们的诊所。他具备成为研究者和教授所需的能力，每家诊所都接纳他，而且还有比我们更好的诊所。柏林墙倒塌后接手合作社的最后一任液化石油气公司主席的女儿在大学里攻读农学专业，也许希望从生态、再生、整体的角度继续经营企业——这就叫‘超越农业’。德特勒夫和尼娜相爱过，他不谈论她，也不谈论其他女人。”她嫣然一笑。“这就是我们赌的。他们不敢问我们为什么要让儿子做我们的继承人。为什么我们不希望让他拥有比我们更好的东西。我们对国家和人民负有责任，不仅仅是我们自己，每个人，但我们理性地看待责任，并俟机承担责任，我们赚得够多才可以生活无忧，不会因此而遭致损失。”她笑了。“马丁在地下室设了一个家庭影院，我们坐在最好的座位上，投影仪将电影画面投放在偌大的墙上。”

“您会留在这里吗？”

“是的。我们做更多的旅行，有时一两个月，但总是回到这里来。当我们不再开设诊所，我们会尝试在这里开设一所学校或者一所幼儿园。然后这里就需要警察、一家更大的商店和一位牧师。然后也许有人会过来开设一家小企业。这里有过一家纺织品加工企业，许多女性手指灵巧，整个柏林都不再有织补业了。人们可以……”她又笑起来，卡斯帕尔喜欢她笃定的笑声。她摆摆手否认，说道：“我喜欢幻想。”

“您……您当时把碧尔吉特的女儿放到谁家楼梯口了？”

“您会那样做吗？我做不到。我在碧尔吉特女儿出生前几天打电话给莱奥·魏泽，和他约定让他和他的妻子带她走。我开车带着她女儿到下一个可以打电话的地方，告诉他是时候了，他们必须过来，六小时后我把孩子交给了他们。”

“我不知道我可以做什么，应该做什么。我和碧尔吉特没有孩子，我们没有试图找出没有孩子的原因，而是接受了这个事实。我本来想多要几个孩子，我也一定会把她的女儿带走。或许他们可以一起远走高飞。或许作为母亲，碧尔吉特就不会成为酗酒者了。或许……”他哽住了，举起胳膊后又放下胳膊，眼泪顺着脸颊流淌下来。

宝拉站起来，走到他面前，将他的头靠在她的肚子上。“对，”她说，“对。”当她觉得他不再哭泣时，她抚摸他的头，然后重新坐了下来。

“碧尔吉特在她的笔记里问，是否我真的没有彻彻底底获知所有的一切。我没有。我应该了解吗？难道我应该在一九六四年夏天意识到她已有身孕了吗？”

宝拉摇了摇头，皱了皱眉头，仿佛觉得这很荒谬。“碧尔吉特要让自己过得轻松些。”过了一会儿，她问道：“您想找到女儿吗？”

“我想找到她，去完成碧尔吉特的心愿：为她奉献。或许她可以利用碧尔吉特的故事和我以及我能提供给她的东西做点什么。或许……”他微笑着。“我说过多少次‘或许’了？碧尔吉特的去世，女儿，隐瞒——在我看来，我的生活似乎失去了意义。仿佛这只是或许。”

夜幕垂下。宝拉把所有东西放入托盘端进厨房，拿着一只风灯回来了。“我还可以告诉您，莱奥·魏泽和他的妻子叫这个孩子斯维娅。在我们短暂的相见中，他们激动不已、欣喜若狂、关爱有加。我不知道领养是怎么回事，但他是第一个，他会解决的。他邀请我参加成年仪式；那是一场盛大的庆典活动，我没有引起大家注意，没有和斯维娅说话，但看见她了，她和碧尔吉特长得很像，看上去很高兴。”

“那时您给碧尔吉特写过一张明信片。”

“是的。《巧克力女孩》让我想起了她。之后我在尼斯基工作了几次，大睁着眼睛穿街走巷，但没有再见到她。柏林墙倒塌时，我间或会想起她来。想起她和其他接受了教育的孩子，他们本可以凭借这样的教育在民主德国前程似锦，后来这种教育却一无用处。对上了年纪的人而言也是，他们在民主德国学到的东西和所做的事情往往毫无价值。但是当你乳臭未干、一无所有的时候，你努力学习、接受培训，这很容易让你深为震惊。”

“您怀念民主德国吗？”

“哦，不。也许我会，如果我没有找到马丁，错过了民主德国的社区护士曾经拥有而如今的社区护士不再享有的独立。我的运气不错。”她又一次肯定地哈哈大笑。“如果我不是一次又一次地禁止病人们这么做，他们就会称呼我为医生了。”她看了看表。“时间很晚了。您为什么不留下来过夜呢？”

四

诊所七点开始营业。她六点钟叫醒了他。他们在厨房喝咖啡，吃果酱面包，他向她讲起碧尔吉特的生活。她给他做了一份夹上火腿和奶酪的三明治。

“路上可以吃。接下来，您要和莱奥·魏泽谈谈。我想他后来做过格尔利茨的一把手。您正好路过尼斯基，可以先到那里去找他。”

他在楼房门口表示感谢。“我害怕寻找。碧尔吉特害怕寻找，所以我也害怕寻找。但在您这里很顺利。”

“找到她了就给我打个电话。或者，最好您和她一起过来看看我们。我很想见见她。”

他驾车到尼斯基。树丛围绕的沼泽、山脉、峡谷、平坦的丘陵、小小的村落、开阔的田野和偶尔路过的森林——他对这片土地已经有点熟悉了，他开始喜欢上它那简单的美丽。当一个村庄陷入洼地，教堂的塔楼凸出在屋顶之上并向你致意时，他尤其喜欢。辽阔的天空重新笼罩着一切，卡斯帕尔在这片天空下并没有感到失落，而是很受用。这就是他小时候想象的风景：田野、森林、有教堂尖塔的村庄。

晌午时分，他才抵达目的地。在市中心的津津多夫广场上，他发现一位老者坐在教堂对面的一张长椅上，他和他坐在一起，向他打听莱奥·魏泽的情况。

“莱奥怎么了？”

“我想和他谈谈。”

“您来自西德吗？”

“我来自柏林。对于西德来说，我们柏林就是东德了。”

老人从外套口袋里掏出一包香烟，点燃一支，咳嗽着摇摇头，仿佛不知道自己为什么咳嗽，或者为什么抽烟，或者为什么坐在这里。“你们是一粒苍蝇屎，地图上的一粒苍蝇屎。然后你们想告诉我们它去哪儿了。”

“我不想告诉您它去哪儿了。我不知道。”他看着老人深深地吸着一口烟，呼出一口气，又咳嗽了一声。“您知道莱奥·魏泽是否还住在尼斯基，他具体住在哪里吗？”

“你是新闻界人士吗？”

“我正在寻找他的女儿。她是继承人。”

“他作为一把手干得很棒。他在格尔利茨也很好。”他苦笑了一声。“我也干得不错。”

“您干了什么？”

“我……”他没有继续说下去。重述以前多次讲过的故事的热情慢慢消失了。他已经说过太多次了。“他住在穆卡城外，恩斯特·台尔曼大街在那里成了尼斯基大街。他一边咳嗽一边摇摇头。“继承？来自西德吗？西德那边有什么好继承的东西？”

五

这所房子位于主街，是一座老旧的平房，位于那些老旧的平房之间，有屋前的小花园和屋后带仓库的大花园。屋顶被扩建过，其他房屋的沙色抹灰在这里被粉刷成白色，而暗红的砖块被闪亮的红色砖块取代。莱奥·魏泽并不富有，但也并不贫穷。

卡斯帕尔按响了门铃，细听动静，但没有听到有人到门口来。当他再次按响门铃时，一名女子从房子的拐角处走过来。“您有什么事吗？”卡斯帕尔作了自我介绍，获悉她是魏泽夫人，他解释道，他很想找她和她丈夫谈谈。“好吧，您过来，到院子里跟我们说吧。”

从碧尔吉特文件里的照片来看，卡斯帕尔印象中的莱奥·魏泽高大、瘦削、放松和亲切。他不会在这个面孔浮肿、眼睛细小的粗壮老人身上认出他来。他想起碧尔吉特曾经爱过这个人，如果他与妻子离婚，碧尔吉特就会成为他的妻子。如果我没有和她结婚，如果我没有遇见她，我就不会到这里来了。难道他在用可的松治疗吗？他有严重的风湿病吗？

一看到卡斯帕尔，莱奥·魏泽慢条斯理地站了起来。他站直身子，将手放在椅背上，示意卡斯帕尔坐到桌边的另一把椅子上，打发妻子再拿一把椅子，直等到她坐下，自己才落座。

“您是？”

“卡斯帕尔·韦特纳。我是斯维娅的母亲碧尔吉特的丈夫。碧尔吉特想找到斯维娅，但还没有开始寻找就过世了。对我来说，寻找是一个遗愿，它首先将我带到碧尔吉特的女友那里，她当时将斯维娅交给了你们，所以现在我找你们来了。”

莱奥·魏泽看着妻子，妻子则看着他，卡斯帕尔在两人的目光中看到了痛苦、责备以及对失望和受伤的记忆。莱奥·魏泽转过目光，直视前方，他的脸色变得冷酷起来。他的妻子则用手摸自己的额头。

“碧尔吉特是个轻浮的女人，请别见怪，斯维娅也有这方面的天性。或许碧尔吉特后来就不一样了。那时她不仅勾引我，她还……”他马上转移了话题，“老皇历了。斯维娅是一个可爱的女孩，一个优秀的少年先锋队队员，也是一个优秀的台尔曼先锋队队员。她是少年卫生员，左袖上有红十字标记，想成为一名医生，我们很开心，你还记得吗，伊尔玛，我们有多高兴？”他看着妻子，妻子闭着眼睛点了点头。“她加入自由德国青年联盟后，爱上了一个比她大两岁的男孩——就是一坨狗屎。他没有加入自由德国青年联盟，因为他找到了基督教青年会，但他不想留在青年会里，他们也不想要他——一个意志不坚定的人，他对无政府主义乱说一通，把一边的头发剃光，另一边染发，后来还贩毒。

我们跟斯维娅说过什么，是不是，伊尔玛？我们明白她需要自由，允许她取得驾照，送给她一辆燕子牌汽车，虽然已经用过，但保养得很好。她没有开着车看看我们美丽的乡村，去厄尔士山脉和波罗的海，而是去了城市，自己玩得很开心，车子开到市民面前，把他们吓得半死。后来她出了事故，她一直喝酒，我们认为她会恢复理智。但她没有恢复过来，反而变得更糟。最后……”

“你不应该这么做，莱奥。”

“你真的不知道我们还能做些什么。她一走了之，我们再也见不到她了，我们无法和她说话，她什么都没学会，干不了任何工作，她和那个男人住在一间又一间他们闯入的空荡荡的公寓里——你不记得了吗？你花了整整一天时间找她，最后在温特街一幢要拆除的房子里找到了，结果是她对你大喊大叫？她在你这里窒息而死吗，她会死在你这里然后可以获得永生吗？”他摇了摇头，“哦，伊尔玛，你可知道这对我有多难。我以为青少年劳动教养所是我还能为她做的唯一的一件事，她不会马上理解，但以后会的。”

“你不该这么去做。我们应该有耐心才是。当警察打电话给我，我到警署接她时，对，她很无耻，不停叫嚷，但她是我的女儿，当她在车里先是骂骂咧咧继而保持沉默之后，她终于悄悄说了一声‘谢谢’。”

“到了家里，你的女儿说她不在我们家里住了，然后把她的房间砸了个稀巴烂。”他做了一次深呼吸。“这是我唯一还能为她做的事，如果没有托尔高，她会变成什么样子，更好，还是更坏，我不知道。”

“为什么六个月后你还要再次送她到教养所去呢？她又犯……”

“她还一直不明白怎么回事。”

“你不记得劳尔说过什么了吗？她付出了努力，坚持到底了，因为她认为自己用六个月时间就已经达到目的了。再加三个月——就把她击倒了。”

莱奥·魏泽下巴凹陷，他的双手在椅子靠背旁边紧握着。他可能已经八十岁了，却仍然精力充沛。如果他失去自制，他会干什么？卡斯帕尔并不害怕他。他根本不在他身边。他的妻子是否比平时说得更多，因为她知道当着卡斯帕尔的面他不会对她乱来？既然对她和斯维娅动用过暴力，那么他现在也会对他动用暴力吗？

莱奥·魏泽重新注意到了卡斯帕尔的存在。“她到了法定年龄，就被允许离开了。她去了柏林，所有的人跟她一样都去柏林了。”他突然大笑一声。“她没有留下来，所有的人像她一样都没有留下来，而是回到了家里。在柏林墙倒塌前，她一直在车辆制造厂工作。否则她就要去坐牢了。我知道您认为民主德国的一切都是错的。民主德国《刑法法典》第 249 条是对的。任何可以工作却因为懒惰而不工作的人，都应该受到惩罚。柏林墙倒塌之后，她和那个什么活儿都干过的人相聚在一起。现在他秃顶了，穿了一件紧腰短夹克，脚蹬一双军靴，他们专门对那些剃了头发、染了头发的年轻人和越南人下手。‘扁虱在鼓掌。’他从事贩毒规模巨大，连他都自以为不会出事。警方没有逮住他，但他在一九九一年被枪杀了——和捷克女人一起，在他开设的妓院门前。然后斯维娅走了。”

伊尔玛想说点什么，可是莱奥·魏泽看着她，“怎么样，伊尔玛，难道我们不给我们的客人奉上一些吃的喝的吗？咖啡？你做的苹果派？”

六

“碧尔吉特有时提及我吗？”当妻子进屋时，莱奥·魏泽问道。

“碧尔吉特活着时，我对她的女儿一无所知，对您也一无所知。她去世后，我发现了她的笔记，她在笔记里写到了您。”

“她太年轻了，还不到老死的年纪。出什么事了？”

“是一个意外。她昏迷后淹死了。你们有没有告诉过斯维娅，你们不是她的亲生父母？”

“我们为什么要这么做？”

“我只是问问而已。我可以用一下厕所吗？”

莱奥·魏泽向卡斯帕尔描述去厕所的方向，从厨房到大门旁边的那道门。回来时，他在厨房里站住了，看着魏泽太太。“我可以拿着托盘。”

“好的。”她切了蛋糕。“我最后一次听说斯维娅是在十九年前。她在奥得河畔法兰克福。她打电话给我，想要钱。”

“您见她了吗？”

“我们在车站见了面。她看起来神情沮丧，这让我的心情很沉重，我想帮帮她，和她谈谈。她只想要钱。她给了我一个吻，我的女儿给了我一个吻，然后她就走了。”

“劳尔是谁？”

“他几年前顺便来过。柏林墙倒塌后，他去了西德，小有成就，想和斯维娅重聚。那些男孩和女孩虽然在托尔高分了手，但他们两个人仍时有来往。他留下了他的地址，斯维娅可以随时联系到他。我稍后会把地址给您。现在我们不能让莱奥等着了。”

他们喝了咖啡，吃了蛋糕，然后就无话可说了。卡斯帕尔问，作为一个女孩，斯维娅对什么感兴趣，她一直在做什么，然后简短地被告知，她是一名优秀的运动员，擅长排球和篮球，博览群书，喜欢历史和冒险类书籍，她当然还是一位能干的先锋队员。然后卡斯帕尔有了胆量，问起柏林墙倒塌时莱奥·魏泽的命运。

“他们站在中央党部前，高喊‘结束谋杀城市’，好像我把老城毁了似的！百分之九十的工程建设能力都被投入到了楼板上，这就是计划，我无法改变这一点，没有人能够改变这一点。用剩下的百分之十无法保护这座古城。”

“您当时五十五岁左右——柏林墙倒塌后您做过什么？”

“作为民主社会主义党的候选人，我入选乡镇代表。他们也想让我到市政府工作，但波茨坦那里的人不想让我到格尔利茨工作。因为我和国家安全局打过交道，我当然和国家安全局打过交道，如果不和国家安全局有关，我如何去管理城市呢？”

伊尔玛把手搁到他的胳膊上。“如果你去了市政府工作，我们就没法买下这个房子了。我们真是不幸中的万幸。”

“我为国民福利保险公司工作过。我了解我的国民，我很好。”他哈哈一笑。“如果我不仅和国家安全局打过交道，而且还在国家安全局干过，我会过得还要好。他们可以把所有的东西兜售给所有的人。”

卡斯帕尔又问了一遍。“您怀念民主德国吗？”

“怀念？这有什么好处？我们输了，就这么简单，而我们只是输了一轮还是输了战斗，是否战斗仍在继续，我不知道。我们犯了足够多的错误，我们可以从错误中学习。我当时也反对乌布利希①，支持昂纳克②，我了解得不够，考虑得也不够。思考，”他敦促性地看着卡斯帕尔，用手指拍了拍头，“思考吧！”

告辞时，魏泽太太塞给卡斯帕尔一张纸条。劳尔·布赫，鸽子街12号， 53125波恩， 0228 411 788。

---

① Walter Ulbricht（1893—1973），1960—1973年担任民主德国最高领导人。

② Erich Honecker（1912—1994），1976—1989年担任民主德国最高领导人。

七

回到柏林，卡斯帕尔打电话给劳尔·布赫。他同意和卡斯帕尔聊一聊。他说这几天在家办公，卡斯帕尔可以在某个下午过去一趟，他们约定周三见面。他听起来一副公事公办的友好态度，是一种训练有素的接听电话的声音，卡斯帕尔真希望也能像他这样，他之前接听电话时总是遇到麻烦，现在依然如此。

卡斯帕尔坐上了火车。他在雨中出发，在雨中到达。醒来时，雨在下，他看了看手表，庆幸自己还可以多躺上一会儿，听听雨声。看着火车外面潮湿的城市、广场、街道、田野，他想起了斯维娅无家可归的生活。她总是能找到栖身之处吗？她也住在大街上吗？蜗居在雨中的桥下吗？冬天蜷缩在大楼入口处和购物商场的过道里吗？你能适应环境，什么都能习惯，这个根本不算很糟糕吗？一旦窗户关闭，正如他难以入眠一样，你到了某个时候也会同样别无选择，你愿意吗？

但我们是需要家的人，如果我们是游牧民，反复拆除和搭建帐篷，帐篷就是我们的家。卡斯帕尔记得和碧尔吉特养过一段时间的狗和猫。他们是在一次穿越乡村的公路之旅时发现那只狗的，它被撞倒后受伤，而那只猫则是投奔他的女友求收养，可后者无法留下它。这两只动物有了家是多么高兴啊！卡斯帕尔看到它们依偎在衣柜旁的过道里睡觉。斯维娅在她父母家外面做了什么？也许莱奥·魏泽是一位严厉的父亲，但他似乎对斯维娅作为一名优秀的少年先锋队员、台尔曼先锋队员以及见习护理员表面上的得当举止感到满意，并没有因为要求她信仰社会主义而折磨她。伊尔玛·魏泽是个可爱的女人，斯维娅一定感受到了那份爱。魏泽家里无疑被打理得干净整洁——干净整洁得令人窒息？斯维娅想要自由吗？难道发生了什么事，夺走了她对井然有序的世界的信任？刚出生就失去了母亲？卡斯帕尔无法想象，将碧尔吉特的孩子交给宝拉，宝拉再将孩子交给伊尔玛和莱奥·魏泽，这件事对孩子造成了怎样的伤害，而斯维娅还一直未忘记这件事。卡斯帕尔的童年记忆始于五岁。

穿行在雨中，雨滴落在窗玻璃上，无论快慢，车道不管更短还是更长——这些都让卡斯帕尔很伤心。有些水滴仍然很小，有些则互相融合后变大了，所有的水滴迟早都会被风吹走。他当然知道雨滴并不是揭示生命的稍纵即逝和徒劳无益。雨滴也没有透露说假若命运之风无法将他们融合在一起，他们就将各走各的路，找不到彼此。然而正是这一切折磨着他。他追随斯维娅的脚步，也追随碧尔吉特的足迹，他不知道自己是否真的离斯维娅愈来愈近，他只知道碧尔吉特摆脱了他。碧尔吉特要让自己过得轻松些，或者碧尔吉特是个荡妇——这两者他都不相信。但是，她对他隐瞒不说的那些笔记，已经通过与宝拉和莱奥·魏泽的会面得到证实。她不仅仅是一个写在书里的枯燥乏味的人物。她是真实存在的，对他而言她既遥远又陌生。

他在波恩乘了一辆出租车。车子带他进入一个新建居住小区，里面有白色的单户住宅和两户住宅，还有小花园和树苗。当他还在希望与碧尔吉特生育孩子的时候，他曾为他们的家庭想象过这样一个世界，没有像他长大的老教堂旁边那个老牧师家那样的秘密，没有像在柏林很长时间里一直存在着废墟和弹孔的过去，没有如城市里的公寓或房子那种充满着过多的印象，那里就是一个白色的虚无，你会完全和自己在一起。有些人觉得新建居住小区单调、没有脸面、尚无定形——而这正是他想要的。但碧尔吉特不明白他为什么喜欢这样的小区。

劳尔·布赫住的房子有两道门和两个门铃，一个是布赫家的，一个是另一住户的。卡斯帕尔往布赫家按响了门铃，一个年轻人打开门，问道："您是韦特纳先生吗？"然后他把他带到底层，进入一个大房间，里面摆放着桌子和电脑，还有一面玻璃墙可以俯瞰花园。"稍等一下。"坐在一张桌子旁的一名四十五岁左右的男人嚷道，然后举起手来。那个年轻人为卡斯帕尔拉了一把椅子，然后在另一张桌子旁坐下。卡斯帕尔站住不动，看着花园，那里有一片草地，后面是灌木，他看着窗玻璃上的水滴。终于，劳尔·布赫站起身，向他打招呼，说了声抱歉，带他走进隔壁一间小办公室，那里同样可以看得见花园的景致。

“斯维娅离开托尔高后，我在柏林见过她几次。那是很久以前的事了。您在电话里说在找她——恐怕我帮不了您。柏林墙倒塌多年后，我想和她联系，到她父母家去过，留下了我的地址，但她没有和我联系。我甚至不知道她是否还活着。她吸毒，殴打同性恋和外国人，在轻轨和地铁寻衅滋事，你若是干过她干的一些事未必能活得下来。”

“她母亲说，在托尔高的头六个月之后，您可能对她有了好印象。额外增加的三个月想必把她给毁了。”

“在托尔高的停留时间不能超过六个月。我们知道这一点，而这一点帮了我们的忙。我们知道有时会有再一次被送入教养院的情况。但那些都是例外，你认为那些例外会波及他人，而不会轮到你自己。”

“斯维娅再一次被送入教养院……”

“和第一次被送入教养院一样，这一次也是由她父亲安排的。事实上在来托尔高之前她在另一个教养院里待过，而家庭生活的经历很有用，而且如果你在家里也能得到家人支持的话。没有家庭生活的经历，被剥夺了日常生活，被自己的父亲……”他摇摇头。“入院程序应该是令人震惊，对斯维娅来说，无疑是令人震惊。笔直地站着，脱光衣服，所有东西统统上交，身体检查，仿佛你是一头牲畜，穿上教养院的衣服，然后去单人间，里面摆着木板床和提桶。他们会告诉你如何登记入住、如何铺床，你得记住各种注意事项。三天、四天、五天的单人间。然后你就明白你在那里脏得要命。”

“你们是怎么认识的？”

“在点名集合的时候。五点半被叫醒，之后是锻炼、洗衣、铺床、听新闻、吃早餐。之后点名集合。”劳尔·布赫一五一十地列举所有的活动，停顿了一下，叹了口气，微微一笑。“我的语气变得军事化了？那里就像在军队里一样。我们应该学会服从。服从、干活，服从教员的命令并融入集体。那些不俯首称臣的人会受到惩罚，在院子里走鸭步示众，做俯卧撑，下蹲，擦洗走廊，使用没有把手的地板刷，然后一群人穿过走廊，你重新从头开始。禁闭持续两周，如果教员不喜欢你，你必须从早到晚地站着。如果你有回应的话，他会把一串钥匙扔到你头上。挨揍……我的天，我挨揍过多少次了。还有狐穴……格子笼……”他直视前方，迷失在记忆里。

“格子笼？”

“您想知道我们是怎么认识的？男孩和女孩排着队点名，干活时我们是邻居，我们男孩在我们的区域，她们女孩在她们的区域。我就是这么看到她的。我给她写信，她给我回信了，不是马上，而是在我第三次写信之后。男孩和女孩之间禁止接触，私通信件有风险，但在厨房里交流没问题，周末有一个女教员可以让大家放松。起初斯维娅不想和我有任何瓜葛，因为她只剩下几个星期了，不想糟践任何东西。然后，等到她回来的时候，她不在乎自己如何被评判了。我的时间快到了，起初我想还是小心为妙。可是斯维娅……”他站起身，走到办公桌前，拿着一张照片回来了，将照片递给卡斯帕尔。这位年轻女子让卡斯帕尔想起了碧尔吉特，同样弧形的大嘴，同样黑色的眼睛和黑色的头发，但表情却是不可接近的，富有挑战性的，诱人的，一个你想要在她面前证明自己、想要征服的女人。“你亲眼瞧瞧吧，在斯维娅那里可不能太谨小慎微。然后我也在托尔高度过了被囚禁的最后两个星期。”

“在柏林的重聚如何？”

“你知道吗？你知道吗？——起初没有别的。我成了一名数据处理员，因为我想出去，希望我能做点什么，我确实也做了点什么。她加入右翼，不是因为政治，而是因为暴力；她想毁灭那些使她毁灭的东西。我是市侩，她是叛逆者。”

“但您想在柏林墙倒塌后再见到她。”

劳尔·布赫望着窗外。“如果我找到了她，如果她也愿意，我一定会娶她为妻。我成功了，我事业有成，我没有萨克森口音或柏林口音，我不会说烤鸡或塑料①，没有人认出我来自民主德国。如果我和我的妻子一起，反正谁也不会认出来；她是波恩本地人，她的歌声有着莱茵河的舒缓，她的品味高雅，鞋子很多，

---

① 烤鸡，东德人说“Broiler”，而西德人说“Brathähnchen”；塑料，东德人说“Plaste”，西德人则说“Plastik”。此处的意思是，他不会说东德特有的词汇，所以不会被认为是东德人。

是一位好母亲。但是……”他一直看着窗外。

卡斯帕尔点点头。“我明白。”

“我不认为您明白了。您会想到是他想家了呀，而如果有人想家了，他会希望有家人陪在他身边。但事实并非如此。斯维娅是真实的。我们在那里是真实的——您瞧我甚至怎么说了吗？斯维娅的反叛并非出于自我满足，也不是出于无聊，因为它很时尚，你还可以因此吹大牛。她是认真的，并为此付出了代价，我们都是认真的，并为此付出了代价，甚至对你们用来说人闲话的即时通讯我们也是认真的。斯塔西①从未问过我，谢天谢地，我本应该说是或不是，这本应该是关于某件事的，无论如何我一定被下过这样或那样的定义。在西德这里，这和任何东西都无关。这对你们有好处。”他哈哈一笑。“这对我也有好处。漂亮、简单而乏味。”他站起来。“您是坐出租车过来的吧。我给您叫辆车进城吧。”他在苹果手机上滑动点击起来。

“您会去哪里找她？”

“不知道。当时我确实不仅到过她父母家里。我在柏林和格尔利茨找过，也去过法兰克福，因为有人说在法兰克福见过她。我已经说过，我不知道她是死是活。”

卡斯帕尔指着自己手里还拿着的照片。“我可以要一份复印件吗？”

---

① 民主德国国家安全部或其工作人员的简称。

劳尔·布赫从他手里接过照片，在他前面走进大办公室，复印了一份递给他。他带他爬上楼梯至门口，和他一起等出租车。“如果您找到她——可以告诉我一声吗？”

八

劳尔·布赫没有说过，卡斯帕尔也没有问过，法兰克福想必是奥得河畔法兰克福。碧尔吉特认出斯维娅的公共汽车站是在什么时候被拍摄下来的吗？十五年前？一个小得可怜的蛛丝马迹。

碧尔吉特研究了女儿在民主德国教养院的生活，同时幻想她是一个强大、快乐、幸福的女人，碧尔吉特无法接受巨大的恐惧和渺小的希望，宁愿不知道真相——卡斯帕尔明白她没有开始寻找。如果她寻找过，那么每一次寻找过程中的困难都会令她惊慌失措。但是，如果她能写出并找到她一生想要的角色，那将是多么美好。

他很晚回到家。他没有安静下来，他还写下了在夜雨迷蒙的旅途之中自己的脑海里设计好的那封信。也许他真的能为碧尔吉特完成这部小说。

尊敬的埃特林先生：

敬请原谅，直至现在我才回复您友好的来信。原因不仅是那继续使我身体虚弱的悲伤。我也还没有找到碧尔吉特向您提及的那部小说。我面前是堆积如山的稿纸和一台加密的电脑。

至少我见到了文本，这个文本可能就是小说的开头。这个文本里出现了碧尔吉特告诉过您的出逃主题。我会告知您我寻找的进展和结果。虽然我没有希望找到那本皮质封面和皮质带子的小本子，碧尔吉特写诗的本子，但是如果我能找到对碧尔吉特至关重要，而且她已经倾注了那么长时间的小说，那么我将很高兴您能出版这部小说。

顺致敬意

就在次日上午，他将书店托付给了工作人员。他去了奥得河畔法兰克福。“警署接待室”——听起来很诱人，离车站一刻钟的路程。一名警察和一名妇女在柜台前交谈。卡斯帕尔等着。

这名妇女对邻居们将垃圾不是扔在垃圾桶里而是扔在垃圾桶旁边感到愤怒，她得到了警方的承诺，他们会派警员过去巡查。警察没法说什么时候，但巡查人员会按响她家的门铃，请她说明和解释情况。他很有耐心，很和蔼，即使那个女人抱怨说所有的一切对她来说都太模棱两可了，让她花费的时间太长。她不慌不忙地收拾好平面图和她带来的照片，不辞而别了。

“我能帮您做什么？”

“我在找这个女人。”卡斯帕尔把那张公共汽车站的照片放在桌子上，指着那个可能是碧尔吉特的女儿的女人。“这是奥得河畔法兰克福某地的一个公共汽车站。”

“是的。您为什么要找这个女人？”

“她可能是亡妻失联多时的女儿。如果她需要帮助，我很想助她一臂之力。她看起来身体好像不是很好。”

警察举起照片，又看了一遍，摇了摇头。“这是多年以前的照片了。光头党们相聚在公共汽车站。对面有个加油站，他们整晚都在卖酒。”

“是的，照片很旧了。这是我找到的唯一线索。”

警察转身对一位同事嚷道：“亚历克斯，你能过来一下吗？”

一名警察从办公桌边站起来，一个粗壮而又从容的男人，一块纹身从他的衣领里露出来，他走过来，从同事手中接过照片。“怎么了？”

“你还记得她吗？”

这名警察端详了照片半天，最后点了点头。“我们的系统里有她这个人。怎么了？”前面那名警察指着卡斯帕尔解释。走过来的这名警察摇了摇头。“您不是她的父亲。我记得她。我们第一次抓住她的时候，她才十七岁，我们给她父亲打了电话，他当时是格尔利茨的一把手，他过来了，把她带走了。但她偷偷溜掉了，当我们再次抓住她时，她已经到了法定年龄。”

“你们为什么要抓她？”

“闹事，酗酒，打架，在街上砸瓶子，骚扰加油站的顾客——通常的犯案情况。请问您是谁？”

“您说得对，我不是她的父亲。但亡妻是她的母亲，魏泽一家收留了她的女儿，我的任务是找到她，并在她需要帮助的时候帮助她。”

警察等着卡斯帕尔是否还有更多话要说。然后他说道：“我不知道她在哪里。九十年代后期，光头党消失了，找了工作，结婚生子。有一些去了农村，其中一个来自下萨克森州，他家墙上挂着民族主义的格言，他想和光头党一起开发一个农庄，其他人想接管其他农庄，最终那个村庄就成了民族解放的村庄。还有几个村庄也是。”他用右手做了一个意思差不多的动作。

“我能在那里找到斯维娅吗？”

“您应该可以在那里找到她。至于在哪里可以找到——不知道。她在某个时候不再引人注目了。因为只要她在这里，她就会引人注目，所以我想她现在已经不在这里了。”

“您知道那个来自下萨克森的人叫什么名字吗？”

“警方不对外公布他的姓名。这一点您应该清楚。”他转身离开，回到办公桌前。前面那名警察问道：“是这样吗？”

九

卡斯帕尔在网上发现了石勒苏益格-荷尔斯泰因、下萨克森、梅克伦堡-前波莫瑞和勃兰登堡这些地方种族[①]定居点的报道，定居点多到无法从一个定居点找到另一个定居点，去打听来自下萨克森的那名男子和斯维娅·魏泽的情况。居斯特罗周围的定居点似乎最多——所以他重新租了一辆车，从那里开始寻找。

那位牧师把他送到学校校长那里，校长把他送到指导老师那里。那位指导老师知道自己的学生有哪些来自种族定居者的家庭；他们纪律严明，勤奋努力，不发表任何社会与政治的观点，只是偶尔说漏了嘴，家长也不愿透露自己的意见，但一旦学校需要家长参与，他们总是乐意参与其中。指导老师不知道这些家庭来自哪里。凯格尔曼一家可能知道得更多，有一对艺术家夫妇，丈夫是雕塑家，妻子是画家，他们在种族分子到来之前就定居在佩尔勒沃克。“谁也没有比这两个人更了解右翼情况了。他们观察种族分子们的所作所为，并通过每年举办音乐节抵制他们的行径。您会很容易找到他们的农庄；入口处竖放着一只手的雕塑。您还记得那个黄色标志吗，一只手上写着格言‘别来纠缠我的伙伴！’？这座雕塑让人想起那只写着格言的黄手。②”

卡斯帕尔去了佩尔勒沃克，找到了农庄。房子旁边可看到一个谷仓废墟，凯格尔曼在烧焦的木板下寻找可用的木板。他讲述了种族分子放火的事，后者想让他离开村子。“现在他们当然更加赶不走我了。明年夏天，我们将再次举办音乐节，也许我会找到一个理性的人，让他赶在某个种族分子下手之前买下我旁边的那个农庄。你不是在找农庄吗？”

卡斯帕尔解释他要寻找什么。

“来自下萨克森的那名男子，”凯格尔曼点点头，“我当然记得他。他出现在每一个村庄，每一个村庄的人都嘲笑他。把街上的光头党接来，和他们一起建一个农庄——这是多么好的想法！我认为他来自种族大系的一个支系。您必须这样想象：他的曾祖父在下萨克森州有一个农庄，此人加入了党卫军，他的祖父接管了农庄，是德意志帝国党的议员，他的父亲为自己的兄弟买下了邻近的农庄，使村庄更加种族化了，并组织了忠于祖国德意志青年党，长子继承了农庄，次子——我们的这位下萨克森人走向远方，因为家里的次子总是走向远方。他去了东德，想发大财，同

① 此处和后文出现的“种族”，原文为“völkisch”，系纳粹用语，宣传和鼓吹种族主义和种族理论，东西德统一后，新纳粹组织出现了很多的追随者，以德国东部的年轻人为主。

② 指支持平等对待、反对种族主义协会，系反对种族主义和极右主义的工会倡议团体，成立于 1986 年，常常被称为“伙伴协会”或“黄手”，其“黄手”的标识，成为德国工会组织反对种族主义和极右主义的象征。

时又想为事业服务，使一座村庄种族化，他寻找一个农庄。我们这位下萨克森人没有找到农庄，我无意之中听到了消息，但他是否继续希望有一个农庄，还是重新回到家里，因为有一个邻近的农庄正在出售，我就不得而知了。把街上的光头党接来，和他们在一起……”凯格尔曼摇了摇头。

但是，当卡斯帕尔向他表示感谢准备离开时，凯格尔曼还是想起了别的事情。“洛门。您顺便去一下洛门。我觉得好像有人曾经说过，这个下萨克森人住在洛门，有一家小吃店。那里有一家或者说以前真的有一家小吃店，多年前我在那里吃过羽衣甘蓝和肥肠——毕竟那是下萨克森特色。”

小吃店已不复存在，只有一间带顶篷和柜台的木屋，旁边有一张桌子和两把长凳。卡斯帕尔下了车，在小吃店四周走来走去。草丛高耸，城堡生锈，已经很久没有人在这里做饭和吃饭了。在篱笆后面，一个女人在花园里干活，翻来覆去地打量他。他走到她跟前，和她攀谈起来。

“他们做的饭菜很美味，可是现在谁还会路过这里？这条街道应该拓宽，这样从居斯特罗到布雷佐夫就会更快，但眼下还没有动静。”

“下萨克森的美食，我……”

“他们制作油炸香肠，煮、煎、烤，还配上了卷心菜。下萨克森的美食——究竟应该是什么？就因为他来自西德吗？”

“他带过来的那些年轻人一切顺利吗？”

“至少他和那个女人结婚了。男人们又走了。您想买点小吃吗？”

“我得看一看。我得买一点带走。”

“您跟他说吧。他的房子就是水塔旁边那个。”

十

卡斯帕尔下了车。村里的路没有人行道，也不需要人行道；没有汽车，没有自行车，没有拖拉机。两个房子之外，一个女人在花园里干活，抬起头来，卡斯帕尔向她打招呼，但没有收到回应。这两个房子都不是农民家的房子。它们是为通勤者或退休老人服务的，其中一个房子上挂着保险公司的标牌。卡斯帕尔要寻找的房子很可能位于郊区的某个地方吧。

卡斯帕尔敲了敲门，侧耳静听。没有人从房子的楼梯上或者走廊上走过来。他转过身来，看了看那条街，附近的房屋，没有塔楼的教堂，后面的大建筑，谷仓或是仓库，那座水塔，花园和草地，其中一块草地上有两匹马。他没有看到任何人。他什么也没听到，没有孩子在玩耍，没有狗儿在吠叫，没有鸟儿在鸣叫，没有农业机械在作业。这里空无一人，万物静默。

他正要上车时，房门打开了。“请问？”

一个女人，穿着一条长及小腿肚的短袖蓝色连衣裙，体型丰满，胳膊有力，是一个体态健美、让人放心的主妇形象。她就是奥得河畔法兰克福汽车站的斯维娅吗？卡斯帕尔没有发现碧尔吉特在年轻女子的目光中看到的那种优越感和漠不关心。他也没有发现劳尔·布赫的照片在斯维娅的表情中所蕴含的挑战和魅力。这个女人看起来疲惫不堪，不像是一两个晚上没睡好觉，而是好像长期以来所有的一切都消耗了她太多的精力。尽管如此，她还是让卡斯帕尔想起了碧尔吉特，她的嘴巴，她的黑眼睛，她的黑头发，他觉得她的声音听起来也很熟悉。“您是斯维娅·魏泽太太吗？”

一个穿着花花绿绿裙子和花花绿绿衬衫的女孩走了过来，女孩留着红发，身材苗条，约莫十五岁，倚靠在门柱上，聚精会神地看着卡斯帕尔。然后，一名穿着白色T恤衫的男子走到女人旁边，他要比她高出半个头，短发，胳膊上有纹身，替她回答了。“鄙人伦格。您贵姓？”

“卡斯帕尔·韦特纳。伦格太太，我能和您说句话吗？私下里？我要跟您说的事，只和您有关。”

“跟我妻子相关的事，由我来决定。你和西格伦到厨房去，斯维娅，我会仔细听完的。”

卡斯帕尔愣住了，摇了摇头。“我想和您谈谈，伦格太太。至于您是否告诉您丈夫，那是您的事。”

“这可不行。”那人嗓门变大了。她把手放在他的胳膊上，柔和地说道：“您说好了，可以让我丈夫听着，只是西格伦——孩子，你去厨房行吗？”女孩走了，男人本想反对和抱怨。现在她用胳膊搂住他，抬头看着他。“我们会好好听你说的话。”

卡斯帕尔不喜欢这种情况。他站在低两级楼梯的地方，上面是一个嗓门很大的男人和一个疲惫不堪的女人，而他就像是一个请愿者行将被打发和撵走。但他找不到和她说话的更好机会。他鼓起劲来。“您是作为魏泽夫妇的女儿长大的。事实上，您是碧尔吉特·哈根和莱奥·魏泽的女儿。您出生后碧尔吉特就把您送人了。后来她和我结了婚。柏林墙倒塌后，她开始找您。但她在寻找过程中去世了，所以由我来继续寻找，就找到了您。我一直不知道您的存在，直至碧尔吉特去世我才获悉此事。她写下了您的故事，我看过这个故事。”

“斯维娅可以继承什么遗产？”

“别管它了，比约恩。我们先坐下来喝杯咖啡。您过来吗？”她朝卡斯帕尔点了点头，做了一个没有热情的邀请手势。现在，她看起来优越而淡漠，仿佛在武装自己，抵御卡斯帕尔出人意料的拜访可能带来的一切不愉快的事。

卡斯帕尔随她走进厨房，在门旁边站住了。斯维娅去煮咖啡，西格伦坐在桌旁看书，比约恩坐了下来。谁也没有说话。卡斯帕尔环视厨房，左边是旧的餐具柜和配菜柜，木头做的，右边是冰箱、架子、炉灶和水槽，中间是一张长长的木桌，配上了六把椅子。对面的双道门通向一个花园，花园里面有鲜花、灌木和甜菜。厨房明亮、亲切而舒适。

然后卡斯帕尔认出了配菜柜上方的照片是鲁道夫·赫斯[1]本

---

① Rudolf Hessl（1894—1987），纳粹德国政治人物，1933 年至 1941 年任纳粹党副元首。

人，并破译了挂在旁边的那首格言诗：人类的最高财富是人民。／人民的最高财富是他们的权利。／人民的灵魂生活在人民的语言中。／忠于人民，忠于法律，忠于人民的语言/若是有朝一日找到我们，那么每一天都会找到我们。

比约恩坐在桌子上首的一把椅子上，椅子上有雕花的靠背和扶手，桌子上首是一家之主的位置，他观察着卡斯帕尔。西格伦也不断地抬头，打量卡斯帕尔，打量她的父亲，似乎在等待什么事情发生。

“你知道那是谁吗？德国烈士，和平烈士？”

“鲁道夫·赫斯。一八九四年生于埃及亚历山大港，一九八七年死于柏林。”卡斯帕尔希望通过展示他对赫斯的了解，可以避免被别人教诲。但这种想法行不通。

“死了？有人被谋杀了，你却说他死了？”

“我以为他……”

“你以为这位九十三岁的老人几乎不能走路，再也不能举起手臂，自缢身亡了吗？你以为英国人在验尸时因为疏忽而切除他的器官了吗？你以为既然什么都写在了历史书上，那些就会是真的吗？”比约恩嘲弄而充满恶意地问道；他期待卡斯帕尔在回答时会表现出自己的轻信或盲目。

“他再也不能系鞋带了。”西格伦坚定而自豪地说，先是看了看卡斯帕尔，然后看了看她的父亲。

“是的，西格伦。他再也不能系鞋带了。”

现在，卡斯帕尔想，现在我不许犯错了。如果我想和斯维娅接触，我就不能和她的丈夫为敌。但如果我违背自己的信念，这事迟早会败露。“我从未关注过赫斯的死亡。”

“你一直在关注什么？”

“我是书商。”

“有关赫斯的书籍市面上很多。你没看过这些书吗？”

“我记不得我看过的所有书。我见过的大多数书，我都没有读过。没有一个书商可以阅读他书店里的所有书籍。”

“您的书架上到处都是书吗？”西格伦好奇地看着他。

“我们在墙上和墙与墙之间都有书架，每个书架上都装满了书。但有些书店甚至更大，拥有更多的书。你在看什么书？”

“你可以坐下。”比约恩说，卡斯帕尔在他对面坐下。

“《大选帝侯的见习水手》①。”西格伦举起那本书，书已经很旧，封面上是一个男孩在勃兰登堡旗下手持斧头从一艘船的甲板跳到另一艘船的甲板上。“荷兰人，这些富商，不乐于看到我们进入殖民地。他们对我们撒谎，骗取我们的财物。每个人都反对我们。但是黑人们始终站在我们一边。”

---

① 德国作家奥斯卡 · 赫克尔（Oskar Höcker，1840—1894）的作品。

十一

斯维娅将杯子、盘子、咖啡匙和点心叉放在桌子上，西格伦一骨碌跳起来分发餐具。斯维娅端来了咖啡和李子蛋糕，倒上咖啡，盛上蛋糕，然后坐了下来。

“您的妻子为什么不想要我？”斯维娅用咖啡匙在杯子里搅拌着，并没有看着卡斯帕尔。

“算了，斯维娅。她良心不安，想找到你，给你点东西。她给你留下了点东西，所以这个人才过来。对吧？”比约恩挑衅地看着卡斯帕尔。

“我没有发现遗嘱。我还没有找到任何一份遗嘱。”

“就是女儿继承。这个不需要遗嘱。”

斯维娅皱了皱眉头。“你在说什么，比约恩？我仍然是伊尔玛和莱奥·魏泽的女儿，至于我还是不是其他人的女儿……”

“他说了，”比约恩指着卡斯帕尔说道，“你是他妻子的女儿，他的妻子死了。他有她的财产，他知道你是她的继承人。我在劝他。”比约恩俯下身去，威胁性地看着卡斯帕尔，“我劝你别干傻事。”

别干傻事？卡斯帕尔心想，我会利用你的贪婪，去了解斯维娅，再去了解西格伦，找出碧尔吉特想要找到的一切。“我会寻找那份遗嘱。迄今为止我没有理由这么做。没多少东西，靠一家书店发不了财。不过你们别担心——斯维娅有权得到本该属于她的东西。”

“四分之一。”

“什么？”

“你拥有的一半来自你的妻子。其中一半归你，一半归斯维娅。所以你拥有的四分之一归斯维娅所有。”比约恩想了想说道，“至少八分之一。”

“哦，比约恩。首先让我们找出所有相关的一切。您去过我父母家了吗？”

“去过了。魏泽太太说，你们上一次见面是在多年前，在奥得河畔法兰克福。您和您父亲有过联系吗？”

斯维娅摇了摇头。“我不想联系。不想和他联系，也不想和她联系。如果他们总是对我撒谎，那就更加不想了。比约恩的父母已经去世，很遗憾西格伦是在没有祖父母和外祖父母的情况下长大的。但与其有这样的外祖父母，还不如没有。”

“如果我们需要他们才获得我们的权利，那你要和他们谈谈。别跟我扯些多愁善感的话。”比约恩嗓门大了起来。

斯维娅又一次懂得如何安抚比约恩，她使用温柔的声音，把手放在他的胳臂上。“让我们心平气和地考虑所有的一切。当谈到继承人时——只要魏泽夫妇是我的父母，我就会继承他们的遗产，或许这要比从他那里继承得更多，”她头偏向卡斯帕尔，“我们不想因为这件事和父母的关系变得更糟，韦特纳先生正在寻找遗嘱，不管他找得到还是找不到，我们以后还是要见面的。”她转向卡斯帕尔：“您住在柏林吗？”

“是的。”

“您的书店叫什么名字？”

“指南针。”

“我最会玩指南针了。”西格伦直起身来。她刚才低头看书，却并没有真正在看书，而是在倾听着。“这个人是我的外祖父吗？”

没有人立即回答。斯维娅和比约恩面面相觑，对西格伦随意听来就可以猜出事情原委感到惊讶。“我是你的继外祖父，”卡斯帕尔对西格伦微微一笑，然后同样对斯维娅微微一笑，“我是您的继父。”

西格伦严肃地看着他，好像是想审视一下是否她想让他成为自己的外祖父，最后她回报以微笑，说道：“这个周末你想过来参加庆典活动吗？”

十二

正因为如此，到了周末，卡斯帕尔又回到了洛门。比约恩显然不喜欢西格伦的邀请，可他太骄傲了，所以在他们进入卡斯帕尔的视野之后，他又不能不向卡斯帕尔展示他本人、他的家人以及当地民众的风采，他要求他在三点过来，然后他们会一起去参加庆典活动。当卡斯帕尔到达时，街道上已经停满了轿车、小巴和货车，各种各样的家庭都在路上，一些男人穿着木匠背心和工装裤，一些女人穿着民族服装。

“你找到遗嘱了吗？”比约恩向他招呼致意。卡斯帕尔点点头。“那我们先坐下来吧。”

他们再次围坐在厨房桌子旁，西格伦并不在场。斯维娅本想问问卡斯帕尔是否旅途顺利。比约恩打断了她的话。“遗嘱的事怎样了？”

“情况有点复杂。碧尔吉特可能不想让我一次拿出那么多的钱来。但她也想帮帮您，伦格太太，只要您有孩子的话。她想首先以每年分期付款的形式将她四分之一的财产给您，这个财产是我们财产的八分之一，直至最后一个孩子成年。然后再拿出四分之一的财产给孩子，让孩子们接受教育，从而让他们在生活中找到各自的位置。碧尔吉特还希望孩子们每年和我在一起待上五周，夏天三周，秋天、冬天或春天两次各一周。如果没有孩子，您现在就可以拿到四分之一的财产，十年后再拿到另外四分之一的财产。”

“十年后另外四分之一——这究竟有什么意义？为什么斯维娅要等上十年？”比约恩生气了。

“碧尔吉特不善于理财，大概认为她的女儿很有可能也不善于理财，如果她不是一下子得到遗产，情况想必会更好一些。”

“究竟有多少钱？”

“我们拥有的公寓和书店，价值八十万。西格伦多大了？”

“十四岁。”

“这就是说，”卡斯帕尔在计算，“您一年可以得到四次两万五千，而在西格伦十八周岁生日时，她可以得到十万。”

斯维娅先是对比约恩，然后对卡斯帕尔微笑。“这个……”可是比约恩的手重重地放到她的手上。“我们不靠施舍养活自己。我们想要全部，现在就想要。如果您不把钱拿过来，我们就不承认遗嘱，到时法庭上见吧。”

“哦，比约恩，让我们……”比约恩举起被斯维娅抓住的手，砰的一声两只手落到桌子上。斯维娅轻轻地尖叫，试图让自己的手挣脱开，可比约恩紧紧抓住不放。“如果您认为因为我们生活在农村，我们就……我们中间就有一些律师，他们精通本行业务，知道如何与您这样的人打交道。”

“是的，伦格先生，您可以跟您的律师谈一谈。我也和一个律师谈过。为了从碧尔吉特那里继承遗产，斯维娅必须证明她是碧尔吉特的女儿。她必须促使魏泽一家公开当时发生了什么，出了什么不正常的事，而且她还因此冒风险，可能被受伤害的魏泽一家驱逐和剥夺继承权。只要她成功地证明自己是碧尔吉特的女儿，或许还需要进行尸检和基因测试，如果她拒绝碧尔吉特的遗嘱，那她只能得到十万的法定份额。一旦走到这一步，应该是很多年过去了。”

比约恩咬着下唇，皱着眉头听着。“我会核实清楚，您可以相信我。在此期间您可以汇出第一笔款。”

卡斯帕尔静静思考着。他看着斯维娅和比约恩，斯维娅带着疲惫的浅笑屈从于自己的痛苦，同时又对即将到手的金钱感到高兴，比约恩充满了愤怒和恐惧，害怕以失败者的模样在妻子面前丢尽脸面。卡斯帕尔则确信，斯维娅知道比约恩的恐惧，懂得如何让他在她面前成为大佬、强者、赢家。应该就是如此这般了。“您赢了。等回到柏林，我就汇出两万五千。如果您接受遗嘱，每年把西格伦送到我家里五个星期，这就是第一笔款了。如果您不承认遗嘱，我们将核算一下您最终获得多少金额。”

“两万五千。”

“两万五千。”

斯维娅松开自己的手放到比约恩的胳膊上。“库尔特要来参加庆典活动。你马上可以问问他。”她转向卡斯帕尔。“库尔特·迈尔博士是什未林的一名律师。”

比约恩不想仔细研究斯维娅的话。他看了看表。“我们得出发了。”

十三

但他们没有出发。西格伦冲进厨房，身穿白色长袖衬衣和长至小腿肚的灰色裙子，红色的头发编成辫子盘绕在头上，脸颊红润，气喘吁吁。她看起来可爱极了，这位穿着制服的女孩同时也吓坏了卡斯帕尔。“我要带外公去参加庆典活动！”

他起身。“很荣幸。”

“在此之前我先带你看看我的房间。”父母还没来得及说什么，西格伦就拉住卡斯帕尔的手，拉他爬上楼梯，踏进了她的房间。斜屋顶的窗下摆着一张书桌，左边是一张床、一只床头柜和一个橱柜，右边是一个放着书籍的书架。一切都收拾得井井有条，笔记本堆放在书桌上，笔放在一只玻璃杯里，床铺整理得很整洁，书架上的书籍用书挡分组，排列整齐。卡斯帕尔的眼睛徒劳地寻找着他在朋友们诸多女儿的房间里看到的东西：丝绒动物玩具、洋娃娃、恐龙、化妆盒、挂着项链和臂饰的钉子。然后他看到西格伦床头天花板上的星星，小小的深蓝色的星星，有的星星有着宽大的金边，有的有着窄小的金边，他还看到了一整片天空。

“好漂亮！”卡斯帕尔转向西格伦。“你知道蓝色天穹有多少小星星吗？”

可是西格伦对此问题毫无兴趣。也许她觉得很尴尬，因为卡斯帕尔在她的房间里发现了女孩色彩的东西，而这个房间本不该具有女孩色彩。她指了指挂在书架上方的三幅肖像，这几张肖像都给镶上了体面的镜框。“这是鲁道夫·赫斯，这是伊尔玛·格雷斯，这是弗里德里克·克吕格尔。他们是我的英雄。”

卡斯帕尔认出了赫斯那张天真而虔诚的脸，跟厨房里一样不是一幅油画的印刷品，而是一张照片，赫斯位于两个女人中间，其中一个女人金发碧眼、眼神忧郁、嘴巴坚毅，另一个胖乎乎的，长着一张可爱的娃娃脸。“这两个女人是谁？”

“伊尔玛·格雷斯在党卫军服役，被英国人处死，死得像个男子汉，不像她的指挥官抱怨和哭泣。弗里德里克·克吕格尔剪了头发，穿上裤子，报名参军，为反对拿破仑而战斗。她负过伤，成为一名军官，获得了铁十字勋章和圣格奥尔格勋章。”

“真令人印象深刻。你有多少本书！”卡斯帕尔看着书架。有些书他知道，《鲁拉曼》《洞穴里的孩子》《皇帝、国王和教皇》《最后的骑兵》《机智的希特勒青年》《没有生存空间的民族》《西方的没落》[①]。“这些书你都看过了吗？”

---

① 《鲁拉曼》系德国自然科学家、作家达维德·弗里德里希·魏因兰德（David Friedrich Weinland）讲述洞穴人和洞穴熊时代的青年小说。《洞穴里的孩子》系化名为 Alois Theodor Sonnleitner 的波希米亚作家阿洛伊斯·特卢奇霍日 （转下页）

“没有，”她摇了摇头，“居斯特罗有一个书摊，你可以在那里放书和拿书，我就是在那里找到这些书的。我喜欢这些两卷本的书籍。”

“我也喜欢。当你沉浸在故事里时，你不必担心看完书后故事就结束了。”他试图至少记住这些书名——他是否必须阅读所有这些书籍才能接近西格伦呢？“你有最喜欢的书吗？”

“我不知道。《一个女孩见到了元首》和《多拉参加青年义务劳动军》我喜欢了很久，但我现在更喜欢阅读历史而不是女孩读物。你知道《巴斯卡和它的同伴们》① 吗？你看什么书？”

“作为一名书商，我尝试阅读新近出版的书籍。读者需要建议，我得告诉他们哪些新书他们可能会喜欢。”

“但是你自己阅读什么书呢？你最喜欢的书是什么？”

“列夫·托尔斯泰的《战争与和平》。”因为西格伦用疑问的

（接上页）（Alois Tlučhoř）创作的青年读物。《皇帝、国王和教皇》系德国作家理查·罗特（Richard Roth）描写霍亨斯陶芬王朝在意大利争斗的历史小说。《最后的骑兵》系德国小说家德温格尔（Edwin Erich Dwinger）发表于 1935 年的长篇小说，讲述德国陆军元帅冯·马肯森大败俄军的故事。《机智的希特勒青年》系德国作家申青格尔（Karl Aloys Schenzinger）发表于 1932 年的小说，美化法西斯青年组织，鼓吹法西斯民族主义思想，亦被拍摄成同名电影。《没有生存空间的民族》系德国作家汉斯·格林（Hans Grimm）发表于 1926 年的长篇小说，鼓吹民族沙文主义，为法西斯对外侵略制造舆论。《西方的没落》系德国著名哲学家奥斯瓦尔德·斯宾格勒（Oswald Spengler）的作品，对西方世界影响甚大。

① 《一个女孩见到了元首》系德国作家冯·沃尔玛（Daisy Wolfram von Wolmar）发表于 1943 年的作品。《多拉参加青年义务劳动军》系德国作家克里斯蒂娜·霍尔斯泰因（Christine Holstein）发表于 1935 年的作品。《巴斯卡和它的同伴们》系德国作家英戈·彼德森（Ingo Petersson）的作品。

目光看着他，他开始讲述娜塔莎和索尼娅、皮埃尔和尼古拉的故事。

西格伦起初倾听着，然后她的目光四处游移，然后她转过头，然后她的两只手和两条腿开始晃动起来。“你为什么没有一部最喜欢的德国作品呢？为什么是俄罗斯的作品——那不是俄罗斯的作品吗？”她拉着他的手。他希望只是在他看来，她不像以前那样兴高采烈、不言自明了。他想紧握她的手，却又害怕做错了什么。

十四

乍一看，这是和其他任何节日一样的乡村节日。乐队演奏音乐，一首民歌结束，一首扣人心弦的摇滚乐曲开始了。一个摊位出售饮料，另一个摊位在烤香肠，一个烤架上在烤猪，桌子上摆满了一盘盘土豆沙拉、面条沙拉和蔬菜沙拉，一篮子一篮子的面包以及蛋糕拼盘。中年人坐在啤酒桌旁，年轻人成群结队地站着，小孩子们则在他们中间四处乱跑。西格伦松开卡斯帕尔的手，找到了穿着灰色裙子和白色衬衣的其他女孩。于是卡斯帕尔独自一人在场地上溜达。

惊讶的目光一次又一次映入他的眼帘，他恍然大悟：他穿着牛仔裤、T恤衫和夹克，其他男人穿着木匠衣服，女人们穿着民族服装或类似民族服装的长袍，他和他们的形象格格不入。他热情地回报以微笑，有时惊讶的表情变得友好，多数情况下他选择转身离开。他给自己买上一杯啤酒，看到还有果汁和水零售，却没有可乐。啤酒装在玻璃杯里，食物装在盘子上和铁皮餐具里，女孩们跑来跑去，西格伦也在其中，她们把用过的餐具收起来，把它们带到举行庆典的大屋子里清洗。他拿着杯中酒和盘子坐到一张啤酒桌的尽头，旁边是一对中年夫妇。

这里也有惊讶的表情。“您怎么上这里来了？”

“西格伦·伦格邀请了我。”

那名男子看了看手表。“马上开始了。去年她赢了。今年她还能再赢一次吗？我们的女孩越来越棒，我们的男孩要赶紧了。”

“今天庆祝什么？”

“收获节。您还没去过大草地吗？比赛将于四点三十分在那里举行，然后是庆典活动。”

四点三十分，卡斯帕尔和其他参观者站在草地边缘，草地的尽头竖起了一个稻草祭坛。向日葵插在稻草上，祭坛上放着一顶由禾穗、鲜花和彩带制作的收获节花环。两棵树之间的草地上方，架着一根三四米高的钢丝绳，草地上划出一条线，九个女孩和十个男孩在那里等候，女孩穿着灰色裙子和白色衬衣，男孩穿着皮短裤和白衬衫。

“我们想感受我们的脚踩在地上，我们想触摸地面的力量。赤脚跑吧！”裁判举起手臂再放下手臂示意比赛开始，十九个孩子奔跑起来。西格伦穿着长裙实际上没有机会，但还是第三个冲到终点，获得了众多掌声。“我们不怕敌人，我们不怕危险，我们不怕深渊，我们无往而不胜。爬绳去吧！去年的最佳成绩是一分十五秒。”第一名赤脚跑步选手首先爬上梯子，得到一个信号，挣扎着穿过草地，被裁判拦住，受到加油的喝彩声激励，他的脸上带着愤懑。快到比赛终点时，他的脚步慢了下来，喝彩声顿时变成了责骂声。但他到达终点线时动作优雅地从绳子上跳到了地上。西格伦名列季军。这项运动并没有困扰她，她的脸色并没有紧张，只是精神集中了，她三下五除二地抓住横梯双手交替向前移动，轻松而快捷，并在到达终点线时创造了一项新的纪录。卡斯帕尔和其他人一起欢呼、喝彩、鼓掌。第三项比赛是男孩的近身格斗和女孩的体操。裁判员说人生就是战斗，战斗就是人生，首先让男孩在他的右侧比赛，然后让女孩在他的左侧比赛。男孩们的比赛项目，在卡斯帕尔看起来像是柔道，即使他们的服装与卡斯帕尔心目中的柔道服不匹配，女孩们穿着长裙、头上戴着冠状头饰、手里拿着球和缎带也做不了什么，但动作完成得很优雅。当裁判想向胜利者西格伦和霍斯特表示敬意时，霍斯特对西格伦说了些什么，她匆匆看了他一眼，突然冲上前去，转向他，抓住他的肩膀，将他扔到地上。狂叫声再度响起。霍斯特站起来，本想向西格伦猛扑过去，西格伦已经做好了战斗的准备，但裁判拉住霍斯特，宣布比赛结束，因为他们违反了规则，赢得比赛的并不是她和他，而是另一个女孩和另一个男孩。

然后比约恩来到祭坛。夜色降临，两个男孩，他们刚刚还一起参加比赛和表演，这时分别站在比约恩的左右两侧，穿着白色衬衫，戴着黑色围巾，右手擎着火炬。客人们向前走去，卡斯帕尔数到了七十，直至数到了八十，四周才安静下来了。比约恩开始演讲。

卡斯帕尔惊讶地断定，他不是一个糟糕的演说家。他以平静而坚定的声音讲话，站到响起掌声的地方，继续演讲至奄奄一息的掌声再次响起。首先，他感谢今年喜获丰收，然后说一个来自柏林的种族家庭，男人是建筑师，女人是五个孩子的母亲，他们刚刚在村里买下了一个农家院落，马上搬进来。他们后悔今天没有来到现场，但期待社区生活，并向各位致以问候。他接着谈到了收获后的安排。很快就会有人指示修剪树木，否则明年就不会有好的水果收成了。到处都是这样；阻止生长和结果的东西必须被修剪和清扫。在大家赞许的笑声中他继续说道："我们不得不帮点忙，好把这个农家院落提供给这个家庭，还有更多的农家院落需要我们修剪和清扫。这就是我们社区的发展方式。外面的人不再知道社区是什么，他们为自己而活，为自己而掠夺，为自己而死。除了我们之外，还有谁知道部落、穆斯林男子和戴头巾的妇女以及他们的家人。他们想接管德国，他们想让我们的国家成为他们的国家。但我们不会让他们得逞。我们准备好战斗了。我们生长在德国的土地上，我们从德国的土地上获取力量。德国的未来属于我们的种族社区。"

演讲期间，男孩和女孩在客人背后的草地中央搭起了一堆木柴。火炬手穿过一条由客人留出的小路，点燃了木柴，而客人们分散开，在火堆周围围成一圈。当火焰熊熊燃烧时，乐队首先演奏旋律，然后大家开始合唱。"火焰高升，火焰高升。熊熊火光升起。"卡斯帕尔不知道这首歌，对一切不是都明白，他们只是唱道：我们站在神圣的圆圈里，看到火焰为祖国而燃烧，火焰召唤年轻人，增强他们的勇气，他们的标志让敌人脸色苍白，我们在敌人的祭坛上宣誓成为德国人。他们继续合唱《年轻的人民站起来了》和《东西方的兄弟们》，然后卡斯帕尔只能听懂他们在唱：我们是年轻的士兵，无论是公民、农民还是工人，我们正在前进，欧洲在我们面前闪耀，帝国在我们心中闪耀。然后，歌曲变得更加柔和、忧郁、悲伤；皇家骑兵在《风吹过田野》的歌声中战死于佛兰德斯，而随着“我们需要您的人民给我们一点空间”的歌声响起，最后的哥特人在一次遥远的图勒岛之行后葬送于灰海；卡斯帕尔和他们一起唱《雁行夜空》，他在是教会青少年团契成员的时候就知道这首歌了，他也唱“门前有棵菩提树，生长在古井边”和《最美的地方》[①]，记得小时候祖母和他一起唱过，这些歌曲已经深深地铭刻在他的脑海里。

他向四周看去。在火光中，在最后几首歌中，大家的脸色变得柔和起来。他想道，怎么会是另外一种样子呢？右翼人士怎么可能不像我们这样沉思、梦幻和忧伤呢？他想起了德国驻波兰总督汉斯·弗兰克，这个波兰屠夫在克拉科夫的城堡里激动地演奏肖邦，他想起了希特勒酷爱自己的狗。卡斯帕尔不想和所有跟他

---

① 《年轻的人民站起来了》系希特勒青年团的一首宣传歌曲。《风吹过田野》系普鲁士骑兵军歌。《火焰高升》《最后的哥特人》《雁行夜空》《最美的地方》均为德国民歌。“门前有棵菩提树，生长在古井边”系奥地利作曲家弗朗茨·舒伯特创作的声乐套曲《冬之旅》中的歌曲《菩提树》的开头部分。

一起站在篝火旁唱歌的人有着融为一体的感觉。他喜欢肖邦，也喜欢狗，可他既不想听弗兰克演奏肖邦，也不想和希特勒的狗一起玩耍。他偷偷溜出人群，来到教堂，坐在门前的台阶上。合唱在继续，最后一首是《德意志之歌》①，三段都唱了，然后所有人都散去了，他们各自回到了摊位和桌子前，乐队的演奏变得越来越精彩，越来越摇滚。

卡斯帕尔站起来，回到庆典上。比约恩走近他，手里拿着两杯啤酒。“这儿！让我们为女士们干杯！你太太叫什么名字？碧尔吉特？让我们为碧尔吉特、斯维娅和西格伦干杯！”他和卡斯帕尔干杯，给了他一张纸条。“为你转给我的钱干杯，这上面是银行和账户的信息，为西格伦和你在一起的假期干杯。”他喝了一口。“也要为德国干杯。”他又喝了一口。“我会把你介绍给我们的律师，你就知道是怎么回事了。”

比约恩抓住卡斯帕尔的胳膊，将他带到一张桌子旁，把他介绍给迈尔博士，让他们两人单独待着。一个有着聪明面孔的年轻人——右翼人士怎么就不该长着一张聪明面孔呢？他明白，如果魏泽一家不配合，斯维娅将不得不和他们争吵，并且要请卡斯帕尔参与其中。卡斯帕尔会证明斯维娅是碧尔吉特的女儿吗？他会同意给碧尔吉特进行尸检吗？他会让他查看碧尔吉特的遗嘱吗？

---

① 原有三段歌词，曾为奥地利帝国、德意志第二帝国、魏玛共和国、德意志第三帝国国歌，今为德意志联邦共和国国歌，因部分歌词易引发争议，故仅采用第三段歌词。

不？如果他要控告他呢？

最后，他哈哈大笑。卡斯帕尔的提议不错，他们应该就此收手。斯维娅应该再一次出现在魏泽家里，取得继承权。从两个家庭继承——这样的机会一个人能有几次？

十五

卡斯帕尔穿过场地，想就此告辞了。比约恩坐在一群男人中间，他们喝酒聊天，哈哈大笑，互相拍拍肩膀，用拳头捶击桌子。西格伦把头靠在篝火旁一个女友的肩膀上，望着火焰。卡斯帕尔心想一定会在各种摊位的女人中间找到斯维娅。但她站在一边，倚靠在齐腰高的柴堆旁，没有喝啤酒或葡萄酒，也没有抽烟。卡斯帕尔想知道告别奥得河畔法兰克福是否也就是告别了酒精和毒品。当他走近她时，她对他微微一笑，那是一种准备马上偷偷溜走的谨慎的微笑。他站在她旁边，他们看着熙熙攘攘的场面。

“您想走了吗？您还能告诉我为什么您的妻子不想要我吗？”

“她从未和我提起过您。她去世之后，我在找到她的笔记之前，并不知道您的存在。”他本可以预见到他俩之间的对话终究会来，应该做好应对才是。他很高兴斯维娅能够耐心等待。“我想她只是想离开。她讨厌莱奥·魏泽，她和莱奥·魏泽有过关系，他欺骗了她，还想利用她，她担心虽然她已经被安排出逃了，但并非为你们两个人安排，她或许也担心，如果我发现了她、莱奥和您的事，我就不会再要她了。如果有可能，她本来可以流产的，但莱奥阻止了她，当他抛弃她时，又为时太晚了。有可能您也知道她对莱奥的恨。我不知道。我不知道那么多事情。”发觉她一声不吭，他继续说道：“我知道这件事后来折磨她了。她想找到您。但她也很害怕。因为她害怕找到您，所以她索性害怕寻找。她没有寻找，而是阅读，看了孤儿院、劳教所、教育营和劳改营的信息。她希望她的女友把您送到医院或牧师家门口，可又担心您会离开那里，从一个教养院跑到另一个教养院去。同时她也希望见到您时您已经成了一个强大、快乐、幸福的女人。”

“如果找到了我，她会希望我做什么？”每当斯维娅想让比约恩平静下来，卡斯帕尔总是听到她压低嗓音温柔地说话。此刻，她听起来好像在努力控制住自己，好像在压抑悲伤或者愤怒甚至是仇恨，她满怀仇恨地鄙视和拒绝抛弃了她的女人。卡斯帕尔转过头来看着她。她紧闭双唇，正如她的嘴巴让他想起了碧尔吉特的嘴巴，她紧闭的双唇让他想起了每当碧尔吉特伤心或生气却又不得不克制时那张沉默寡言的脸。

“她想告诉您她是谁，事情是如何发生的，她想为您奉献。她愿意给您提供您想要的东西。这就是她所希望的：您从她那里得到一些东西。她不敢向您索取任何东西。”

“奉献。”她突然大笑一声。“奉献还是强加？遗嘱难道不是您想出来的么！您想监视我和西格伦。那好吧，我会乐意让西格伦拥有一个外祖父，我也会乐意让她见识这座城市。三周之后就是秋假，比约恩会把她带到您身边。但您别以为您能收买我们。如果我发觉西格伦不再是我的西格伦，那就结束了。然后您就可以拿回您的钱了——您已经知道了。比约恩想要钱，这您知道，但这对您也没用。”

卡斯帕尔听到了她的反抗，这种反抗打动了他。他想起了反抗的碧尔吉特，想起了他跟她对质而她为自己辩护时的反抗，想起了她愿意和过去决裂，停下书店的工作，出发去印度；回到她的书房，酗酒。若是和他断绝关系，斯维娅可不会犹豫不决。“是什么让西格伦成为您的西格伦？”

“她为自己、为我们和德国感到骄傲。她坚强，她不会被他人左右，她不屈服。她知道自己是谁，自己想要什么。”

现在，卡斯帕尔听到了斯维娅的声音，她不被允许发现自己是谁、想要什么，她被他人左右、屈服于人，她一无所有，她没有什么值得骄傲的。她离开了，离开了父母家，离开了父亲的教诲，离开了托尔高，离开了光头党的岁月，她和比约恩一起相信种族理论，在为德国感到骄傲的时候找到了她所拥有的东西，并想把它继续传给西格伦。无论如何，卡斯帕尔想建造一座桥。“我并不为德国感到骄傲。我怎么能为自己没有做过的事感到骄傲呢？但我不能想象自己不是德国人。你听烦了吗？”

“我们拭目以待吧。”她从衣服口袋里拿出一张纸条，又拿出一张纸条和一支铅笔。“我给您写了我们的电话号码。您能把您的电话号码写给我吗？”他在纸条上写完，她又对他微微一笑，就像之前他看到她站着，他站到她身边时一样。“我知道是您的太太不想要我，不是您。您是不用过来找我的。顺便说一句，我叫斯维娅。”

“我叫卡斯帕尔。”

“卡斯帕尔？”她放声大笑起来，一种他简直不敢相信的开怀大笑，她把手捂在嘴边，继续笑着，向他道歉，“别生我的气，我不是取笑你，我只是从没遇见过叫卡斯帕尔的人。”她笑着在他脸颊上吻了一下。“好好回家吧，卡斯帕尔！”

十六

他从村里出发了，返程的路就是之前他过来的那条路。他想起曾经路过一个木材仓库，在路对面的黑暗中发现了它，于是将车停放在两堆木柴之间。

他应该怎么办？他累得回不了柏林，或许也因为喝得太多了。里佐夫不可能很远了，他考虑过是否到宝拉家睡上一晚，但即使是这样的短途旅行，他也害怕了，此外，即便他最终到达，恐怕还是太晚了。他不记得一路上是否经过一家客栈。他真想睡在车里算了。

他将靠背放下来算作他的床，被子就是他的外套。他躺下，但无法入眠。西格伦三周后会来。她不可能睡在客厅的沙发上。她需要自己的房间，有床、衣橱、桌子和椅子——他得把碧尔吉特的房间布置起来给她准备好。她需要书籍——他得和书店那位负责儿童和青少年书籍的女员工谈一谈。他需要一些能和她玩的游戏。他应该在城里给她看什么呢？她会对哪些博物馆感兴趣，如何安排戏剧、电影、歌剧、音乐会的活动？他必须做好准备，每天都得有一个计划，不必跟着计划走，但得有计划才行。她需要同龄的女玩伴吗？他到哪儿找到她们？

他变得越发焦躁不安起来。他应该如何解决这一切？即便整夜不眠，也会叫最坚强的人陷入无助和无力自卫之中，卡斯帕尔即将面临的任务呈现出可怕的态势。那位女员工会向他推荐书籍，但假如推荐的书籍不合适，他将不得不自己看一看为年轻女孩准备的全部书籍了。他应该把什么样的画作挂在房间里？既不会是腓特烈大帝，也不会是俾斯麦，即使西格伦可能会喜欢，这一点不言而喻，但也不会是让她感觉被激怒的东西，也不会是——天知道——她父亲用一九三七年博览会的照片向她展示并让她扫兴的东西。费尔巴哈[①]的一幅画像，画中的女士充满渴望，沉湎于幻想之中？科勒[②]的绘画作品《圣哥达邮车》？霍德勒[③]的山景作品？有没有一位音乐或电影明星，他凌驾于所有政治之上，无论是左翼还是右翼都爱他，西格伦对他崇拜得五体投地，让他出现在她房间的墙上，这样她就会立即和卡斯帕尔和解，和她所处的卡斯帕尔的世界和解？他可以问谁？然后还有钱的问题。他在银行里没有钱，也不能从书店里拿出钱来。他能从银行贷到款吗？他不得不用公寓作抵押吗？

他移开外套挺直身子。他必须出去。他摸索着找车门把手却找不到，为自己被困在黑暗的空间里感到惊慌失措，他站不起

---

① Anselm Feuerbach（1829—1880），德国画家。
② Rudolf Koller（1828—1905），瑞士画家。
③ Ferdinand Hodler（1853—1918）， 瑞士画家。

来，几乎无法伸展四肢，只好用头、胳膊和脚到处碰。然后他打开车门，头伸到外面，双手支撑着，拖着腿，滑下来跌倒，爬起来，最后气喘吁吁地跌坐在汽车旁边的地上。

当他再也听不到自己的喘息声时，四野万籁俱寂。卡斯帕尔想起这种静寂无声犹如几天前在奥得河畔一样，而德国东部那边的寂静既像在家里一样亲切又令人毛骨悚然。他谛听，但没有树枝断裂，没有小鸮在枭叫，没有猫头鹰在尖叫，没有风在树木之间簌簌作响。砍倒堆放的木头在散发气味。卡斯帕尔想知道，为什么木头的味道如此好闻？因为我们人类在建造出石头房子之前居住在木结构房子里吗？因为我们最早的器具都是由木头做的吗？因为木材是有生命力的，随着我们的成长和老化而不断成长和老化吗？卡斯帕尔听到远方传来呼啸声，禁不住站了起来。声音很快愈来愈近，愈来愈响，他看到了明亮的灯光，然后听到隆隆的排气声，车头灯熄灭，一辆轿车飞驰而过。车里的人也是去参加庆典活动的吗？

即便他万事皆备，房间、画作和书籍，西格伦也觉得很舒服——他究竟是在干什么呢？他哪来的权利可以侵入她的生活？碧尔吉特拥有的权利他可以继承吗？因为西格伦是碧尔吉特外孙女的那种权利？当他杜撰了遗嘱、占用了西格伦的假期时，他究竟想干什么？难道他觉得这样做是理所当然的吗，因为她在右翼环境中受到了威胁？因为他想把她从道德和智力的堕落中拯救出来吗？

卡斯帕尔一直逍遥自在。他是教会的成员，时而参加那里的活动，却又不相信上帝，也从未在教会中接受过任何任务。他是德国工商业联合会和德国书业贸易协会的成员，但不担任任何公职。有时他对政治感到愤怒，并考虑加入某一个政党。有时他被邀请加入“公园公民”协会。但是，在穿越公园的路上，除了分类挑出废纸、杯子和瓶子偶尔捡拾之外，再不会发生其他事了。突然之间，不，他不想拯救世界，只想拯救西格伦，对他而言这件事似乎同样充满异国情调和胆大妄为。

他觉得很冷。他穿上外套，来回溜达，坐到车里，直起靠背，打开发动机，打开暖气。很快，噪音和吹入汽车内部的干燥、多尘的空气让他坐立不安，他又把发动机和暖气关掉了。他愈是感到寒冷，就愈是感到清醒，于是决定回柏林去。但是做出这个决定后他就睡着了，等到醒来时，曙色微明。

他驾车出发了。让自己逍遥自在为时太晚。他已经深陷其中。他必须与比约恩和斯维娅和谐相处，尽力成为西格伦的外祖父。他本来很想要孩子，但未能如愿——现在他刚好有了外孙女。既然现在有了她，他就得关注她的灵魂。他笑了。西格伦的灵魂，德国的灵魂——我参与了什么？

十七

回到柏林，卡斯帕尔从银行获得了一笔贷款，将两万五千欧元汇给了比约恩和斯维娅。他走进碧尔吉特的书房，站在门口，坐在书桌前，环顾四周。他把碧尔吉特的大书桌和大书架搬到地下室之后，一张床就可以放在书房左墙边上，一张小桌子放在窗下位置，一个小书架放在右侧旁边，一只橱柜靠在右墙边。卡斯帕尔着手工作了。他把碧尔吉特的东西挪到地下室，在古董商那里找到了床、桌子和橱柜，让木匠将橱柜分成两半，其中一半放上隔层，另一半放上一根杆子，然后再搭建一个小书架，上面可以摆放他想摆放的十本书和西格伦想带过来的几本书，那里看起来就不会空荡荡了。他又把碧尔吉特的椅子从地下室里拿了上来，这把椅子比书房里的其他家具现代，但对西格伦的后背有好处，也方便于她对外祖母的回忆。

他通读了那位女员工推荐给他的书。这些书应该都是十四岁女孩喜欢阅读的。他知道，那个年龄的人会读到关于年龄稍大一些女孩的内容。但是，第一本书中那些十六岁的女孩是否因为喝酒、吸毒和性行为而变得很酷？

他十四岁时没有读过关于十四岁少男的书籍。像他的同班同学一样，他当时开始涉猎世界文学，从托尔斯泰、陀思妥耶夫斯基，一直到司汤达和雨果。他对许多书籍都不甚了了，也没有像它们理应受到欣赏的那样给予它们足够的欣赏。但它们令人兴奋，成为思考和聊天的素材，即使它们没有被完全理解或者正因为它们没有被完全理解。恐怕这就是这些被推荐的少女读物所能做的。只是它们提供了怎样的榜样？

但是，无论是引诱了两名妇女的于连·索黑尔，还是杀害了两名妇女的罗季昂·拉斯柯尔尼科夫①，他们提供了怎样的榜样呢？他和他们之间相隔了一个多世纪，但在他看来，他们在阅读方面是如此接近和富有挑战性，仿佛他和他们生活在同一个时代和同一个世界。这本女孩读物结局甚好——他难道应该下注，对西格伦而言，酒精、毒品和性会消失在美好的结局中，正如对他而言，拉斯柯尔尼科夫犯下的谋杀因为在皈依过程中对索尼娅的爱情而被抵消了一样？难道他对十四岁女孩的阅读想得太少了？但是，谋杀并没有让拉斯柯尔尼科夫变得富有吸引力，而酒精、毒品和性却让十六岁的年轻人变得很酷。西格伦难道应该学这些玩意儿吗？

他继续看书。接下来的一本书是关于七个十四岁女孩的故事，她们在夏天的森林里生存了几个星期，遇到了离奇的人、可

① 于连·索黑尔是法国作家司汤达的小说《红与黑》中的主人公，罗季昂·拉斯柯尔尼科夫是俄国作家陀思妥耶夫斯基的小说《罪与罚》中的主人公。

爱的狗和三个男孩。没有酒精和药物，胆怯的温存代替了性爱。但是，西格伦与右翼团体一起在野外、在森林里骑行和露营，森林里的生存会给她留下什么印象？

他喜欢一个住在贫民区的十六岁黑人女孩的故事，由于父母的虚荣和勤俭，她上了一所白人私立学校，亲历了同龄的黑人男友无缘无故地被警察枪杀，她学会了保护自己：反抗警察和贫民区一帮匪徒。但第一页上还有点儿烟草味，第二页上就出现了安全套。如果西格伦向他提出这两个问题，该怎么办？烟草还行，女主人公不喜欢它，不抽烟，也不喜欢闻它的味道。她也不需要安全套。但是，作为外祖父，他应该向十四岁的西格伦解释为什么需要安全套吗？还是她早就了解过了？

他挑选了一本一个年轻女孩的冒险故事，她在经历了一个坏男孩之后遇到了一个好男孩，一名印第安男子将她带到他的世界，并向她展示他的天性，展示体验、思考和感觉的崭新方式，她爱上了他，就像他爱上了她一样，她希望和他一起学习共处，尽管他们的世界千差万别。

然后，他想起了童年时代的书籍：《丛林之书》《暗黑兄弟会》《金银岛》《鲁滨逊漂流记》《雾都孤儿》。他喜欢这些书，和它们一起生活过。但这些书他都没有了。于是他统统去买了，加上《小妇人》和《指环王》，这两本书他虽然没读过，但都听说过。有一些旧书已经不再出版。八本书应该够了。卡斯帕尔把它们放在书架上。然后，他还是忍不住诱惑，抓起《丛林之书》，就像小时候那样读起来，感受莫格里与黑豹和棕熊结下的友谊。无论西格伦和哪本书成为朋友，他都会分享这种友谊。

他在轻歌剧院购买了《魔笛》的门票，在爱乐乐团购买了巴赫、格拉斯和勃拉姆斯的一场音乐会门票。他查看了博物馆开放时间。他会带西格伦去书店一次，让她帮忙拆包和寄发书籍，其中一天他会和她一起去墓地看望她外祖母的坟墓。晚上，当没有别的安排时，他会和她下棋；他在家里找到了一副国际象棋，棋子和棋盘是用木头做的，是他从祖父那里继承来的遗产，他购买了连珠棋、皇后跳棋、黑白棋以及拼词游戏。

西格伦到达前的最后一个晚上，他走进书房，坐在椅子上。碧尔吉特去世，警察走后，他曾经在这里坐过。当时这还是碧尔吉特的房间，现在成了西格伦的房间。当时他对西格伦还一无所知，现在他对碧尔吉特的了解已经陷入混乱不堪之中。她曾写过自己的一大安慰就是他爱过她。为什么她不能让他爱得更深呢？为什么她要独处守心，静享寂寞？她把西格伦留给他是什么意思？她如愿以偿了，这就是他的感受。他无法想象碧尔吉特去世后居然会发生这种事，他要和西格伦一起去看歌剧和听音乐会了。

他望着空空如也的墙壁。他没能为西格伦选择一幅画作挂上去，他还记得自己小时候喜欢看床旁边那空空如也的墙壁。

十八

比约恩早上打来电话，说他和西格伦会在五点钟到达，他们果然在五点钟准时到了。比约恩穿着工装裤和白衬衫，西格伦穿着卡斯帕尔见过的那条五颜六色的裙子和一件白色衬衣。她随身带着一只小而旧的皮箱。

“我可以参观一下吗？”在互相招呼致意后，比约恩问道，没等及回答，他径自走进客厅和餐厅，瞥了一眼卧室，又瞥了一眼厨房，搜寻似的环顾四周。“西格伦应该睡在哪里？”卡斯帕尔指给他看那个房间。“她应该在哪里洗澡？”卡斯帕尔又指给他看带淋浴和盥洗盆的客用卫生间。“哪里可以看电视？”卡斯帕尔向他保证他家没有电视。西格伦在此之前一声不吭，这时说道：“我们家也没有。”比约恩点了点头，把手放在她的肩膀上。

他不想留下来吃晚饭。但他想在回家之前喝上一杯啤酒，很快，在厨房的桌旁，在一杯啤酒和又一杯啤酒的中间，他表达得很清楚：不看电视，不看电影，不抽香烟，不穿牛仔裤，不涂口红，不打耳洞。西格伦不动声色地听着。卡斯帕尔点着头。“那么一切明白无误了。”比约恩站起来，“一周后我过来接她。”但他并没有像他刚才说话和站起来那样果断地走到门口。他转向西格伦。“再见，孩子。”他向她俯下身去，吻了吻她的前额，然后走了。

卡斯帕尔和西格伦坐在桌旁，看着彼此。她的红头发，她的雀斑，她的眼睛，是绿色或是棕色，或者两者兼而有之，她的嘴巴，这张弧形的嘴巴是让他想起碧尔吉特的唯一东西。她为什么喜欢红头发？不会因为比约恩，不会因为斯维娅，也不会因为莱奥。是宝拉把斯维娅带到了这个世界上，陪她开始了人生的第一次旅行，进而把她带进了这个家吗？卡斯帕尔简直不敢相信自己居然想到了如此愚不可及的问题，于是摇了摇头。

“你多大了，外公？”

“七十一岁。”

“我十四岁。到十二月我就十五岁了。”

卡斯帕尔点点头。“豆蔻年华。你想要打开行李安顿下来吗？我可以帮你吗？”

“我能对付。”

“你父亲怎么会认为我会同意让你打耳洞呢？”

“不是你，是我。伊尔姆特劳德打耳洞了，耳朵上戴了一个细小的银色卐字标志，看起来很棒，我很喜欢。伊尔姆特劳德住在柏林，和自治组织在一起，等我长大了，我也想去柏林和自治组织在一起。爸妈认为这是误入歧途。”她笑了，“现在他们担心我会从你身边溜走，上伊尔姆特劳德家去。我以为爸爸还会警告你，如果我离开你他会如何对付你。”

“你想上伊尔姆特劳德家去吗？”

“不，我只是想见见她。如果愿意，你可以一起去。”

卡斯帕尔把行李箱提到房间，指给她看里面有杆子和隔层的橱柜，放有书的书架，顶灯的开关，台灯和床头灯的开关。他站在门口，不知道自己该干什么。“你喜欢吃比萨吗？”西格伦点点头。“那你完事了下来，我们出去吃饭。”

他读到维基百科上一篇谈及自治民族主义者的文章时，她下来了。她想成为这样的人吗？他们去了一家意大利餐馆，沿途的一切给她留下了深刻的印象：高大的房子，先是有屋前花园的，后是没有屋前花园的，宽阔的街道上商店和餐馆林立，车轮滚滚，人流涌动。她从未来过柏林，接下来的一周里她不会对这座城市感到厌倦的。她还对这家餐馆印象深刻，餐馆老板将卡斯帕尔视为老朋友，将西格伦视为年轻女士问候致意，餐馆里有着红色的墙壁和昏暗的灯光，有着穿着白色长围裙的服务员，有着白色的桌布和白色的餐巾。“真正的餐巾啊！”当他们坐在一起，她展开餐巾铺在膝盖上时，她惊讶地说道。她讲起居斯特罗有一家比萨店，大多数人都只是把比萨带走吃，而在那里吃饭的少数人则坐在霓虹灯下的丽塑板桌子旁就餐。她还讲述了她所在高级中学的男孩和女孩们，他们晚上站在比萨店前喝酒，或者在加油站、露天加油站前喝酒，但他们不去壳牌加油站，他们以前还站在烤肉摊前喝酒，直至烤肉摊被烧毁。

“烧毁？”

“那两个人是非洲人，是穆斯林男人。我们不需要他们。”

“在那里买东西的人需要他们。如果没有人需要他们，他们也就不会在那里了。”

“噢，外公，你干吗这么累！我只知道是那么回事，我不在那里，我不会做这样的事。我也不站在加油站那里，我也不喝啤酒。我认为他们应该在非洲卖烤肉串，不过也许你是对的，如果没有人再在他们那里买东西会更好。这里真的有上下两层的巴士吗？”

卡斯帕尔答应和她一起坐在双层巴士上层游览柏林。他还告诉她歌剧和音乐会的门票、博物馆、书店以及他们俩将要一起玩的游戏。她眼睛闪烁着倾听着。她愉快地期待着一切。

“拉文斯布吕克有多远？”

“要去拉文斯布吕克吗？”

“伊尔玛·格雷斯——我想看看她，她在那里工作过。爸妈每年和我去城堡一次，有时还会去参加另外一个聚会。他们从不带我去我想去的地方。你愿意和我一起去拉文斯布吕克吗？”

“你下次过来，多待上一段时间，我们就可以过去了。我们本周的日程已经排满了。”

西格伦明白了。她吃着饭，喝了第一杯可乐后又喝了第二杯，第一杯可乐还是怀着好奇、充满犹豫、良心不安地点下的。她打听柏林的居民人数和城市面积，地铁是否真的在地下穿行，她如何在书店帮忙。她突然询问起外祖母的事来。卡斯帕尔答应和她一起去碧尔吉特的墓地，到了那里跟她说说碧尔吉特的事。西格伦很满意，用餐结束，她对一切都很满意，旅行累了，提问累了，准备上床睡觉。当他想跟她说晚安时，她却支支吾吾起来，他意识到她有点害怕在陌生的房间入睡，而她又不想向他和自己承认这一点。他坐在床沿，跟她讲起莫扎特的《魔笛》来。他讲述了塔米诺的故事，讲述了追踪他的毒蛇，讲述了他的恐惧、失去知觉，还讲述了巴巴吉诺的故事。塔米诺从昏迷中醒来后，巴巴吉诺给他唱了一首歌。他的讲述缓慢而平静，他看到西格伦的眼皮变得沉重起来。“我下楼去把门打开，播放那首歌，你就会睡着了。”他把手匆匆放在她的手上，站起来，走下楼，找到了那张 CD 上巴巴吉诺的歌播放起来。然后他走到通往西格伦房间的楼梯脚下，轻轻地喊了声“西格伦”，没有听到回答，于是他轻轻地道了声：“晚安！”

十九

他看完了维基百科上那篇关于自治民族主义者的文章。他无法相信西格伦想要用一次革命来消除原有的政治制度，用民族与社会社区来取代这种政治制度，他无法相信她居然可以在这种政治制度、一次革命以及民族与社会社区之下设想任何东西。革命言论让她听起来具有冒险精神吗？除了别致的裙子和衬衣，她觉得黑色裤子、连帽衫、棒球帽和手套时髦吗？她想成为少数几个坚持自治制度的女孩吗？

之后他看了那篇介绍伊尔玛·格雷斯的文章，更加不知所措了。格雷斯十七岁时想成为一名护士，十九岁时成了拉文斯布吕克集中营的一名看守，后来在奥斯威辛集中营一度看管过三万名妇女，并最终领导了前往卑尔根-贝尔森集中营的死亡之旅。她异常残忍，殴打、鞭打犯人，唆使狗追捕犯人，被描述为集中营里最坏的女人，被称为"奥斯威辛的盗尸者"。不错，就是她在法庭上骄傲地承认她为祖国履行了自己的义务，并在绞刑架下表现得沉着冷静。她的所作所为让西格伦满意吗？她不在乎伊尔玛·格雷斯的所作所为吗？她不知道吗？她不想知道吗？

次日早上七点，卡斯帕尔到厨房做早餐时，西格伦已经摆好了餐具。她把一把椅子挪到了窗前，坐在那里阅读《金银岛》。她一骨碌跳起来，解释道，她一向起得很早，校车七点接她。她已经把面包放在烤箱里烤好了，热水也烧好了。“不用了。”当他正想忙活时，她说道，为他沏了红茶，为自己做了杯热巧克力牛奶，表明她已经检查过橱柜和抽屉，熟悉过厨房。西格伦自由自在地在厨房里走动，随意使用各种物品，这样的理所当然让卡斯帕尔感到有点儿毛骨悚然。但他很享受有人为他服务。

这是一个灰蒙蒙的秋日。这样的日子并没有困扰西格伦，她不想推迟对这座城市的探索。他们一整天都在路上，乘坐地铁和轻轨，坐在双层巴士的上层前排，感觉征服了世界，后来又坐到其他巴士和有轨电车的后排，感觉被世界征服了。他们马不停蹄地跑着。卡斯帕尔记得多年前抵达柏林后的那个星期日，他第一次穿越这座城市，第一次访问东柏林。他还记得，他多么希望在整个柏林、在整个德国有种宾至如归的感觉，可惜未能如愿。现在柏林是他的家，他感到很高兴。

他再次和西格伦一起沿着卡尔·马克思大道从东向西溜达，他指给她看亚历山大广场、博物馆岛、柏林大教堂、新岗哨、洪堡大学和宪兵市场。她对所有的一切都有话要说，也有话要问，她希望一切更伟大、更庄严、更宏伟，只有柏林大教堂适合她，无论从外表，还是从内部。在新岗哨，她站在凯绥·珂勒惠支的《母亲与亡子》雕塑前沉思良久。“这是一位德国母亲和她死去的儿子吗？”

“是的，当雕塑建起来时，许多人可能想到的是战争中的德国牺牲者，而不是德国暴政的牺牲者。因此，雕塑下面才写上了文字说明。”

“献给战争和暴政的牺牲者，”西格伦读出了声，然后摇摇头，“为什么不是德国牺牲者？为什么我们就想不到我们的牺牲者而其他人却想到了他们的牺牲者呢？”

“所有的人在死亡面前都是平等的。这样不错，你不仅要记住自己遭受的痛苦，还要记住你使其他人遭受的痛苦。”

“总是说其他人。”

“不，西格伦，其他人也遭受了痛苦。”卡斯帕尔不想争论德国人和其他人，是否德国人做得太差而其他人做得太好的问题。“冬天时我来过这里一次。我独自一人，天地静寂，外面很冷，下雪了。雪穿过天窗洒落，片片雪花翩翩起舞，跌跌撞撞地飘下，轻轻覆上母亲的头顶和肩头，这景象是如此悲伤，如此痛苦——这是一种悲伤，一种痛苦，这种痛苦意味着所有不合心意的事。人们在战争中杀戮和死亡，对彼此施暴和压迫是不对的。尘世如此之广阔，如此之丰富，我们都可以在世上过得开心。”

西格伦没有回答，卡斯帕尔不知道他说的话是不是传到了她耳朵里，也不知道她是不是在保持沉默，就像他小时候，当他的母亲支持一种道德观点而他只想把这种道德说教抛之脑后时，他保持沉默一样。他也不知道当她说“我们走吧”时，她的手握着他的手是什么意思。到了外面，她松开了他的手，仍像之前一样兴致勃勃地说话。

回家路上，她坚决要求他们晚上自己做饭，因此需要采购食材。他不会做饭，但不想说出来。他看到新鲜的鸡油菌就买下了，因为想起曾在餐馆吃过带有新鲜鸡油菌的意大利面，他又买了洋葱、五花肉、奶油、意大利面和生菜。回到家里，他着手干活，凑合着切洋葱，而西格伦让他开始切五花肉，于是他转眼间切好了洋葱，又切好了五花肉，西格伦又让他洗生菜。她做饭，但假装在给他做助手。女孩们是跟右翼人士学会这些的吗？至少给了一个不适合当领导的人一个他正在驾驭的错觉？卡斯帕尔读到过右翼人士喜欢传统的男女角色，并不想从中获利。当鸡油菌、洋葱和五花肉放在锅里，意大利面放在开水里时，他坐了下来。“你很棒，西格伦。谢谢你为我做饭。没有我，你会干得更容易、更快。但我在观察过程中学习了，明天我会做得更好。”

“明天我们做些不一样的饭菜。”

“你是从你妈妈那里学来的吗？”

“她不做饭。所以我就自己学会做了。”

晚饭后，她想下国际象棋，下得很出色，结果他输了第一局和第二局。有几次她指出他犯的错误，并要求他重新走棋。她和做饭时一样可爱，但他从她身上感受到了果断，仿佛她在和他展开一场斗争，无论她在哪儿遇到他，她都必须战斗并赢得胜利。

青年人在和老年人斗争吗？女人在和男人斗争吗？政治斗争吗？

但她上床后让他继续讲述《魔笛》的故事，在他离开她并播放那首《这画像美得令人陶醉》之前，她还给了他一个吻。

二十

翌晨，西格伦在厨房桌子上摊开了柏林地图。“今天天气真好。我们可以去远足吗？”

天气确实棒极了。卡斯帕尔和西格伦走上阳台。天空蔚蓝，树叶熠熠发光，空气中弥漫着秋冬过后春天再次来临的承诺。

“我不知道。我们昨天走得够多了。我还得去书店看看，音乐会七点开始。”

西格伦摇摇头。她已考虑好了一切：乘坐轻轨到万湖，乘坐渡轮到克拉多，然后徒步穿越萨克罗、郊区和森林后回到万湖。“这张地图很差劲。不过整个路途不会超过二十公里。我们可以及时回到书店，不会错过音乐会的时间。”

“我今天不想跑上二十公里，明天也不想。我在庆典活动上看到了你有多强，我相信你能做到。但我不行。”卡斯帕尔很生气。柏林地图在一堆书页和小册子中占据了一席之地，上面提到了市区两级机构、关卡站、诊所、医生、批发商、手工业者、紧急电话、邮资价目单，没有任何秘密或私人信息，也没有任何引人注目之处。就像昨天在厨房里一样，今天西格伦已经熟悉了客厅里的东西。并不是说如果她真的问他，他会禁止她使用。但是难道不用问一问吗？

西格伦没有注意到他的不悦。她莞尔一笑——难道她在与他的战斗中又获胜了吗？“去年我完成了捕狼陷阱行军活动。四天一百五十公里，行李十五公斤。这是为男孩子们安排的活动，但他们往往做不到。不是为女孩安排的。”

“捕狼陷阱行军吗？”

“谁能完成这个活动，谁就能得到捕狼的陷阱。因为它是防御性的，而符文代表防御。”

“你能给我看看吗？”

西格伦跑上楼，再跑下楼，回到厨房里，脸上带着骄傲，手里拿着一枚银徽章。她把这枚小徽章放到他手里，徽章上有一根棍子的图案，钩形符号的一端指向一个方向，另一端指向另一个方向。当她看到他困惑不解地打量徽章时，她问道：“你不认识符文吗？我给你解释一下。我们的日耳曼祖先用符文和我们说话。”

早餐时，西格伦在一张纸上画了符文，即胜利符文，他们的符文，被党卫军使用，又被党卫军禁止，十四符文——他们那个年龄的符文、奥达尔符文——自由的符号，以及黑太阳——完美的符号。西格伦已经放弃学习完整的符文字母表。很多符号与符文也没多大关系。但她向小家伙们解释这些符文。“我还教他们尊重德语，用‘手用电话’代替‘手机’，用‘T恤衬衫’

代替‘T恤衫’，用‘一览表’代替‘表格’，用‘世界网’代替‘互联网’①。”

卡斯帕尔想起挂在西格伦家厨房里的格言：“人民的灵魂生活在人民的语言中吗？”

西格伦喜形于色。“是的，外公！你在我们家里看到过。”

人民的灵魂生活在手用电话和世界网中吗？卡斯帕尔不准自己提出这个问题。格言里藏着真相，即使不是西格伦教小家伙们的真相，卡斯帕尔既不想嘲笑这种真相，也不想嘲笑西格伦。他想认真对待西格伦——否则他又如何和她亲近呢？“你已经为更年轻的人承担责任了吗？”

“我最喜欢领导一群少年团员，”她大笑道，“一群女少年团员，我们在营地里有一个木屋。篝火在木屋中央燃烧，我在晚上朗读，我们睡觉时双脚温暖、头脑冷静，早上醒来时精神焕发，五天后我们就成了名副其实的集体。还因为每个人都要值夜班，负责一个小时的篝火。我要确保我的少年团员们真正地参加晨跑，做俯卧撑和下蹲动作；我希望他们变得强大，希望我们赢得越野演习。”

“你们赢了吗？”

她笑了：“你怎么想？”

---

① 所谓尊重德语，即不使用现成的以英语为主导的“手机（Handy）、互联网（Internet）”等外来词汇。此处，书中人物用德语的“T-Hemd”代替英语的“T-Shirt”，故译者将此德语表述译成略显拗口的“T恤衬衫”。

“我想是你们赢了。”

“不是唱歌。获胜是运气的问题。你可以让懒鬼和胖子跑步，但如果他只能发出沙哑的声音，你就算揍他也无法让他唱歌。”

“你喜欢唱歌吗？”

“你也喜欢呀。你在我们庆典活动中一起唱歌，我看出你很享受唱歌的乐趣。下次我会带上我的歌曲集给你看。你知道《唯有自由才是我们的生命》① 这首歌吗？这是我最喜欢的歌。我喜欢《东西方的兄弟们》，因为我的荣誉是忠诚，对人民忠诚，对国家忠诚。这难道有错吗？”她把椅子向后推，笔挺地坐着，用明亮而清晰的声音唱道：“我的荣誉是忠诚，/对人民忠诚，对帝国忠诚。/我们奋勇前行，/我们还要建设未来。”

卡斯帕尔试图反驳她。他要向她解释，她唱的这首歌盗窃了工人运动歌曲《兄弟们，向着太阳，向着自由》② 的旋律。工人运动对种族运动怀有深深的敌意，将他们的行径嘲讽为盗窃。“我的荣誉是忠诚”是党卫军的格言。唯有为了正确的事业，这种忠诚才是可敬的，因为人民和国家并不总是从事正确的事业，所以我们有时必须取消对他们的忠诚。但西格伦说话和唱歌都很天真，他再次感到自己无法亲近她。

---

① 《唯有自由才是我们的生命》系希特勒青年团的一首宣传歌曲。二战后仍在各种右翼保守派和极右翼组织中传唱。

② 原为俄国十月革命时期的工人歌曲，1918 年经德国指挥家、作曲家赫尔曼 · 舍尔兴（Hermann Scherchen，1891—1966）将俄语歌词转译成德语后成为德国工人运动歌曲，此歌曲在东德时期亦成为各类活动不可或缺的演唱曲目。

“小时候，我是教会青少年团契的成员。我穿着男孩夹克，睡在木屋里，唱着那首灰雁之歌。我认为每个人都必须为自己的荣誉挺身而出。当你做了一件不光彩的事，它不会因为你是出于对另一个人的忠诚而变得光彩。不过，来吧，”他看了看表，“我们得去书店，在此之前我还想告诉你今晚有什么安排。”卡斯帕尔给西格伦播放了巴赫《G小调钢琴协奏曲》第一乐章和第二乐章的开头、格拉斯的《第一首钢琴练习曲》和勃拉姆斯《第四交响曲》的开头部分。“当我聆听巴赫的时候，我感觉音乐包含了一切，有轻松，有沉重，有美丽，有悲伤，它可以让彼此和解。听格拉斯的音乐让我想到生命之河奔腾而过，到处都是急流和瀑布，但始终奔腾不息。对我而言，勃拉姆斯是激情和抑制激情。我不是说当你坐在音乐厅时就应该像我一样听音乐。每个人听到的是属于他的音乐。不过，在听音乐时，偶尔能听到你心里去，让音乐和你之间产生共鸣，那也不错。”卡斯帕尔感到尴尬。他有没有在劝导他人做自己都做不到的事呢？他是只顾自说自话而不管她是否理解吗？“你听懂我的意思了吗？”

“嗯！”她说道，认真地看着他，好像她真的听懂了他的意思似的。

“好，那我们走吧。”

二十一

到了书店，他让她先打开交付的包裹，然后按照字母顺序整理一名女员工生病期间放在一个盒子里的订单。当他完成了该通的电话、该进行的对话、该作的决定之后再去找她时，他发现了堆放整齐的书籍、折叠的纸箱和分类的订单，却没有找到西格伦。他很害怕，想到了伊尔姆特劳德，他走上大街，也没有看到西格伦，他自言自语道，如果她真的想离开，就不会让他在大街上找到她，于是他转身回去。他找遍了书店的各个角落。不在儿童和青少年书籍专柜，也不在文学专柜。她正坐在当代历史书籍书架前的地板上阅读。

“你不是有一本关于鲁道夫 · 赫斯的书么！这本书充满了谎言。这里所有的书都充满谎言。希特勒不想要战争，他想要和平。德国人也并没有谋杀犹太人。”

卡斯帕尔坐在她对面的地板上。“这些是历史学家多年来研究写成的书籍。你从哪儿知道他们在撒谎？”

“他们被收买了。他们会得到报酬。占领者想压制德国。我们应该感到羞耻，应该卑躬屈膝。然后他们就可以压迫和剥削我们。”

“如果你瞧瞧这些书——它们是基于德国政府、国社党和集中营的档案、证词以及希特勒和他的手下写的东西。你认为这都是谎言吗？”

“他们编造奥斯威辛的谎言。有了齐克隆B①，人们就不会被毒气毒死，至少不会像发生在奥斯威辛的那么多、那么快。爸爸说，这不是政治，这是化学。如果你对根本不可能撒谎的化学撒谎，那你就会对其他一切撒谎。”

“你想读这里面的哪本书吗？带走好了。我家里也有一本关于化学的书。”

西格伦拿起赫斯的传记，她想从这本书里向卡斯帕尔展示谎言，看到他给她的书店布袋里装了好些书，她抓起了另一本女孩读物。卡斯帕尔稍稍平静了一点，她在寻找鲁道夫·赫斯之前已经看过一些青少年书籍。

他们俩都没有再提及刚才在书店里进行的对话。他们去了国家美术馆老馆，西格伦喜欢卡斯帕·大卫·弗里德里希②和阿道夫·门泽尔③，询问了他们的生平和作品——卡斯帕尔很高兴在前一天晚上读到了关于他们的文章。她也喜欢这场音乐会。除了

---

① 氰化物化学药剂，原为杀虫剂，二战中纳粹德国在奥斯威辛集中营使用该化学药剂进行大屠杀。

② Caspar David Friedrich（1774—1840），德国浪漫主义风景画家。

③ Adolph Menzel（1815—1905），德国画家，以素描、版画、油画著称。

父母曾经带她去萨克森州参加过一个右翼摇滚节之外，这是她第一次参加摇滚节，因为他们年纪大了，尽管不再真正喜欢摇滚，但在音乐节上可以遇到不想失去联系的老朋友。西格伦穿上她带来的最好的连衣裙，是一种民族服装，她将红头发高高盘起，还在上面编了一条蓝丝带，她没有像往常一样急匆匆地先跨出半步拥向前去，而是安静地在他旁边穿过门厅，走上楼梯。爱乐乐团的空间，管弦乐队、指挥家和钢琴家的视觉，以及音乐本身给她留下多少印象，他无法从她的脸上和她的态度上看出来，或许她连自己都没搞清楚。但她并没有在座位上动来动去，也没有看手表，中场休息以及演出结束时，她也没有一骨碌马上跳起来。她在回家的路上很安静。

她在家里沏茶，沏的是蜂蜜甘菊茶，默不出声地搅拌着玻璃杯。“我想更多地了解那些作曲家。巴赫和勃拉姆斯是德国人。另一个人是谁？”

“你喜欢他吗？”

她点点头。

“他还活着。更多的我就不知道了。”卡斯帕尔站起来，打开电脑查看起来。“菲利普·格拉斯，美国人，一九三七年出生，父母为犹太人，在音乐的熏陶中长大，学过小提琴、长笛和钢琴，十岁时在管弦乐队演奏，二十八岁时创作了第一首乐曲。他说过‘日常生活中找到的音乐素材最为有趣’。不错，不是吗？”

“不知道。”她说这话仿佛是在修正她对格拉斯产生的兴趣。

因为他是美国人？因为他的父母是犹太人吗？卡斯帕尔应该说些什么吗？她指着客厅。“那里有一架钢琴。你在弹吗？”

“我已经好久没弹过了。碧尔吉特过去常弹。”

“我明天可以试试吗？”

“当然可以。我们也可以为你找一位老师。”

“可我马上要回家，就不能继续弹琴了。”

“有些电钢琴听起来就像普通钢琴一样。如果你喜欢弹琴，我们可以给你买一台电钢琴；它只由琴键组成，很容易放进你的房间。”她露出怀疑的目光。“我相信你们家附近也会有钢琴老师。”当她继续露出怀疑的目光时，他哈哈大笑说：“找种族主义钢琴老师，你父母就不会有什么好反对的了。”

“你不必开我们的玩笑。”

“我没有开玩笑。”

她一副不相信的样子，喝光了她的茶。“我要上床睡觉了。你能播放不是钢琴的音乐让我入睡吗？你不必上来，我自己可以应付。”

他听见她洗澡，爬上楼，去睡觉。他叫道：“晚安！”她回应道：“晚安！”他播放勃拉姆斯《第四交响曲》第二乐章的碟片。圆号的吹奏如此平静，低音声部的拨奏如此从容，弦乐的合奏如此悦耳，旋律如此轻柔地开始了——甚至就在圆号变得更紧迫、弦乐变得更坚定、旋律变得更忧郁之前，卡斯帕尔就感到困惑不解了。这是让人睡觉的音乐吗？这种音乐让他激动起来——它也会令西格伦激动起来吗？为什么今天晚上她想要自己应付了？他伤了她的心，他失去她了吗？至少她没有关上门，也没有拒绝晚间音乐。

乐章结束，他关掉了音乐。他从书架上取出那本关于奥斯威辛屠杀技术与化学的书，考虑应该把它放在哪里，让她既可以很容易找到这本书，又不觉得被他强迫着去阅读。他站着，环顾四周，却没有找到一个好地方。他感到羞愧起来。他不知道自己是否最终能够亲近她。但他无疑不会耍花招。他把书放回原处。如果她想找到它，自然会找到的。

二十二

他从三角钢琴柔和的琴声中醒来。西格伦正在试着弹出旋律。他冲完淋浴，她已经弹出旋律了。他不知道她弹的这首曲子。

她已经又在厨房里摆好了餐具。但开始吃早餐之前，他向她演示如何将五个手指放在八个键上，右手如何将音阶从中指切换到拇指，又如何从拇指切换到中指，直到她能用右手弹奏旋律，而不是用食指一个接一个地敲出音调，她这才停下来。

“你真的很有天赋。”

她耸了耸肩，但他看出来她对表扬感到高兴。

“花上一个小时，看看你是否喜欢。”

“你为什么不弹了？”

“你外婆弹得太好了，我在她旁边都不想再听见自己的琴声。我们结婚后，她才开始学琴，但她练琴非常投入，很快就远远超过了我。我们接下来就去她的墓地好吗？”

这条小路再次把他们引向那条宽阔的大街，街道两旁商店、餐馆林立，车轮滚滚，人流涌动，两天前的那个晚上给西格伦留下了深刻印象。现在她却提出了批评。为什么人们会受到消费的诱惑，为什么他们自己不做饭，为什么明明可以步行或乘坐轨道交通、公共汽车出门，却要自己开车？卡斯帕尔不知道自己该说什么，他们离开了宽阔的大街，拐进一条小路，穿过众多小巷，途经破旧的商店、酒吧、办公室，路过的修理店什么都修理，从鞋子到电脑。他告诉西格伦公墓那里有很多旧坟墓可以被接管和修缮，碧尔吉特选择了其中一个并被埋葬在那里。将来有一天他会躺在她身边，这样挺好的，即便是旧坟墓，他也并不在乎。

他们穿过敞开的大门，从小教堂旁走过，沿着公墓的中轴线往上走。这是一条林荫道，古树参天，道路宽敞，一辆黑色马车在路上行驶，一名黑衣车夫坐在上面，一块黑布包住了一口棺材，四匹黑马拉着车慢慢地向山坡上驶去，最后消失在最高点的后面，树木之间的景色在那一点上直冲云霄。

碧尔吉特的坟墓就在围墙边，后面就是轻轨了。两根柱子之间有一块石板，柱子上有两个天使，柱子前面地上有一块石板。风化的直立石板上刻有一百多年前埋葬在这里的人的名字，而地上平放的石板上写着碧尔吉特·韦特纳的名字。

“你知道这些人是谁吗？”

“商人，军官。那个家族的最后一批人是四个儿子，他们在第一次世界大战中阵亡，每年阵亡一个儿子。”卡斯帕尔指着附近墓地的石凳。“我们可以坐下来。我想跟你说说你外婆。”

卡斯帕尔想描述碧尔吉特是怎样的人。他谈到了她的家庭、莱奥·魏泽和她的逃亡，然后谈到了她的大学学业，她做过的职业，她的钢琴演奏，她在印度的经历，她对自然和气候的投入，她如何一个接一个地参与其中，然后一个接一个地告别。“她在这个世界上还没有找到自己的位置。”

“因为她先是住在我们那里，然后住在你这里吗？”

卡斯帕尔对西格伦的问题感到惊讶。他想起了碧尔吉特在学习期间第一次体验到西方的陌生时就开始酗酒了。这种陌生是碧尔吉特无家可归的开始吗？还有，碧尔吉特只能借着酒精面对陌生和无家可归吗？

“我不知道，西格伦。是不是因为一个人住在你们那里然后住在我们这里，他就不能在这个世界上找到自己的位置？”当他意识到自己的问题含糊不清时，她已经误解了他的意思。

“我只是过来看你。这个没问题。如果我不得不住在这里的话，我的意思是，没有我的爸妈和我的朋友，没有我脚下的土地——那可怎么办？”她皱着眉头。“外婆的事还有什么可以说一说吗？”

他讲述了碧尔吉特深切的希望，写下她的生活，找到她的女儿，两者关联，但她都没有实现。她写得很出色。令人伤心的是，碧尔吉特是如此多才多艺，同时却又如此犹豫不决、内心错乱。“你知道自己想要什么但又不敢要吗？”

西格伦沉思着。“不，”她说，“我不知道。我认为要么要，要么不要。”

“是的，应该这样： 要么要，要么不要。但有些人没有什么恐惧感，而有一些人却有很多。也许你的外婆特别害怕。她想找到你妈妈。但她不知道你妈妈是好是坏，如果她不好，你的外婆会认为是自己的错。她害怕有错。她也害怕被女儿指责和谴责。她指责自己，谴责自己，她不可能再容忍更多的指责和谴责了。”

“我们会喜欢彼此吗？”

“她肯定喜欢你。你只能被人喜欢。你喜欢她吗？她会不遗余力地和你在一起。但她有好日子，也有坏日子，坏日子的时候，她可能拒绝人，不好接近。我不知道你会如何对待她。”

“我们今天还要做什么？”

“你今天还想做什么？我们可以去现代艺术博物馆，我们可以乘船游览柏林，我可以给你外婆的钢琴老师打电话，看看他今天能不能给你安排一个小时，你可以在国际象棋上打败我，我可以在拼词游戏中战胜你，我们今晚可以一起做饭。”

西格伦点点头。“打电话吧！”钢琴老师实际上并不教业余爱好者，尤其不教初学者。他之所以肯教碧尔吉特学琴，是因为他的妻子和她一起练过瑜伽，彼此成了好友。他和卡斯帕尔也建立了一点点友谊。当卡斯帕尔打电话跟他说西格伦的事时，他正准备午休。趁着这段时间，卡斯帕尔带她参观了格林兄弟和其他名人的墓，和她一起吃了咖喱香肠和薯条，然后陪她去了施普雷河岸的钢琴教师公寓。在咖啡馆坐了一个小时后，他过去接她。当被问及老师教了她什么，她学到了什么，这课对她来说是否有趣时，她只是作了简短回答。在回家路上和购物时，她保持沉默，她的思绪在别处。老师给了她一本笔记本，回到家后她从口袋里掏出了笔记本，但并没有给卡斯帕尔看，而是放在了三角钢琴上。“我弹琴会打扰到你吗？你能让我一个人待着吗？”

卡斯帕尔走进餐室，关上门，听她练琴。听起来她好像在试着学习音符，顺着音符弹奏小旋律。即使两个小时后，她的兴致也没有减退，旋律也变得更悦耳了。暮色已至，她才停下来，在客厅里来回走动，这里停一下，那里站一会儿，爬上她的房间，又下来敲门。”

“嗯？”

“他说如果我愿意，可以明天九点到。只要我在这里，每天九点到。”

卡斯帕尔被感动得站了起来。“你知道这叫什么吗？他相信你。他只给少数人授课，只教最好的人。”

她又耸了耸肩。但她脸色绯红，得意洋洋地抿住嘴唇，握紧拳头。“我们可以做饭了吗？”

他们吃过饭，仍然并排坐着，她没有朝他看一眼就说道：“你对我们一点也不在意。你认为我们很愚蠢，把一切都看错了，人家无法和我们交谈。你认为你要比我们强。”

卡斯帕尔本想立即反驳。可是难道她说得不对吗？他看着她，她低下头，红色的鬈发垂在脸前，也许她看着膝间的双手，她耸了耸肩，孤零零一人，完全是防御性的。“我一刻也不认为你愚蠢。你明白我说的一切，你在国际象棋上打败了我，你上了很少人有机会上的钢琴课。无论是在学习方面还是徒步方面，你都是强大而持久的。”他停顿了一会儿。他还应该说他为她感到自豪吗？但他预见到了她会说为自己是德国人感到自豪，他则会回答说，一个人不能为自己是什么人感到自豪，只能为自己所取得的成就感到自豪，西格伦当然不是他的功劳。他还决定不告诉她，他很高兴她是他的外孙女；要么他向她展示自己的快乐，她在很多场合也发觉到了他的快乐，他就不必把它表达出来了；要么不仅他的展示失败了，她也没有发觉他的快乐，那么即便把它表达出来恐怕也无济于事了。他不想要别的外孙女，他已经找到了她，想把她留下来。难道他应该……

西格伦将他从沉思中唤醒。“就这些吗？”

“看到所有的一切都是错的——你必须看到所有的一切都是对的或者错的吗？你不是首先得看大部分的东西吗？你十四岁了，没有人在十四岁的时候就已经看到了一切，知道什么是对的，什么是错的。”西格伦继续疑惑地看着他。“你就看看这里的一切吧。”说完他张开双臂，想着他的公寓、他的书店、柏林，他想和她一起做的、想要向她展示的一切。

“那么你是我的一切吗？”

他微笑着。“和你一起去露营？玩越野游戏，经受勇气的考验？带着十五公斤行李，四天步行一百五十公里吗？让外公参加捕狼陷阱行军活动吗？哦，西格伦。”

她在思考。当他站起来刷洗碗碟时，她也站了起来，拿起毛巾擦干。最后她说道："你的书架上有一本《安妮 · 弗兰克日记》。你不妨读一读《安妮 · 弗兰克日记真相》。她完成擦拭后将毛巾挂在钩子上。"我上楼去看书。一小时后你能跟我说晚安吗？你放音乐吗？钢琴曲？"

在客厅里，他发现那本关于奥斯威辛屠杀技术与化学的书不见了。这是她不声不响就拿走又归还的许多书中的第一本。他也没有和她谈起过这件事。有时他看到了那里的位置上空缺着。但即便他没有看见，她也会从他的藏书里找出书来读；当他向她打听放在她房间里的那些书时，她只是缄口不言。

当他向她道晚安时，她正高兴地期待着第二天早上的钢琴课。他把《安娜 · 玛格达莱娜 · 巴赫曲谱集》放在桌上。

二十三

即使在周六和周日，钢琴老师也接待西格伦，而待在卡斯帕尔家里一周的最后一天，她早上还是去上钢琴课了，比约恩说好明天下午五点接走她。在这之前她径自出发去上课。每天上完课，她都会坐在三角钢琴前练琴两三个小时。卡斯帕尔无法判断她弹琴有多快乐，有多努力，她是否发现了音乐的乐趣，又或者她是不是只是想向他、向她自己证明自己。至少她全神贯注地听着《魔笛》，参与其中，摇着头，笑着，深呼吸。

在音乐商店，她很腼腆，对卡斯帕尔讨论和建议的一切一个劲地点头，但当他想给她买一台电钢琴时，她却拒绝了。她说如果把电钢琴装进车里带回家，不知道父亲会怎么说。她害怕，不，她知道父亲会拒绝。

卡斯帕尔看着西格伦，想到会引发冲突就把她吓坏了。他建议在网上订购一台钢琴送到她家里。她不是十二月份过生日吗？十二月三日？还有六周时间，在此之前她可以向父母解释清楚。她依然忧心忡忡，如果父母禁止她弹琴，她会给他打电话。

在贝格鲁恩博物馆，她待的时间要比他预期的长。他们迅速地从下到上穿过所有的房间；西格伦想首先了解一下概况。然后他们在贾科梅蒂那里待了很久；西格伦在他的雕塑作品中看到了在晨光或晚霞中被拉长了的人影，对他的作品很感兴趣。她犹豫不决、小心谨慎地走近马蒂斯和克莱的画作，就好像她不知道自己是不是真的可以上前去看一看，或者都不确定自己是不是想要看一看。她在马蒂斯画作前停留的时间要比在克莱画作前长，卡斯帕尔感觉她越来越喜欢他们了，但他不想问她，也不想使她难堪，因为克莱是德国画家，而马蒂斯是法国画家。毕加索是她唯一知道的名字。她拒绝了他。她说不喜欢他的作品，那不是艺术。他向她展示了毕加索的众多画作是如何一步步进化的，她是聪明人，表面上对这些画作表现出兴趣，但并没有动摇对它们的拒绝，当她看到一个“变形”的女人的画像时，他从容淡定、没有争执，便结束了对博物馆的参观。

她是想要激怒他吗？她有点不对劲；她在回家路上和吃晚餐时脾气很犟，她在地铁里呵斥一名女子，因为这名女子不小心碰到了她，她还呵斥卡斯帕尔，因为卡斯帕尔换乘时太慢，她还对他摆在桌子上的东西唠叨不休。这是她在这里的最后一个夜晚；卡斯帕尔首先端上了酸奶莳萝酱汁螃蟹，然后是烤牛排，因为西格伦喜欢烤肉，此外还有生菜、法棍面包，饭后甜点是巧克力慕斯。他很努力，给自己做了酱汁，然后仔细挑选了另一种。她谈论她的父亲如何精于烹饪和烧烤，他们如何鄙视购买现成的东西，他们自己可以做什么，她不知道卡斯帕尔在没有花园和没有储备的情况下究竟如何度过灾难。

“什么灾难？”

西格伦以轻蔑的语调说话。“你们闭着眼睛不想看到，但每个人都能看到穆斯林想要从内部和外部征服德国。我们可以屈服或者自卫。如果我们想赢得胜利，我们必须是强者。我们需要做好准备。如果我们不是强者，那别人就是强者。”

“你父亲这么说的吗？”

“这是一条永恒法则。你们忘记这一条了。爸爸没有忘记，一再提醒我们。”

“一再提醒？”

“每当我们累了，想要休息或者玩乐，不愿工作时。”

“你们做什么工作？”

西格伦看着他，好像他反应迟钝了一样。“我们是拓荒者。我们还没有足够多的土地，但总有一天我们会有足够多的土地。我们就像农民一样工作——你究竟是怎么想的？”

“你们家看起来不像是庄户人家。我原以为你父亲或者你父母都在城里工作。”

“我可告诉你，我们还没有足够多的土地。我们还没有牲畜，只有鸡。但妈妈已有足够多的工作要做，有足够多的事情要帮忙。爸爸拥有大设备，有人需要他，他就去哪里。他的哥哥继承了下萨克森州的农场，购置了新设备，父亲得到了旧设备，并把它们保养得很好，一直用它们干活。”

卡斯帕尔再次低估了比约恩。比约恩重建了某些东西，也许他也给斯维娅和其他人提供了一个在公共汽车站、加油站、啤酒和闹事之外的视角。正如他在斯维娅那里看到的低三下四一样，这是一种感激吗？

卡斯帕尔坐在西格伦的床沿，严肃地看着她。“这一周你过得并不容易。我在你十四岁的时候，如果碰到这么多新东西的话，不可能处理得像你一样好。等你春天回来，一切会更容易的。我们也可以在春天外出旅行——你觉得怎么样？”

“我没有去看一看伊尔姆特劳德。”

“我应该想到这一点吗？”

“没事。我们下次再安排。”她皱着眉头，“我不知道是否可以邀请你参加我的生日聚会。我不知道爸妈会说什么。”

“别担心。我很高兴找到了你。我会想念你的。”他又像第一天晚上那样把手放在她的手上。“好好睡吧。”她什么话也没说，他走了，播放起舒曼的钢琴套曲《童年情景》。当音乐声逐渐消失的时候，他听到楼梯上西格伦的脚步声，她急匆匆跑下来，冲到他身边，给了他一个吻，又急匆匆爬上楼梯，关上了房门。

二十四

次日，上完钢琴课，练完琴，吃过午餐，离比约恩过来还有三个小时。西格伦还想再去一次书店。她问是否可以挑选三本书。

到了书店，她告诉他，她需要一点时间，自己能对付，说完就去了历史和当代历史图书专柜。半小时后，当他看到她时，她正趴在地板上和一只小猫玩耍。他对一只猫在书店里干什么还没来得及感到惊讶，立即就被她和猫之间的游戏迷住了。西格伦脱下了袜子，用一根橡皮筋把它们绑成一个球，挂在另一根橡皮筋上，乐此不疲地让小猫追逐、跳跃和击球。它是一只长着白爪的黑猫，有时是笨手笨脚的孩子，有时是圆滑世故的猎手，有时又是威风凛凛的老虎，它同样对游戏乐此不疲，西格伦伴以诱惑、嘲弄、欢笑的叫喊声，直到黑猫突然厌烦了，弓起背，走到一边躺了下来。西格伦跟在它身后躺倒，将她的头靠在它的身边，轻轻地将它拉向自己，抚摸它，小心翼翼地挠它。

卡斯帕尔见识了西格伦自信、独立、坚决、好斗的一面。他忘记了她才十四岁，还是个孩子，想要玩耍，渴望亲密，需要温柔。她和猫咪玩得不亦乐乎，在亲密接触中忘乎所以了，都没有注意到他的存在。更多的温柔——他的手稍稍握过她的手，到了某一天以拥抱表示问候，以拥抱表示道别，遇到特殊场合亲吻额头，再多就不行了。一只小猫会有帮助吗？西格伦会因为有过这样的拥抱而感到高兴吗？因为她在假期里有了一只猫，他必须习惯在公寓里养只猫吗？

原来是一位女员工把小猫带来了。她知道应该预先打个电话问一问。可她别无选择，洛拉每隔两小时需要吃药，家里没有人能帮忙。卡斯帕尔询问这位员工养一只猫能带给她什么，他不知道对于每次回家被一只猫迎接的想法他究竟应该感到高兴还是感到害怕。最后，他问是否可以借用她的猫，如果西格伦过来拜访的话，他是否可以借用洛拉，但被拒绝了；猫不是狗，它们更多地坚守在一个地方而不是依赖于人，把它们从一个人或者一个地方那里夺走是残忍的。但西格伦和洛拉尽可以在书店里见面。

西格伦往前走去，怀里抱着洛拉，人却是一副睡眼惺忪的模样。“我们一起睡着了，”她惊奇地说，“我们真的睡着了。我们得走了吗？我把书落在后面了。”她带了三本书回来，阿加莎·克里斯蒂的《东方快车谋杀案》，乔伊斯·卡罗尔·欧茨[1]一本关于女孩的小说，讲述一个女孩在一次事故中失去母亲的故事，以及一本关于德国人和波兰人在二十世纪遭驱逐的书——卡斯帕尔

① Joyce Carol Oates（1938— ），美国小说家、诗人、评论家、剧作家。

对她的选择感到惊奇，但什么也没说。

回到家里，西格伦希望卡斯帕尔看着她打包，确保她没有落下任何东西。她把书店里带回来的书放在手提箱的底层，他没有问是不是她不想让她的父母看到这些书。一起喝完最后一杯甘菊茶，他们沉默寡言地坐在餐桌旁；她说，对，下周又要开学了，她得七点坐上校车，不知道明年什么时候放春假，如果他的电脑说是复活节前两周，有可能是真的，她说希望父母同意她学琴，除了那本初学者的乐谱本外，钢琴老师还给了她《安娜·玛格达莱娜·巴赫曲谱集》。她说如果卡斯帕尔给她写信，麻烦他在信里放上一张洛拉的照片。

比约恩来了，审慎地看了看西格伦，又是很快喝了一杯啤酒，要求在西格伦的生日时支付下一笔款，分期付款不是按照日历年份，而是按照人的岁数，他想知道他的电影禁令是否得到了遵守，并宣布西格伦下次会在复活节前一周过来。

然后西格伦就走了。

二十五

她留下了一个干净整洁的房间，她将床上用品撤下并叠好，将浴巾叠好放在上面，将图书放在书架上，将衣柜清空，将凳子挪到桌子下面中间。这让卡斯帕尔很伤心。衣柜里有一件T恤衫或者说T恤衬衫，床边墙上有她父母的一张照片，桌上放着她在“新岗哨”树下捡到的一颗栗子——她是想留下一些东西，以此表明她找到了一个小家，还要回来的！

因为她在离开房间时表现得很有教养，他也考虑很有教养地说声感谢。但什么也没来，没有信件，没有明信片，没有电话。她也没有打电话告诉他不要寄钢琴，所以他订购了钢琴，并在网上跟踪了它的发送和交付情况。她还是没有打来电话，她的父母在收到第二笔分期付款后也没有表示感谢。他应该给西格伦写信吗？她的父母会截留这封信吗？圣诞节他该做什么？给她寄送礼物，还是给她带上礼物？她的家人会庆祝冬至节而不是圣诞节吗？他们在冬至节送礼物吗？他读到过，冬至节这一天，家家户户欢迎过来串门的客人，给他们提供丰盛的款待——他能指望送出礼物而不被他们逐出家门吗？

他意识到，在公寓里，在路途上，在书店里，有西格伦在身边多好。碧尔吉特去世后的几个月里，他是多么孤独，西格伦离开后他又是多么孤独。他履行职责，不允许自己在厕所和衣帽间里漫不经心，在书店里一如既往地高效工作、热情友好。但这消耗了他的全部精力，到了晚上他只能在微波炉里加热一下买来的快餐饭菜，饭后坐在沙发上看书。然后，他很快一页页地翻看，却实在读不进去，陷于那些没有真正形成而依然是碎片的回忆和沉思之中，让他觉得自己的生活已经土崩瓦解，无论是内在的生活，还是外在的生活。为了忘记碧尔吉特，为了忘记自己，他喝得太多。每天晚上和每天早上，他都决定喝掉半瓶后不再继续喝，结果还是把整瓶酒喝掉了。

碧尔吉特和卡斯帕尔共同拥有的朋友为数不多，早在她去世之前就和他们没有什么往来了；碧尔吉特喝酒并最终喝得酩酊大醉，让朋友们和她自己都感到很尴尬。她去世后，他发了讣告，收到了慰问，也收到了邀请，但没有他的回请，友情的河流就渐渐干涸了。西格伦来之前，他并没有想念过她。现在他在思考能否让她活跃起来、如何才能让她活跃起来。难道他应该试着结交新朋友？七十一岁的人如何做到这一点呢？

也是为了更好地认识西格伦，他还在找一家可以下棋的咖啡馆。尽管他找到了一家，但店家向他解释道，棋手们如今不再在咖啡馆而是在网上见面，因此他只在周一晚上组织一场线下的国际象棋活动。卡斯帕尔去了几次，有赢也有输。他对橱柜里的象棋书籍很感兴趣，柜子里还有棋盘、棋子和钟表，他还预订了有望让业余爱好者成为大师的棋书。他在家里钻研，觉得自己从中学到的东西比在咖啡馆和人对弈时学到的更多，反正他在下棋时也不跟交手的人攀谈。

健身房的会员资格和参加普拉提课程无助于建立联系。但他并没有因此放弃，他希望一旦西格伦再次提出远足的建议，他也能应付劳累。因为他不想在厨房里再次成为她旁边的蠢货，他参加了一个烹饪初级班；因为他考虑和她一起去威尼斯或者佛罗伦萨或者罗马旅行一周，他在业余大学参加了意大利语会话班，以重温几年前和碧尔吉特一起学过的意大利语。在烹饪课上，他遇到了想要或者应该与妻子或女友并驾齐驱的年轻人，在意大利语课程上，他遇见了梦想在托斯卡纳拥有房子的年轻夫妇；他跟这些人也没有建立任何联系。不过至少他不再独自在家里度过所有的夜晚了。

但一次又一次，在工作中，在运动中，在夜晚的活动中，他感到情形并不真实，好像他周围的一切都是装装门面，好像他在扮演一个角色，好像他扮演的角色很糟糕，其他人只需要看着他，就能看透他，拒绝他。他不属于这个世界。他属于死去的碧尔吉特。这个碧尔吉特，她热爱生活，对他温柔体贴，她躺在沙发上或地板上，被他抱到床上，而当他坐在凳子上注视她时，她抚摸着他，他也爱着她。但她也是笔记里的那个死去的碧尔吉特，对他保密自己在写作，对他保密自己在寻找斯维娅。她向他隐瞒了那么多东西，欺骗了他那么多东西，从他身上夺走了那么多东西！他知道所有的一切聚集起来就成了她，他只需要看到这一切聚集起来，形成整体。但当他把她构成整体时，她就变成了一个构筑物，在他看来她也变得不真实了，而且正如他不属于这个世界一样，他也不属于死去的碧尔吉特。他不属于任何地方。

他真的和西格伦待了一周。西格伦真的让他吃惊，让他害怕，向他提出挑战。不装门面，没有角色扮演。他对西格伦所做的事和所说的话会有影响吗？无论如何，这是真的。无论他是否在现实中留下印记，他都想留在现实中。他也想找到亲近斯维娅的机会。反正他得问问她，是否他可以告诉劳尔关于她的事，是否她想和他一起去看望宝拉。他必须为她找到合适的圣诞节或冬至节的礼物。他得给西格伦找到一个礼物。是的，他会在十二月二十五日在洛门按响门铃，而当门打开时，他会立即谈及冬至节好客的美好习俗，对他们的欢迎表示感谢，不给比约恩打发他离开的机会。

二十六

他在十二月十八日按响了门铃。他曾读到过，冬至节通常不是直至二十五日而是早在二十一日就开始庆祝了，尽管有着美好的习俗，但他害怕被视为节日本身的入侵者。提前几天拜访对他来说似乎更为安全。

斯维娅打开门，穿着厨房围裙，双手沾满面粉，说："哦，原来是你。"说完回到厨房，卡斯帕尔跟在她后面。她开始在桌上擀面团，一直到面团看起来像法国的形状，近乎方形，有着蜿蜒的海岸线和边界。她把擀面杖放在一边，双臂撑在桌子上，看着他。"你想干什么？"

眼泪顺着他的脸颊流了下来。许多年前，碧尔吉特在基督降临节的一个星期六烤了圣诞饼干，在那时，面团也让他想起了法国，他说起了往事，她笑了。他帮她给烤盘涂上油脂，切下饼干，放在烤盘上，然后把烤盘推到烤箱里。他一直很快乐。他不知道为碧尔吉特烤饼干只是一时兴起，一次而已，再也没有第二次，但他认为这是一个承诺，她将来会和他一起庆祝圣诞节。节日对她而言毫无意义，她不想要一棵圣诞树、一根蜡烛或一份礼物，尤其不想和他一起去教堂。因为这样总是伤害到他，所以和碧尔吉特一起烤饼干让他感到很愉快。他喜欢她穿着围裙，双手和裸露的胳臂上都沾着面粉，头发高高盘起，脸上红红的，目光聚精会神。她被他抱在怀里，她嘲笑他突然的拥抱，嘲笑他脸上突然出现的面粉。

卡斯帕尔觉得很尴尬。“对不起。它，”他展开手臂围成一圈，将斯维娅、摆着面团的桌子以及烤箱围起来，“让我想起碧尔吉特曾经是如何烘焙的。她穿着围裙，满手面粉。”

“我长得像她吗？”

“黑头发和黑眼睛。嘴巴——我第一次看到您时，您和您丈夫站在门口，您的嘴巴让我想起了碧尔吉特的嘴巴。如果您抿住嘴唇的话……”

“也无所谓。”他伤了她的心。“如果你还想用‘您’来称呼我的话，那是你的事。我会用‘你’称呼。你想干什么？”

“我有一份礼物送给西格伦，一份送给你们。她在吗？”

“他们出去买什么配件去了。你可以留下你的东西。”斯维娅转过身，拿起一个盒子放在桌上，掏出一个锡制星星，压制出饼干来。

难道她希望他从手提包里拿出礼物，搁在椅子上一走了之吗？他放下手提包，走到桌前，从盒子里拿出一个模子，也压制出一块饼干。他随手抓起碰到的第一个模子，直到此刻才意识到那竟是一个卐字标志——并非直角转折的棱形，而是带有浑圆臂弯的变体，宛如嵌在圆环中的十字。斯维娅什么也没说。当卡斯帕尔把卐字标志放在一边，从盒子里拿出一只公鸡时，她轻轻地笑了。过了一会儿，她换了另一个模子，他也学她的样，又过了一会儿他们又换了模子。然后她拿来两只烤盘，给它们抹上油，然后他们步调一致地把这些压制出的星星、太阳、心形、公鸡、野兔、冷杉和卐字标志的饼干放入烤盘。他坐下来，看着她把烤盘推到烤箱里，把剩下的面团迅速地揉成一团，把面团重新擀出来。

“你擅长烘焙。”

“不用害怕。在配料面前不必，在面团面前不必，在模子面前也不必。”

“你是怎么得到卐字标志的？”

“得到这个模子吗？这个卐字标志和其他模子一起来的。”她注意到他的问题仍然在继续。“你以为我会对卐字标志感到羞耻吗？”她直起身子，垂眼看着卡斯帕尔。“一九八八年，我在文化馆的墙上画了我的第一幅卐字标志。我为此感到骄傲。我们是唯一没有参与游戏的人。这种游戏，社会主义支持和平，不剥削任何人，热爱人民，我们——党、无神论公民以及基督教徒，还有教会，所有拥有良好愿望的人都同意这一点。我多么讨厌它，这种共同的人文主义遗产的骗人废话，这种以某种方式归属和参与其中的可疑借口。别把我算进去。”

“这件事就把你带到托尔高了吗？”

“我父亲把我带到了托尔高。他不知道我怎么了。起先我自己也不知道。他只知道我的情况和他想象的不同。”

“但柏林墙倒塌后，你不必再去反对了。为什么……”

“为什么我待在光头党里吗？摧毁，最终摧毁那些摧毁了我的东西。朋克们最后也跟着玩，并成了其中的一分子。然后越南人从洞里爬出来，亚洲人散开了，你们把阿拉伯人派到我们这里来了。他们或者我们，如果你想让某人离开，你必须吓唬他，还有什么？像拍死虱子一样拍死他。有时就一把火把他烧死。”她的眼睛很小，嘴唇很窄，看起来她已经下定决心要抓住击打似的，她手里正拿着一根擀面杖，这不由让他想起卡通画里潜伏在门后的那些女人等候着她们的不忠男人，他禁不住笑出了声。“有什么好笑的？”

卡斯帕尔指了指擀面杖，斯维娅看到了卡斯帕尔看到的东西，也不禁哈哈大笑起来，笑着把擀面杖举过头顶，再放在桌子上，坐在他对面。“就是这样。”

“您为什么……你为什么不再在那里了？”

“烤好不需要很长时间。来点热巧克力牛奶和新鲜小饼干如何？我只有两个烤盘，第一轮结束之后继续烤第二轮。”她站起来开始行动。卡斯帕尔一言不发。他不想放弃他的问题。此时，厨房里弥漫着愈发浓烈的烘焙香味，童年、安稳的香味，对卡斯帕尔而言，这不仅是一种渴望的香味，而且是一种悲伤的香味，因为碧尔吉特和他曾经有过唯一一次亲密的合作，后来却再也没有过。但究竟为什么呢？他完全可以烤小饼干，用香味引诱她一起参与。他为什么不这样做呢？他的眼里又噙满了泪水，当斯维娅端着热气腾腾的巧克力牛奶和一盘小饼干来到桌边时，他擦掉了脸颊上的泪水。最上面是卐字标志形的小饼干。她把盘子推到他面前。“请慢用！”

他不得不吃吗，好让她继续谈论她自己？她会因为伤心而以另外一种方式封闭自己吗？他拿起卐字标志形的小饼干放在杯子旁边。她微微一笑。她明白他心里的想法吗？

“有一天，光头党散伙了。其实在此之前，你也可以看出他们很快就会散伙了。当你有了工作，结了婚，有了孩子，世界看起来就不一样了。比约恩加入时，很多人已经退出或者准备退出。你是无法对这些无根之人下手的。比约恩尝试过，但没有成功。只有我成功了。”斯维娅看着卡斯帕尔。“我依赖针剂。我瘦弱而丑陋，不知道比约恩在我身上看到了什么。可他是当真的。他想要我，为了他自己，为了一个家庭，为了自己的农庄。为了和这块土地以及我们自己土地的生活，为了制度和社区。”她点点头。“我本来希望生养很多孩子的。但当我们拥有了农庄，我们会为西格伦和农庄找到一个男人，她会生养孩子。”

卡斯帕尔怀疑西格伦是否会听命于他人。他没有出声，斯维娅了解西格伦，不得不持有同样的怀疑。他也没有问，为何对斯维娅而言这种制度和这个社区必须就是这样；在她看来，这可能就是拍死虱子一样拍死或者一把火烧死的和谐延续。他很高兴她能敞开心扉。他不想用他剩留的问题吓跑她。她应该想再见到他，再和他谈谈。

他们压制出第二轮小饼干，将它们塞入烤箱。他拿出了礼物，一个是为西格伦准备的，里面有一只小播放器和几张钢琴音乐的CD，另一个是为斯维娅和比约恩准备的，是一把日本菜刀。斯维娅指给他看摆在西格伦房间里的那台电钢琴，她每天都要练琴。

然后他们站在走廊里。夜色降临，斯维娅打开了灯，突然，他们明亮而清晰地看到彼此。他们俩都觉得有点尴尬。他们向对方展示的自己，超过了他们所希望的。

“我并不是一直这么哭得稀里哗啦的。”卡斯帕尔微笑着，“一个德国男人……”

“好好回家吧，德国男人。”她给了他一个吻，就像在庆典活动之后告别一样。

卡斯帕尔向汽车走去，忽然想起，他和斯维娅既没有谈及宝拉，也没有谈及劳尔。他犹豫了一下，回头望了望房子，看到紧闭的房门和黑暗的窗户，摇了摇头。他会写信给她。如果她不回复，那就不必谈及宝拉和劳尔了。

二十七

他在圣诞节期间就写信了。他不希望在上次拜访后不久就让斯维娅收到他的信。但圣诞节的日子很安静，对他来说写信很容易，之后几天就要清点存货，寄信的事他可以再等等。

他跟斯维娅谈及自己拜访了劳尔以及劳尔对她的关心，谈及为她接生的宝拉也参加过她的成年仪式，宝拉有时在尼斯基有事要做，寻找过她，也想到过她。宝拉想再次见到她——斯维娅是否愿意和他一起过去？

一月初，他终于把信寄出去了。回复很快就来了，斯维娅给书店发了一封电子邮件。她不想把地址告诉劳尔。但她很想见见宝拉。她问他能否在下周二上午九点过来接她，下午四点再把她送回去。他不必回复她的电子邮件；如果他过来，她已经做好准备，如果他不过来，她会临时建议别的时间。这显然是背着比约恩的一次见面——卡斯帕尔并没有想赋予这次见面更多的意义，但还是很高兴。他向宝拉解释说，斯维娅离开家门可不容易，于是宝拉安排下周二休假。宝拉说，诊所在营业，届时他可以和斯维娅一起穿过花园进入厨房。

卡斯帕尔准时到了。他刚在房子前停下车，斯维娅就走出家门上了车。她什么话都不必说，他立即驾车出发了。当村子在他们身后渐行渐远，他跟她解释他们要去哪里，估计行程不到一个小时，他们会在宝拉那里共进午餐，如果她愿意，他会让她单独和宝拉待上一会儿。斯维娅点点头，但没有吭一声，当他试图开始一段对话，问及她是否有驾照，是否偶尔会想到一个不同于妻子和母亲的职业，是否喜欢书籍和音乐，她的回答依然是三言两语的。除此之外，他们保持沉默。

直至她问道："你为什么要做这一切？"

首先，他想反问"什么这一切"。但他知道她想要知道什么。争取一点点时间——这不需要，她不会催逼。最后他回答说："我想完成碧尔吉特开始做的事。或者更确切地说，她一直想做但一直不敢做的事。她想为你奉献，任由你决定是否愿意接受，我想我也可以做到。"

她摇了摇头。"但你没有。"她又沉默良久，方才继续说下去。"你并没有为我奉献，你强迫我接受你。你干预了比约恩的生活、我的生活以及西格伦的生活，尤其是西格伦的生活。我们不必玩在一起。但你很聪明，比约恩是盯着你的钱。不仅是比约恩，我们俩都想为农庄攒钱，但比约恩很着急。你为什么就不能让我们自己待着呢？你想拯救我们的灵魂吗？西格伦的灵魂吗？"

"我该怎么说呢？"这不值得回答，斯维娅也没有回答。"我不能放开你们。不能放开你，因为你的声音、你的嘴巴、你的黑眼睛和黑头发让我想起了碧尔吉特。还有西格伦专注的目光，当她站在你旁边的台阶上时，还有她的问题，是否我是她的外祖父……我是多么希望子孙满堂。我多么希望有一个女儿，从她身上我可以看到碧尔吉特，我多么希望有一个儿子，或许他可以接管书店，而现在，圣诞节到了……如果他们都来了，我们就可以唱歌、玩耍、唠唠家常……西格伦是一个与众不同的女孩。”他笑了。“我会喜欢上她的。有时我想她也会喜欢上我的。”

“我再告诉你一次，如果你试图唆使她反对我们的信仰，那就完了。无论你爱她还是她爱你，还是我们可能从你这里搞钱。这都和我们无关。西格伦属于德国，我不会允许你从德国手中夺走她。”

“为什么她就不能了解这个世界，你们的世界，我的世界，还有许多其他的世界，然后在这个世界上找到自己的位置呢？为什么……”

“如果这个世界没有问题的话。如果这是一个各民族、各家庭、各社群共处、有着体面和工作的世界，那该多好！那么她就可以找到自己的位置，她会找到它，因为在正确的世界里，每一个位置应该都是正确的。但现在还没有到这个程度。”

“什么时候会到这个程度呢？”他不由自主地在问题中掺入了一点讽刺，很快就生气了，很高兴她并没有注意到这一点。

“我们不会体验新世界。我们只能为新世界而战。但它会来的。”

卡斯帕尔朝斯维娅看去。她的脸色是多么严厉。她的眼睛看起来如此温暖，她的头发看起来如此温柔。他想到了碧尔吉特不同的面孔是如何吓唬他，又如何迷惑他。“为什么当你想到新世界的时候，你的脸色变得这么严厉？为什么西格伦不能在这个世界上变得快乐，不必为新世界而战？”

“我知道。你不明白战斗要求严厉，同时也让你快乐。战斗、伟大的目标和胜利，你已经忘记和荒废了。还有严厉的乐趣。”斯维娅嫣然一笑。“你甚至不跟我斗了。我说的话与你想的格格不入，你也并不反对，而是看起来完全理解，也许有担心，也许会伤心。如果你也能如此对待西格伦，那就很好。”

卡斯帕尔对斯维娅、对自己感到很愤怒，也对自己不能发泄而只能抑制自己的愤怒感到愤怒。他不再说什么，专心开车，很高兴二十分钟后他们就到了。他们穿过花园来到厨房门口，敲了敲门，宝拉打开门，首先拥抱斯维娅，然后拥抱卡斯帕尔。斯维娅还站在门口就说道：“我想和您单独谈谈。”宝拉看看卡斯帕尔，他点了点头。她请他十二点半过来共进午餐，于是他回到车上。

二十八

“为了德国统一”客栈在营业，但天气很冷，卡斯帕尔喝了一杯咖啡，开车回到他们曾经路过的森林停车场，将车停放好，就步行出发了。天阴沉沉的，许多松树病恹恹的变成了褐色，天气太冷，卡斯帕尔虽然雄赳赳地大步向前，但并没有真正暖和起来。不过外面依然比待在客栈里好，也比待在车里好。

你甚至不跟我斗了——卡斯帕尔认为这句话卑鄙无耻。如果他与斯维娅斗，他要冒着断绝联系的风险，如果不斗，他会被嘲笑为懦弱。要么这只是一句蠢话？斯维娅能把抵抗想象成一种公开而尖锐的矛盾吗？这应该正合他意。他可不想和西格伦斗，她也不会在家里报告斗的情况，斯维娅也不会担惊受怕。他尝试了不同的方式，并将继续尝试不同的方式。他必须让西格伦体验另外一个世界，一个不同于她的父母提供给她的世界。她没有回应他提出的春天旅行的建议。他是否应该建议去富有吸引力的目的地，比如威尼斯、巴塞罗那或者伊斯坦布尔？

但是，斯维娅的话带有讽刺意味，这句话如影相随，使他无法脱身。他没有和她斗不只是战术问题。他不能斗，不能失去自制，不能勃然大怒，不能变得咄咄逼人。他可以坚持不懈地遵循一个目标，不被阻力和挫折屈服，有时也要对犯错的员工说出狠话。但斗是另一回事。他把学会的东西都荒废掉了吗？是和碧尔吉特在一起的那些年里荒废的吗，那些年里在她完全信赖他的时候他害怕失去她，那些年里他自己没有自由，却要给她所有的自由，甚至是喝酒的自由，那些年里他压抑了自己的痛苦和愤怒吗？由于他对她的爱，他让自己变得渺小和软弱了吗？

他以前不一样吗？他记得在校园里打架斗殴，和母亲争执时他摔坏了一只盘子，他和女友在她父母家里和在高尔夫俱乐部里有过激烈争吵，她家的体育活动和社交生活都是发生在高尔夫俱乐部里。有一次他和妹妹的男朋友闹得很凶，在碰撞之下将对方击倒在地。那是怎么回事？他不记得了。但他以前不一样。

如果真是的话！他对碧尔吉特的爱和跟她在一起的生活充满了百折不挠的自豪感。没有什么变得渺小，也没有什么变得软弱。即便这是他唯一能采取的战术——这种正确的战术就是不与斯维娅和西格伦作战。他会留在她身边，会和她和谐共处。

现在他喜欢自己走过的森林，尽管松树没有更健康，没有变得更绿。休耕地里生长着年幼的阔叶树，它们被篱笆保护着，以防狍子的进入。他记得有一天，母亲从森林里为他和妹妹带来了两棵小冷杉，种在花园里。给妹妹的那棵长得细长而漂亮，他的那棵则特别宽大，因为一只狍子吃掉了它的尖角。他的母亲将这两棵冷杉树分别命名为小捷和小胖，前一棵适合敏捷而苗条的妹妹，后一棵适合他这个当时长得又慢又胖的男孩。冷杉树还在花园里吗？它们看起来会像什么？自从他的父母搬到教会养老院之后，他就再也没有见过花园。他很惊讶他的母亲居然胆敢在森林里挖出两棵小冷杉。二十世纪五十年代初，谁敢这么做吗？那时候，人们如何敢在森林里收集木材取暖？他的母亲、阿姨、妹妹和他，他们还收集了荨麻，他还记得那些荨麻被当作菠菜那样煮着吃，但已经想不起味道如何了。这里没有荨麻，没有黑莓或覆盆子，也许有蘑菇。周围的木材足够多，可以不止冬天使用。

他想起祖父曾经带着他在森林里散步，祖父告诉他，在冬天，所有的一切都为夏天作好了准备。他用小刀在一根棕色树枝的顶端割下了一个棕色的嫩芽，还有一些树叶可以让森林在夏天发出绿光，所有的树叶都已经在那里，淡绿色，极细小，相互交叠在一起。在他看来，这是一个奇迹。有一段时间，他很想重复这个奇迹，但后来他害怕切割、暴力和破坏了。

母亲和祖父是他童年时期最重要的人。他的父亲负责照顾社区而不是孩子，而与他们生活在一起的阿姨，丧偶，没有孩子，逃离了夫家，出逃之后有点犯迷糊，但还可以帮忙做点家务活，与孩子们一起玩洛梅牌[①]，散散步，但不能更多了。母亲把书放在卡斯帕尔的桌子上，和他一起去剧院看戏，听音乐会，观赏歌剧，跟他谈他和她感兴趣的一切；等到他越长越大，越来越多地

---

① 一种三至六人玩的纸牌游戏。

与朋友和女朋友生活在一起，母子之间的联系自然就变得越来越少，但直至他搬到柏林以后才中断下来。她是一个有着坚定宗教和道德信仰的女人，当她和他有着不同的观点，她不会试图说服他相信她的观点，而是将这个观点告诉他，让他和她一起讨论，或者暂时搁置起来，但母亲做这件事带着那么大的权威，以至于他无法逃避他们之间的冲突。祖父则不同，他从战士的角度对历史和现在持有民族主义的认识。卡斯帕尔和他的祖父母一起过暑假，他喜欢和他们徒步旅行，喜欢阅读根据德国历史改写的小说，并从祖父那里接受了足够多的观念，因此他理解斯维娅和比约恩的世界。但他的母亲以谨慎的方式，对他的影响超过了他大声喧哗的祖父，而不仅仅是因为她和他一起度过了更多的时间。

这条小径通向湖畔。也许卡斯帕尔早就可以在那些树干之间看见湖，也许他梦见过它。蓦然之间，在病恹恹的森林之后，湖面完美无比地展现在他的眼前。在卡斯帕尔的记忆中，这个湖和莱茵河一样宽阔，一直延伸到一条狭窄的湖段，卡斯帕尔看不到它的尽头，从一条支流或一条通道通往另一个湖，再通往一个个湖，最后汇流入海。树木长到岸边，在一个地方延伸出一个小沙滩。水暗淡、灰色、光滑，只在某些地方被风吹得微微荡漾。直到湖面突然像金属一样闪闪发光，风吹过的地方的光线忽隐忽现，卡斯帕尔难以置信地望向天空，太阳从云端里钻出来了。

他情绪高涨地来吃午餐，吃芥末酱鸡蛋、土豆和生菜，获悉宝拉和她的丈夫今年春天将第一次度假四周，他们的儿子届时会代替他们在诊所行医，他们想去南蒂罗尔和意大利北部旅行，斯维娅从未去过国外，也不知道他们在那里可以做些什么，她宁愿被扔到孤儿院门口，也不愿被交给莱奥夫妇，但她明白宝拉为什么会那样做，她也理解碧尔吉特，她很高兴没有见到她，她没有决定是狠狠揍她一顿还是拥抱她，或者冷落她？

“魏泽家如何？那位母亲难道不是一个热情慈爱的女人吗？父亲有那么坏吗？”卡斯帕尔在回来的路上问斯维娅。

“或许吧。或许她是慈爱和热情的。但她太弱了，所以感到很痛苦。对她而言，莱奥就是上帝，如果上帝为你付出，那很好，如果他打了你，那也很好。如果她曾经为我说过一次话……”她把头转向一边，卡斯帕尔想知道她是不是在哭，然后她打开车窗，任凭冷空气吹入车内。

过了一会儿，车窗又关上了，车内又暖和起来，他问：“我猜想你希望从宝拉那里了解更多碧尔吉特的事情。你为什么不问问我呢？”

“你能告诉我什么？你爱她？她是你的好妻子？或者她对你也不好？你想让我感觉离你更近吗？或者我应该明白她对自己无法掉以轻心的东西充满着矛盾，正因为如此我就应该原谅她的所作所为吗？”她摇了摇头。“这一切都行不通。我想从宝拉那里了解当时的情况，事实和经过。”她伤心地笑了。“我有时可能需要这样一个女友。”

“如果你需要她的建议或帮助，她不会拒绝你。”

斯维娅看着卡斯帕尔，仿佛她想知道他是不是认真的，接着又看了看车行道。

“当我们在庆典活动上聚在一起烤饼干时，我们彼此理解。今天你又离得很遥远。好像你不信任我一样。”

“我为什么要相信你？因为你是我的继父？”她嘲弄地笑了。“在坏的生身父亲之后有了好继父？不。我信任比约恩。社区很好，这是一种付出和索取，怎么可能是另外一种样子呢，而只要我付出，我就可以得到。比约恩为我付出，不管我能否付出。他做到了，而且永远都会。我信任他，没有更多了，我也不需要更多。”

“但是……”他想说的是，我们不可能知道对方是否有这个能力，人是会发展和变化的，西格伦这个孩子反正就是，她丈夫比约恩也有可能会，信任并不意味着确定，信任总是要求预先得到的。他放弃了。对斯维娅来说，由于对父母感到失望和受伤，她终于在比约恩那里找到了安全感，这听起来很空洞。“你这个混账东西”——即便她不说出来，她也会想到。

他们不再说话，直至抵达洛门。到了家门口，斯维娅让卡斯帕尔停下来，匆匆打声招呼下了车。

数日后，卡斯帕尔收到了宝拉寄来的一张明信片。她说感谢他把斯维娅带到她身边。从那以后，她常常想起碧尔吉特来，问他等到夏天来临的时候，能否再和她到花园里来度过一个晚上。明信片上是一个女孩的画像，不是巧克力女孩，而是一个穿着文艺复兴时期服装的高贵女孩，人坐着，头和上身直起，头路分在中间，额头高耸，目光迷离。卡斯帕尔还从未听说过画家约瑟夫·康奈尔[1]。

① Joseph Cornell（1903—1972），美国超现实主义者，装置艺术家、电影导演。

二十九

比约恩早上再次打来电话，下午五点，他和西格伦一起来了。他再次走进屋子，坐在厨房的桌子旁，喝了一杯啤酒，再一次禁止西格伦看电视、抽烟、涂口红、打耳洞。他宣布下周日，也就是复活节前的周日过来接回西格伦，然后就离开了。

“他忘记禁止看电影和穿牛仔裤了。”西格伦不满地说道，仿佛为缺少禁令感到惋惜似的。

“也许两者他都想允许吧。你喜欢牛仔裤吗？去看电影怎么样？”

“我想看一看伊尔姆特劳德。我想去拉文斯布吕克。我想去书店。我可以再去找钢琴老师吗？”

“他期待见到你。每天早上九点。”

西格伦还没有打开行李，就坐在了三角钢琴前，给卡斯帕尔弹奏次日上午她要弹给钢琴老师听的乐曲。这是那本曲谱集里的一首简单乐曲，她演奏得比原曲速度慢，但完美无瑕。卡斯帕尔记得自己弹了四个月都远不及她的水平。他的赞扬使她鼓起了勇气，她又弹奏了一首曲子，这首曲子难度很大，她承认自己还不能正确地演奏，她不得不三次从头开始。卡斯帕尔倚靠在门上，看到她专注的脸，当她弹错音时，她的额头皱了起来，当她无懈可击地完成了一个特别有难度的乐段时，她又露出嫣然的笑脸。西格伦对钢琴的热爱、对音乐的痴迷、卷曲的鬈发、高领衬衫——这种画面让卡斯帕尔想到了浪漫主义或比德迈风格的画面。你不必担心那些和音乐生活在一起的人，卡斯帕尔想道，直至他想起了汉斯·弗兰克，然后想起了伊尔玛·格雷斯，然后又想到要拜访拉文斯布吕克，如果他无法避免拜访，至少想推迟。

“做一次旅行，怎么样？”晚餐时他问西格伦。她希望还是到意大利餐馆吃饭，第一次过来当晚就是在那家吃的晚饭，这次很高兴又一次受到老板殷勤接待。不，她不想旅行。不会去伊斯坦布尔、巴塞罗那或威尼斯，因为必须坐飞机过去，而她是反对坐飞机的。为了环境。无论如何——她不想错过钢琴课，她想练琴，她想更好地了解柏林，去克拉多远足还没有成行，在书店里要待上一天，在拉文斯布吕克要待上一天，还要与伊尔姆特劳德会面，一周就过去了。“也许我们真的也还可以去看场电影。”

向她道过晚安后，他播放《槌子键琴奏鸣曲》① 中的柔板。他以为西格伦无疑会在漫长而平静的乐章中安然入睡。可是当柔板结束，她跑下楼梯。“那是什么曲子？我能再听一遍吗？”于是他又播放了一次柔板，西格伦坐在沙发边上，闭上眼睛，左拳压

---

① 即德国作曲家贝多芬的《降 B 大调第二十九钢琴奏鸣曲》。

住右手，心里记下了每一个音符。她觉得有什么东西必须跟着柔板走，当卡斯帕尔想关掉音响时，她把她的手放在卡斯帕尔的手臂上，又听了广板，依然专注而又很放松，有时还含笑注视着卡斯帕尔。走回楼梯口，她转身问道：“我们可以再去听音乐会吗？”

卡斯帕尔本来也想问她，但由她来问再好不过了。他不确定这次旅行是否会有什么不同，他买了莫扎特和贝多芬音乐会的票，演出在爱乐乐团，买了巴赫清唱剧《马太受难曲》的票，演出在音乐厅。他期待着这两场音乐活动，并在之前几个晚上让她熟悉音乐。莫扎特的那首钢琴协奏曲她会感觉容易一些，而听完勃拉姆斯《第四交响曲》，就可以接着听贝多芬的《第七交响曲》。那本曲谱集是否对欣赏《马太受难曲》有所裨益？西格伦可能以前还从未听过赞美诗。

三十

周一早上，卡斯帕尔来到厨房时，西格伦已经做好了早餐，收听了新闻和天气预报，知道周二那天风和日丽，决定上完钢琴课立即出发远足。在洛门她就已经约好了周一下午和伊尔姆特劳德见面。她还给书店打了电话，找了养猫的那位女员工，让她周三带上洛拉。卡斯帕尔笑着点头。他的外孙女将会是他的书店的优秀继承人。

“你要一起去看伊尔姆特劳德吗？”

“你希望我去吗？”

“是的，”西格伦说，发觉他感到很惊讶时，她接着说道：“我写信给她，说我有一位外祖父，她想知道你是怎样的人，我想我就带你一起去呗。”

但她不仅仅是想让他参加。下午，他们在克罗伊茨贝格下了地铁，从大街走到小巷，从小巷走进一条狭窄的过道，经过小吃店、二手店，从大声喧哗的年轻人、一位老妇人、一名男子和一名女子身边走过，那些年轻人手拿啤酒瓶坐在两张破烂的黄色沙发上，那位老妇人坐在入口边上，拿着一瓶白酒自言自语，那名男子和那名女子在互相吼叫，卡斯帕尔从西格伦的眼里看出，柏林的深巷把她吓怕了。还有一片后院，垃圾和污物，剥落下来的抹灰，楼梯间的墙纸碎片，全都让她感到不寒而栗。当伊尔姆特劳德站在六楼门口时，她松了一口气。但她也明显感到惊恐；她从未见过伊尔姆特劳德穿着黑色牛仔裤、黑色T恤衫，头戴黑色棒球帽。

伊尔姆特劳德和他们一起走进厨房，从冰箱里取出三瓶啤酒，和他们一起坐在桌旁。她向西格伦询问起那些人的情况，而这些人的名字对卡斯帕尔而言毫无意义，她还询问起组织、聚会和活动的情况。西格伦对伊尔姆特劳德很尊重，试图清晰准确地回答问题，她喝了啤酒，尽管不喜欢啤酒的味道。当伊尔姆特劳德谈及自己和同住一屋的一群女孩时，西格伦全神贯注地倾听着。女孩们讨厌废话连篇。她们走上街头战斗，寻求与极左翼运动组织“安提法”发生冲突，享受和警察之间的紧张状态。她们并不是对希特勒半身塑像和卐字旗帜感兴趣，才不去关心德国国家民主党的权威或德国女人，也不让男人们告诉她们在政治上必须做什么或不做什么。不错，她们就是男人的眼中钉。但伊尔姆特劳德认为她可以是德国女人，成为德国母亲，即使她和女孩们像男人一样扔酒瓶子，突破秘密警察的防线，并且提醒诽谤她们的那些记者，她们都是有名有姓的人。“我就是我，我知道什么是民族主义，什么是社会主义，我不需要男人向我解释民族共同体，让我成为其中的一员。”

“你还在读大学吗？”

“是的。你——甚至都没想过离开家门，和我们待在一起。你要先完成中学学业，之后上大学。我们必须成为政治组织的成员。我们必须瓦解体制。民族革命只有同时来自外部和内部才能成功。”突然，伊尔姆特劳德转向卡斯帕尔，“您说呢？”

“您说得对，西格伦必须完成中学学业。”卡斯帕尔向西格伦微笑着，“在此之后——她有很多天赋，意志坚定，无论干什么都会成功。”谁也没有吭声，卡斯帕尔猜想伊尔姆特劳德期望他对民族革命发表看法。而他则问道：“西格伦对您耳朵上戴的细小的银色卐字标志耳饰赞不绝口——我可以瞧一瞧吗？”

伊尔姆特劳德笑了笑，把头发从耳朵上撩起。“你不能戴吗，西格伦？你父母还是像以前一样不允许你戴吗？您觉得如何？”

“您觉得我应该戴在耳朵上……”卡斯帕尔哈哈大笑着摇了摇头，西格伦也哈哈大笑，他们就这样哈哈大笑着告别了。

三十一

在徒步时，西格伦回到了看望伊尔姆特劳德的话题上。他们坐在基督教堂的露台上，沉默了一会儿；卡斯帕尔以为，一看到拱廊的柱子、在阳光下发出银光的湖泊以及对岸嫩绿的森林，西格伦肯定会和他一样快乐。但她在为自己的未来操心。“我明白我必须完成中学学业。但我不必因此待在洛门吧。为什么我就不能住在伊尔姆特劳德那里，在这里上学呢？”

“因为伊尔姆特劳德不想让你一起住在合租公寓里。你为什么这样匆忙呢？”

“我不想再玩艺术体操、套圈游戏和唱歌了。我想战斗。”

“和谁斗？”

“和体制斗。”

卡斯帕尔不知道自己该说什么。然后他问道：“体制是什么？”

“所有的一切。德国不再属于德国人，外国人过得比我们更好，犹太人和他们的金钱决定了一切，这世上有那么多穆斯林男子和清真寺。”

“你们那里有清真寺吗？”

“没有，但我们有烤肉摊，父亲说如果穆斯林留下来，他们就会建造清真寺，然后我们很快就不会再听到教堂钟声了，但是那个什么在叫嚷……”

“……宣礼员？”

“是的。我们不去教堂，但我们不必因为要爱我们的西方文化、教堂和钟声而去教堂。”

“离你们最近的清真寺在哪里？”

“不知道。”

“你认识的外国人要比德国人过得更好吗？”

“有时烤肉店的人开着一辆奔驰车，一辆崭新的大奔，那也是一个外国人。我知道也有德国人开着崭新的豪华车，但你知道我的意思。”

“不，西格伦，我不明白你的意思。我没有看出外国人过得比德国人更好，你也没有看到。你在哪里看到犹太人有了钱就可以决定一切？”

“父亲说他们藏起来了。”

“你再也见不到他们了。你想从哪儿知道他们存在着？”

“因为大屠杀的谎言是存在的。若不是那些谎言对犹太人有用，谎言也就不会存在了。”

“既然他们可以用金钱来决定一切，那他们需要谎言干什么？”

“这样我们就会感觉很糟，就不会去反击。我们也不必为此感觉很糟。德国人不会干出这样的事来。也许他们把犹太人推来挤去，再把他们关进牢房。也许有些人丧生了——死于战争。但仅此而已。”

卡斯帕尔感到西格伦有多么自豪，因为她回答了他的每一个问题，回避了他的每一个异议。他很累。这个热情洋溢的女孩，她的无知，她的狂妄，她的无能为力，以及她在谈话中感受到的束手无策，都让他心生疲倦。他应该告诉她什么。他应该如何亲近她？“有些事情你必须依赖他人。当你生了病，医生比你知道得更多，当你的车坏了，汽车修理工比你知道得更多。但是，当你自己可以弄清事情原委，那就不要相信他人。先了解外国人、穆斯林和犹太人，再去评判他们。顺便说一句，你已经认识其中一个了。”

“犹太人吗？”

“你的钢琴老师来自埃及。他的父母拥护君主制度，国王被推翻后，他们和他一起逃亡了。”他轻轻笑出了声。“或许他是穆斯林，我从来没有问过他。你可以问问他，如果他是穆斯林，去过清真寺的话，你可以问问他是否可以带你一起去一次。”

“你是说去清真寺吗？”

“为什么不呢？”

“我不知道。”她犹豫地说，好像突然间不知道很多事了，不知道是否应该问问钢琴老师，是否应该跟他一起去清真寺，是否应该认识外国人、穆斯林和犹太人，是否应该检查并且仔细考虑对她而言理所当然的事情。她把水瓶装入背包。“我们继续走吗？”

三十二

卡斯帕尔曾经设想过，与西格伦在一起的春季一周会像秋季一周那样过去。但事实并非如此。西格伦强占了他的公寓和他的物品，做早餐，做菜，练琴，喜欢到书店去，和洛拉一起玩耍，她和卡斯帕尔一起做了很多事情，以他到她的房间里跟她道声晚安，然后播放一首乐曲来结束绝大多数的夜晚。但卡斯帕尔感到了一种在秋季一周中没有感到过的紧张不安。在她当时与他发生过一场他无法理解的争斗之后，他觉得仿佛她已经料到她现在想要实施对他的支配地位。卡斯帕尔使她放弃坚持自己的愿望，因为她起先将规划日常生活、购物和烹饪视为一场有趣的游戏。然后，他得到了这样的印象，这对她而言更像是一场权力游戏。她也强迫他围绕历史和政治的话题进行讨论，他认为这样的讨论收效甚微，不如束之高阁。

他们很喜欢这场音乐会。西格伦被演奏莫扎特钢琴协奏曲的钢琴家的精湛技巧所折服，所以她也希望自己能够演奏，当卡斯帕尔道过晚安后将舒曼的一首交响曲第二乐章主题之后的一首变奏曲放给她听时，她又跑下楼梯，想听完所有的变奏曲，然后闭着眼睛坐在沙发边上。“你觉得将来有一天我也能弹吗？” 卡斯帕尔点点头，咕哝着表示同意，她在他脑门上亲了亲才离开。

翌晨早餐时，她说：“所有伟大的作曲家都是德国人，对吧？巴赫、贝多芬、勃拉姆斯、莫扎特、舒曼，我们听过的每一个人。”

“那些是我们听过的德国人。还有足够多的其他德国人，以及足够多的非德国人。为什么这个很重要？”

“我想这就是我喜欢音乐的原因。这是我的音乐。”

“你的音乐？”

“德国音乐。我知道你认为所有的……”

卡斯帕尔显得很生气。“德国音乐给德国人的吗？”

“你在开玩笑。但是德国音乐……”

卡斯帕尔站了起来。“你过来。坐在沙发上吧。我为你播放音乐，你告诉我这是德国音乐还是外国音乐。”他看了看手表。“我知道你九点有钢琴课。我叫了一辆出租车，这会给我们省下三刻钟时间。首先你告诉我是否喜欢这首曲子，然后告诉我，作曲家是德国人还是外国人。”

她听觉敏锐，不喜欢肖邦、德沃夏克、格里格和埃尔加，只认为柴可夫斯基、布鲁克纳和瓦格纳是外国人，听了一首《法国组曲》便认出是作曲家巴赫的作品，卡斯帕尔几乎要跟她和解了。

“这和德国音乐或外国音乐毫不相干。你认不出它们，所以这种判断是不对的。无所谓音乐、艺术和书籍是德国的还是外国的。它仅仅取决于它们是好还是坏。”

西格伦一言不发，路上也沉默无语，卡斯帕尔不知道她是因为感到丢脸的判断能力还是因为自己的固执己见。在出租车停靠在钢琴老师家门口之前，卡斯帕尔说：“你认出了巴赫。你对音乐很有鉴赏力，西格伦，你的双手适合弹钢琴。你有一些与众不同之处，一些弥足珍贵的东西——别再理会政治了。”

钢琴课结束，她去书店，想和卡斯帕尔谈一谈之后再去看看洛拉。“我应该一直思考着你所思考的东西。对音乐……也许你对音乐的看法是对的。不过现在你可以看一看我跟你说的书。我带来了《安妮·弗兰克日记真相》。今晚我把书给你。”

西格伦缝制了一个小玩意，往里面塞满了东西，卡斯帕尔只看到一只扁平的灰色小球，洛拉却看到了一只老鼠，西格伦把它绑在一根绳子上，让洛拉去寻找它，抓住它，从她手中夺走它，让它去追逐它。直至洛拉厌倦了这场游戏，自己想走开了，却被坐在地上的西格伦抓住，被迫在她的怀里抓挠，直到它屈从于命运睡着了。当卡斯帕尔看向西格伦时，她兴高采烈地对他微微一笑。到了晚上，手上的抓痕发痒了，卡斯帕尔帮忙给她喷了淡香水。当他到她的房间向她道晚安时，她给了他那本《安妮·弗兰克日记真相》。

卡斯帕尔播放了海顿的音乐，这是一部钢琴奏鸣曲中的一个缓慢而乏味的乐章。西格伦该不会再富有音乐节奏地、激动地跑下楼梯吧。他在厨房里打开一瓶红酒，拿起杯子和酒瓶，径自坐在沙发上。天气转凉了，他将叠好的被子盖在身上。他想道，怪不得碧尔吉特总是坐在这里，坐在沙发的角落里，把被子盖在身上，将杯子和酒瓶放在身旁的小桌子上。如果是碧尔吉特，她会对西格伦报以怎样的态度？她会对西格伦的观点做出怎样的反应？

完全没有。碧尔吉特是不会和西格伦来往的。她可以做到这一点：和他人保持距离，不和他人近距离接触，断绝和他人的关系。她本打算为斯维娅和西格伦奉献，却断定无法和她们心心相印，于是将奉献置于脑后了。也许她会花上一点时间聊聊这种论断，以免小说戛然而止。她想必不会过分指望这种所谓《安妮·弗兰克日记真相》的读物。

卡斯帕尔叹了口气，拿起书开始阅读。他了解过，日记的风格不是一个年轻女孩的风格，这本书展示的是安妮·弗兰克的父亲的文字，最终呈现的原稿是用各种字体写成的，部分用圆珠笔写就，而这种圆珠笔直至一九五一年才面市。你可以一眼看出不同的笔迹，联邦刑事调查局对圆珠笔的笔迹进行过鉴定，父亲已承认是他伪造了原件。真相已经大白于天下。真相之所以被压下是因为日记是笔大买卖，是大屠杀行业的一部分。而且因为现在正是让德国人看起来有罪，感觉自己有罪，感觉自卑的时候。

不，卡斯帕尔自言自语道，他不会和西格伦一起详详细细地阅读这本书，不会再次向她说明她所听到、看到以及相信的东西是有问题的。他站起身，走到电脑前，找到安妮·弗兰克基金会发表的关于日记谎言的文章，打印出来。然后他把所有东西放在厨房桌上：西格伦的书、基金会发表的文章以及日记本身。

三十三

但西格伦并不觉得这是体贴入微，反而觉得丢脸。“你太善良了，不跟我谈谈这本书吗？你就把这个扔到我这里来，”她把书握在手里，“我应该阅读然后闭嘴吗？”早上，他走进厨房，还没来得及说早安，她就开始训斥他。

卡斯帕尔抚慰地举起双手。“你……”

“你不应该说‘你’，而是要认真对待我。你应该好好听我说，然后跟我谈谈。我给了你一本书，这本书表明日记里的文字都是谎言。你有什么要说的吗？你究竟有没有看过这本书？”

卡斯帕尔坐了下来。“西格伦，西格伦。我当然看过这本书。我原以为你宁愿自己去读，也不愿听我说这本书有什么问题。我们可以在你读后再谈，也可以替你读。我们可以在钢琴课后马上做这件事。我可不是太善良……”

“好，钢琴课结束之后马上吧！”她打断了他的话，分别给他和自己倒了一杯咖啡，坐下来给自己剥了一个煮鸡蛋。早餐时她保持沉默，卡斯帕尔为那个有一天将和她一起生活的男人感到难过，因为她会用沉默对他进行惩罚。在去上钢琴课之前，她低着头说话，好像她不是在和卡斯帕尔说话，而是在和桌子或者和自己说话一样：“他说，因为我又要很长时间不能再过去，所以如果我能在周六安排两个小时就好了。如果你没意见的话……”

“我很高兴。他相信你。”

“他想和我一起制订一个计划，这样我一个人的时候就可以正确地练琴了。”

“你想练多久，你的父母就让你练多久吗？”

“你以为我父母没有文化吗？他们不知道弹琴很重要吗？”

“你可能有干不完的事，帮不完的忙。”

“我得走了。”

卡斯帕尔明白西格伦并没有和他玩权力游戏。她感到她自己、她的世界、她的父母以及她的观点被他怀疑，于是想要保住自己。她希望他相信她所相信的东西。可是办不到。然后她想至少不失去自己的信仰。她的感觉告诉她，她是对的，即便她没有任何论据。但她很聪明，知道这需要论据。

上完钢琴课回来，他向她解释了安妮·弗兰克手稿的来历、安妮父亲的干预及其原因、原稿的恢复、笔迹鉴定、联邦刑事调查局的鉴定、圆珠笔的痕迹、后来发现的书稿、进行的审判——西格伦的那本书里所痛斥的一切，均可以找到解释，可以确认其正确无误。

“我不知道。”她摇了摇头，“我去练琴。”

她一直练琴至下午，卡斯帕尔明白为什么。她练完琴，饥肠辘辘，独自出去购物，又独自一人做饭。五点半，饭菜摆在了桌上，柯尼斯堡肉丸配上土豆和生菜，因为他对她的烹饪和弹琴技术赞扬了一番，她又变得健谈起来，讲述了学校的音乐课和她想在那里的音乐课上学到的东西，但她得从钢琴老师带给她的一本书学起。然后她问他吃完饭他们是否可以下棋。他俩都知道她想赢，终于又想要赢了。

“我的棋艺更好了。我研究过棋谱。”

“很好！”她说，无疑她仍然想打败他，她还是打败了他。不过他的棋艺更好了，她不得不思考更久，在第二局中，他进入了终局阶段。在第三局中，他接连犯下了愚蠢的错误。“你累了，”她说，“等你睡醒了，我们再玩吧。前两局真的很有意思。”她为自己的优势感到高兴，因为她可以夸奖他，他喜欢被她夸奖。

“我们要在夏天出去旅行吗？如果你不想坐飞机，坐火车或者自驾如何？我们可以乘坐火车卧铺在意大利或者法国过夜，也可以坐船去挪威、瑞典或者芬兰。”

“这样我就可以了解外国和外国人了吗？”

“我们也可以到北海或者波罗的海，或者到山上去。”

“我会考虑的。”她站起来，“我很高兴你想和我一起旅行。但明天我们要去拉文斯布吕克。”

三十四

西格伦不想在车上说话，这甚合他意。她挑选并随身携带了CD，是贝多芬的钢琴奏鸣曲，他们一首接一首地听，直到西格伦听完第五首之后在弗斯滕贝格关掉音乐，并向卡斯帕尔宣布说，他们俩在拉文斯布吕克应该各走各的路，然后再碰头。“我知道你想向我解释一切。或者你站在我旁边，等着看我在想什么、我要说什么。我宁愿一个人待着。”

他们停好车，在入口处制订了一个计划，同意她先参观党卫军定居点，他则参观司令部和集中营营区，然后交换地方。他看着她走到女看守们住过的房子，现在那里有一个关于女看守的展览，她挺直身子，抬起头，就像伊尔玛·格雷斯站在法庭前和躺在绞刑架下一样。

他从司令部的一个房间走到另一个房间，阅读介绍文字，看一些图片和展品，了解集中营是如何创建和发展起来的，关于囚犯、集中营的日常生活、党卫军、病区、群体性死亡、集中营的解散和解放。他一次又一次地站在小展板前，展板上有来自德国和欧洲的囚犯的照片和简短生平，他在打开的登记簿前站立许久，新来的囚犯们被细致的字体一行一行地记录在登记簿上。每一个女人都是一个世界，这个世界和她一起出生，并和她一起死亡——卡斯帕尔回想起海涅说过的话，几乎无法忍受这个展览，展览、犯罪、破坏和毁灭。然后，他来到了对囚犯身上进行的医学实验和外科实验进行描述的房间，除了对医生们的所作所为感到吃惊之外，他居然害怕西格伦会想到什么，想要说什么。这一切真的都是为了能够更好地治疗德国士兵的创口感染吗？

他走出司令部的办公室，来到一片广袤的营区，左侧只有几栋附属建筑，右侧为监狱。木质板房，因为破旧、易碎、无法使用而早已被拆除。但是，当他沿着以前的集中营主街走去，大街两旁都是老树和大树，他认出了在黑色的碎石中被标记的板房平面布局图，在这张图上他看到整齐排列的板房左右延伸，坐落在宽阔的营区尽头的树木后面。他停了下来。板房，肉眼所见尽是板房，在这中间有囚犯、女看守、狗。

过了一会儿，他发觉自己盯着脚下的地面。他不想再待下去了，于是去了纪念馆，坐在湖畔的台阶上。在对岸，弗斯滕贝格的教堂和房舍在阳光下闪闪发光。从监狱的牢房里脱身，看到湖畔那座城市井然有序的生活，这是一种安慰还是痛苦？难道集中营的生活根本不被视为一种永久的例外情况和非常时刻，而是一种顺其自然的生活？他想到了集中营里囚犯们制作完成的绘画和小艺术品，一名女囚犯为一个医学实验的受害者精心雕刻的小兔子，还有刺绣手帕。她们是如何做到这一点的：维护自己，照顾自己，为自己而战，而不是成为一头不关心他人死活的猪？拉文斯布吕克是一座女性集中营——女性比男性更团结吗？

“你在这儿！”她坐到他旁边。“这很有趣。女看守是坏人，女囚犯是好人——还有什么？但如果你仔细听、仔细看，你会发现不是那么回事。这些女囚犯以盗窃、欺诈和卖淫为生，拒绝工作，与敌人保持联系，甚至属于敌人。如若不显示出自己的严厉和强硬，女看守们如何能在她们那里获得承认呢？瞧瞧她们的脸蛋——她们都有一副好脸蛋。她们中许多人多么年轻！”她摇了摇头。“我不知道三年后我是否……伊尔玛·格雷斯在这里开始工作时才十八岁。”

卡斯帕尔不想谈论这些女看守。他也不想看关于她们的展览。他宁愿干坐在台阶上。他可以脱掉鞋子，把脚放进水里吗？这是对在这里受难和死亡的女性不尊重吗？这恐怕有助于他重新清晰地思考。他该如何跟西格伦说话呢？

他站起来。“待会儿见。”

西格伦惊讶地看着他，不理解他的沉默寡言，也不理解他的离开。“怎么了？”

“指挥官对女人实施捉摸不透的惩罚和体罚。他让人杀掉病人和残疾人。他长着一张和蔼的信使般的脸，将他的关心及时送达。”他摇了摇头。“好脸蛋……”

但西格伦说得对。你从女看守们的脸上看不出她们的残忍，她们在出游时和出游的年轻女性一样兴致勃勃、无忧无虑。许多人都是工人，出身贫寒，奔着一份好收入或者好的工作条件而来，或是被征召而来，正如囚犯们描述的那样，她们起初也许仍然友好，但很快就会像其他人一样麻木不仁、缺乏怜悯之心。卡斯帕尔可以想象这一切。但有些人拒绝被征召——她们从哪里拥有这样的见识、力量和勇气？

在楼上，人们试图通过视频、材料、文本和声音装置对集中营做出艺术上的回应。卡斯帕尔从一个房间走到另一个房间，走下楼梯，走进阳光灿烂的下午。对面是停车场，汽车停在阴凉处，卡斯帕尔坐在里面。他只是坐在那里，不知道自己坐了多久，直至西格伦敲了敲车窗上了车。

三十五

卡斯帕尔累得说不出话来。让他筋疲力尽的不是他看到的东西，而是他没有看到的、在他的脑海里补充并形成场景的东西。广阔的营区，黑色的碎石，硕大的古树，司令部以及附属建筑，党卫军的房屋——这些其实还没有那么糟糕。只有当卡斯帕尔想象营区里排列得密密麻麻的板房，然后想象一路上那些虚弱、疲惫、瘦弱的女人，女看守，她们的牧羊犬，她们的尖叫，她们的残暴，板房里搭起三层的床铺，拥挤不堪，恶臭难闻，所有这些才看起来很糟糕。他想象名不见经传的拉文斯布吕克如何变成了臭名昭著的拉文斯布吕克。那是工作，劳累至极的工作，他开车离开，身心交瘁，一言不发。他当然想知道西格伦的所见所思。但他还不能问她，也不能和她交谈。

然后她问："你为什么总是站在其他人一边？"

"我站在……"

"对，你总是站在其他人一边。站在外国人、犹太人、音乐、安妮·弗兰克和大屠杀那边——他们始终是其他人，而不是我们。"

“哦，西格伦，这可不是站在谁一边的问题。这和事实有关。外国人没有过得更好，犹太人也没有更多的钱，而对于音乐，你有着……”

“我们刚刚看到的一切，未必都是正确的。人们撒谎，照片也会撒谎，很容易说这事发生在这里或那里。你只需将标记贴在门上。父亲说得对。大屠杀是事后的杜撰，我现在知道事后被杜撰出来是多么轻而易举。”

他们经过几栋房子，绕过一处积水，重新隐没在森林之中。天空变得黑暗，雷雨般的黑暗，有一刻卡斯帕尔忘记了西格伦，很高兴地期待着雷雨，一年中的第一场雷雨，夏天的信使。几分钟后，水滴敲打在车窗上，很快就下起了倾盆大雨，卡斯帕尔把车开到了一条森林小径上，停了下来。雨水嗒嗒地打在车顶上，淹没了窗户，路上和森林里什么也听不见，什么也看不见。他本想抽支烟，他都好几十年没有抽过烟了。他也很想喝一口银色的扁平白酒、威士忌或者白兰地，尽管他平时不喝烈酒。他觉得需要纵容自己，或者再好不过的是被纵容。然后他感到羞愧的是，他想到了在参观拉文斯布吕克之后被纵容。西格伦坐在他旁边，看着自己膝间的双手。

“目击者、牺牲者和行凶者太多了，文件太多，线索太多。所有的一切都有据可查，关于犹太人财产被没收，关于他们被转运至集中营，关于他们在集中营被杀害。帝国铁路公司保存了运输记录，生产和提供齐克隆的工厂记录，设计和制造焚尸炉的工厂记录。奥斯威辛的指挥官写下了回忆录，描述了发生的事情。你认为所有这些统统都是那些不喜欢我们德国人的人杜撰出来的。数千名德国和外国科学家对此进行了研究，如果德国人发现了其他更好的并且可以报告的东西，那么他们一定会去做了。谁会杜撰自己的人民犯下如此可怕的罪行，从而玷污自己、家人以及朋友呢？也许会有一个人，但不是数千人。我……我无法告诉你，如果大屠杀没有发生的话，我会有多高兴。但大屠杀确实存在。既然它存在，那么你也必须学会依据这一事实活着。"

西格伦一言不发。她继续看着自己的膝间，将手指交叉再打开。最后，她说道："但为什么有那么多东西要被想起和谈论呢？我们可不能这么去做。其他做坏事的人也不会这么去做。"

"小恶被别人遗忘，甚至可能被自己遗忘，我们没有理由去想起和谈论它们。大恶……如果你杀了一个人，其他人都知道有这回事，而你却装出好像什么事都没有发生过，你什么事都没有做过，那么其他人就不想再和你有任何关系了。你必须坦诚看待自己做过的事，向别人表明你感到很后悔，并已经从中吸取教训，不会再犯同样的错误。然后他们才会重新接纳你。"

"我想我不能跟爸爸谈这件事。"

"那跟你妈妈呢？"

"她对这种事不感兴趣。她说，大屠杀是西德佬搞出来的事情，而我们还有其他担忧的东西：国家、农庄、真正的生活。我认为大屠杀对自治民族主义者来说也并非真的很重要。这种事就跟卐字旗帜和希特勒半身塑像一样。”

“那就好了。那么你仍然可以成为优秀的民族主义者和优秀的社会主义者。”

“你是在取笑我吗？”

“不，西格伦。我想到的一点是，如果没有对犹太人的迫害和灭绝，国家社会主义就不可能存在，我想知道你是否不太容易将两者区分开。但它是可以区分开的。”

天更亮了，雨也下得更小了，卡斯帕尔问：“我们继续开吗？”

西格伦耸了耸肩。“你不是在开车么。你在问我什么？”

他们继续行驶。当他们走出森林时，阳光破云而出，将一束光线投向远处的一座村庄。

“但我不是可以为自己是德国人而感到自豪么！”

卡斯帕尔又一次拐进一条田间小路，停下车。“我不知道。我认为你只能为自己曾经取得的成就感到骄傲。但或许你也可以用不同的视角看待它。”他指了指丘陵、田野、树林、阳光照耀的村庄，还有一座村庄处在凹地里，从那里只能看到教堂的塔楼和一些屋顶。夕阳西下，会看到无比美丽的日落。“我爱我的国家，我很高兴能说她的语言，了解她的人民，我对她熟稔已久。我不必为自己是德国人感到骄傲，我为此感到高兴足矣。”他们俩都看着呈现在他们眼前的画面。卡斯帕尔打开车窗；他多想听听教堂的钟声，这和这个画面很吻合，但钟声没有响起。“你还想知道你是否必须喜欢犹太人吗？你不必喜欢任何人。我根本不知道该如何去喜欢德国人、犹太人或者法国人。可我也不知道不喜欢德国人、犹太人或者法国人会给我带来什么。到处都有令人喜欢的人和令人不愉快的人，如果你不喜欢法国人，你就很难找到令人喜欢的法国人。”

他又驾车出发了。“我说得太多了吗？”他没有等到她回答，而是继续说下去。“我多么希望自己能有孩子，我多么愿意向他们解释这个世界或者我所了解的世界。我也很愿意向你解释我所知道的事。但我不准备向你发表演讲，该怎样就怎样吧。”西格伦向他保证一切都没有问题。但是，对西格伦的观点，他何时以及如何发表看法，尤其是他应该说多少，直至他们回家，他一直在费心思量。与其少点儿不如多点儿？与其多点儿不如少点儿？当某个事件或某种经历引发话题，或者只有当她挑起话头时？

三十六

直至星期日下午，他才搞清状况。星期六上午的钢琴课不是持续两个小时，而是三个小时。四点半，他们出发去听巴赫的《马太受难曲》，在此之前，卡斯帕尔向西格伦讲述了她从未听说过的受难曲故事。

他担心她会感到无聊。可她甚至聚精会神地倾听着宣叙调。“我以前从未听过这样的清唱剧。”她对卡斯帕尔耳语了多次，但当她盯着节目手册中的咏叹调歌词看时，她也说“我听不懂”，回家路上他也觉得向她解释巴赫赞美信仰的情歌很不容易。她尤其喜欢那些赞美诗，她想知道它们都是关于什么的，他向她解释说，就像她和她的伙伴们在庆典活动上唱歌一样，基督徒也唱歌。说晚安时，他坐在床边。

“我会想你的，西格伦。你是个可爱的外孙女。”

她对他莞尔一笑。“和你在一起很美好，即使它可能永远是你的真相，而不必是我的真相。”

“只有一个真相。它不属于我，也不属于你，它就在那里。就像太阳和月亮一样。正如月亮，有时只能看到一半，但它又圆又美。”

“又圆又美？”

“这是一首歌曲的歌词。

你们看到那里的月亮了吗？
它只有一半可见，
却是又圆又美。
这可能就是我们放心嘲笑
某些事情的缘由，
因为我们的眼睛看不见它们。①

“我应该给你播放什么音乐？巴赫，莫扎特？你现在已经很熟悉了。”

“来点新一些的乐曲吧，不过要钢琴曲。”

他放上萨蒂②的音乐。她会再下来，想听更多的乐曲吗？他在楼梯上细听她的脚步声。可是她没有下来，也没有喊“太美了”或者“那是什么音乐？”或者“晚安”，于是他轻手轻脚地关上了门。

但是当他星期日早上关掉自动剃须刀时，却听到了遥远而微弱的音乐，在去厨房的时候他才注意到西格伦放上了萨蒂的音

---

① 德国诗人克劳迪乌斯的诗歌《晚歌》中的诗句。
② Éric Alfred Leslie Satie（1866—1925），法国作曲家。

乐。她坐在桌前，双手放在身前，仿佛在弹琴。

“萨蒂是法国人。”

“别取笑我。我查过你的字典，他有诺曼底人血统。我从未说过只有德国人才会作曲。爸爸说，例外总是有的，甚至在犹太人中也是如此。”

“甚至在……”

“优秀的犹太音乐家、艺术家和科学家也是有的。爸爸说想要否认是愚蠢的。但犹太音乐家在演奏其他人作曲的作品。犹太人总是使用别人创造的东西。这会让他们发财。他们并没有真正的原创。”

“你父亲怎么知道的？他认识那么多犹太人吗？”

“我不知道他认识多少犹太人。我想我们不认识。但波兰人和我们不同，法国人和英国人也不同，为什么偏偏犹太人要像我们一样呢？”

“你父亲认识那么多英国人……”

“‘他认识’‘他认识’。你不也是不仅仅知道你本人认识什么么。有些事情你们知道。英国人就是十足的商人，法国人更喜欢时尚和美食，波兰人则是骄傲自满，偷盗成性。”

“哦，上帝啊！”卡斯帕尔感觉自己很无助。他该如何将这座怨恨之山夷为平地？让西格伦在英国的一所学校待上一年。告诉她英国人很伟大而不是商人，就像跟她谈论法国人、波兰人和犹太人一样，他在这方面很有可能比不过她的父亲。他原以为德国音乐和德国作曲家的话题已经一笔勾销，但它们死灰复燃了——萨蒂是个例外。“你有兴趣在国外上一年学吗？英国、加拿大或者美国？我们有这样的交流项目。”

西格伦迷惘地看着他。“我英语不好。我从来没有去过这么远的地方。父母，”她不知道如何说下去，“父母会怎么说呢？没有了我，他们该怎么办……？我会一个人吗？”

卡斯帕尔向她解释说，她将会寄住在一个家庭里，一个有孩子的家庭，在一个只说英语的世界里，她很快就会说英语了。“你好好想想吧。如果你有兴趣，我们可以和你父母谈谈。”

“但今天不行。如果爸爸感到惊讶就不好了。”她沉思着，摇了摇头，怀疑地看着卡斯帕尔。“你的意思是他们会接纳我吗？为什么他们会这样？我不是最好的，我想老师们不会喜欢我，不会给我写出好评语。要花钱吗？”她没有期待回答，继续深思，然后脸上的光芒在闪烁。“如果可以，那就太棒了。周游世界一年。一切都会很新鲜，”她朗声笑道，“我也是。”

她想出去看看。只要她想出去看看，他就有盼头了。夏天她会回来，他会和她一起外出旅行，向她展示世界的一部分，消除一些抵触情绪。他只希望她能弹钢琴就好。他不想关心汉斯·弗兰克在克拉科夫城堡弹过钢琴。她对音乐很有感觉，她曾经领会过德国作曲家和德国音乐的无稽之谈，还会再次领会这种无稽之谈。趁她在房间里收拾东西，他过来看她时，悄悄地将那张萨蒂的 CD 塞进她的手提箱里。

三十七

这次她留下了一些东西。故意为之？一时疏忽？尽管她把一切都收拾得干净利落，但他只能想象她是故意为之，他很高兴。桌上放着她的银戒指，上面有凯尔特编织图案。

他们还没有商定暑假的目的地。西格伦不想飞，但喜欢看世界，也喜欢弹钢琴、阅读、徒步旅行和游泳。“外公，你选吧！”她最后说道。

卡斯帕尔问书店里的员工如何选择。看世界、弹钢琴、阅读、徒步旅行、游泳——这些计划指标会把他的员工引向何方？但他担心，到地中海去，具有低碳意识的西格伦会觉得驾车到那里去的旅程太长。他找到了卢塞恩湖畔一套带钢琴的度假公寓。虽然租金不菲，但他已经习惯了向银行贷款，并在第二次分期付款时将金额增加至十万。七月的最后一个星期日，比约恩会将西格伦带过来。他们将在柏林度过假期开始的几天，接着是三天的旅行，再接着在湖边度过两星期，星期五到下下星期五，然后是两天的回程。在瑞士，她会看到世界上四个不同民族群体融洽相处的地方——也许这会给西格伦留下深刻印象。在返回途中，他会带她去海德堡和斯特拉斯堡转转。

卡斯帕尔要比西格伦第一次来访时更平静了。他去健身房，不再因为他想在瑞士山区徒步旅行时跟得上西格伦，而是因为他已经习以为常了。他还养成了一个习惯，一星期两至三个晚上自己做饭，有时还下国际象棋。他酒喝得更少了，常常给自己泡姜茶喝。

他阅读了所能找到的有关右翼人士的资料，旧纳粹和新纳粹，德国国家民主党和德国选择党，自治民族主义者，身份认同者，阿尔塔姆人①，种族分子，种族定居点和民族解放区及其妇女与青年组织。这是一次令人沮丧的阅读；他不知道他们有多广泛，他们适应时代潮流的灵活性如何，他们受到中产阶级的支持程度如何，以及医生、律师、教师和教授的子女在这些青年组织中的存在程度如何。在他寻找不是有关右翼人士而是有关法律的文献时，他惊讶地发现，联邦政治教育中心和联邦宪法保卫局都没有收集这些文献。唯一对他们感兴趣的机构是克罗伊茨贝格的一个小型反法西斯倡议团体。但这个倡议团体拥有的只是零星的、碎片化的东西。青年为青年撰写的文件包含了会议和旅行的报告，经常前往东普鲁士、波美拉尼亚和西里西亚，对帝国历史和使命的思考，生命是一种冒险，青年联盟和和谐国家，关于人民和土地的诗歌，推荐右翼书籍和右翼电影。这始终是关于社区

① 1926 年成立于德国慕尼黑的阿尔塔姆联盟成员，阿尔塔姆联盟为德意志青年运动旗下的极端种族定居点联盟，1934 年加入希特勒青年团。

的经历，同时也是对不属于社区的其他人和陌生人的排斥。社会是否欠青年一个积极的社区体验？他可以向西格伦提出什么样的建议，才能让她对营地、冒险、竞争、领导责任做出更好的选择？不是因为他认为西格伦会加入他们的行列，而是因为他想知道他们是否存在，他在互联网上搜索了居斯特罗的童子军，但没有找到。

他想学习如何扩展和打开西格伦的思想世界，但并没有变得更聪明。他无法使用窍门或诡计和西格伦达到共鸣。他只能和她说话。如果她想和他说话的话。一想到最后一次关于音乐的谈话，他一直感到垂头丧气。她仔细听过，她注意到自己听不出德国音乐，他们一致认为德国音乐和非德国音乐并不重要，而若干天后，她又只看重德国作曲家了，萨蒂是个例外。他忽然想起了巴甫洛夫的狗，它一次又一次地在铃声响起时得到食物，最后，即便只是铃声响起，它也会流出口水。它可能会改掉条件反射的习惯。但是，一旦只在铃声响起时它又一次得到食物，那么条件反射就会和以前一样强烈。

三十八

“父母不希望看到我在你身边待上三个星期。”当比约恩让她下车并告辞，不仅一如往常地毫不客气，而且态度生硬得极具侮辱性时，西格伦想要解释一下父亲的行为了。“归根结底他们也不喜欢我弹钢琴。他们不搞音乐，也不认识搞音乐的人。如果是鼓、风笛或琉特琴，而不是钢琴，他们是不会禁止的。一旦听到我在练琴，妈妈或爸爸就会跑过来想找我帮忙，到花园里，或者给鸡喂食或者操弄器具。大多数时候，我戴上耳机练习，他们听不到我的声音，但有时我想在房间里听到音乐声。”她皱着眉头看着卡斯帕尔；她明白父母觉得弹琴的她很陌生，她也明白卡斯帕尔宣布这次旅行激怒了她的父亲，因为对他而言，这次旅行不仅仅是去度假，而是到了另外一个陌生的世界。“如果你不说因为我的缘故而计划驾车旅行，因为我不想坐飞机的话，那么他会禁止这次旅行的。他意识到我很高兴，所以不想让我失望。”

“还有吗？”

“他们不喜欢什么？我从居斯特罗市图书馆借来的书，关于战争、犹太人和《安妮 · 弗兰克日记》的书。他们认为我是因为你才看这些书的。你给了我一个关于去海外交流一年的愚蠢想法。你确实也有这个想法。”她摇了摇头。“他们不喜欢你，我的意思是，不喜欢你出现在我的生活中，否则他们不会在乎你的存在。他们需要钱，但他们对从你手里拿到钱感觉不舒服。好像他们可以被你收买一样。”

“我能做些什么，好让他们更好地和我相处呢？”

西格伦伤心地微笑着。“你应该是我们中的一员。”她从手提箱里拿出乐谱，没有取出其他任何东西，不准备其他事，径自走到三角钢琴前，一直弹琴至晚上。在弹奏巴赫前，她全神贯注地练习车尔尼练习曲，卡斯帕尔也曾全神贯注地练习过。西格伦练琴半年的效果要比他练琴三年更出色。此外，她对弹琴的主动性很高，这是他不曾拥有的，也是让他钦佩的。她上次来时，他并没有把乐谱放进她的手提箱里。这是她自己买的。

她还要来了钢琴老师的电话号码，从洛门给他打去电话，独自和他约定在她到达柏林后的次日早上安排一次两课时钢琴课。她从洛门带来了假期练习的乐谱。她在卡斯帕尔的藏书里和书店里找到了假期阅读的书籍，她去书店不再需要邀请，她知道可以随时拿走她想要的东西，只需到收银台招呼一声。卡斯帕尔对她的选择感到高兴：她从他的藏书里挑选了迪伦马特的侦探小说和斯蒂芬·茨威格的短篇小说集，她从他的书店里挑选了一本瑞士历史、一本巴赫传记和一本莫扎特传记，还有两本他不认识的美国小说，但他的女员工赞同地点头。

就在他们动身的前一天晚上，她吞吞吐吐地说想要一套泳衣。多年前她母亲给她买过一套，当时太大，说是长大些就能穿上，现在又觉得太小了，这是一套灰白相间的泳衣，腿脚部分被剪短了。她不想再穿这套泳衣出去游泳了。他们去了一条很大的购物街，找到了一套西格伦喜欢的绿色泳衣，为了让西格伦高兴，又买了第二套，因为卡斯帕尔从小就被教训说，游泳后不应该穿着湿泳衣坐着或躺着，而应该穿上干泳衣。夏日的夜晚很热，大街上热闹非凡，他们兴高采烈地走着，看到有一场促销活动，当纷纷扬扬的五彩纸屑落在他们身上时他们不禁哈哈大笑起来。突然，他们听到一声响亮的“不”，看到三名男子正在纠缠一名年轻女子。卡斯帕尔喊道：“别骚扰这个女人！”话音刚落他的腹部被击中。他跌倒在地。那三名男子继续往前走，人们都稍稍绕开卡斯帕尔继续走路，好像什么事都没发生。除了西格伦，她拦住这名斗殴者，叱责他。卡斯帕尔不明白她在说什么；他站起来，感到很疼，他看到女孩西格伦在追着骂那名壮汉，他为她担惊受怕起来，发现那个人并没有揍她，而只是把她推到一边然后继续往前走时，他终于松了一口气。

西格伦想扶住他，可是他说“没事”，结果真的没事。疼痛减轻了。但愤怒越来越大——他被殴打和羞辱，却不知道自卫。如果这些人的攻击是针对西格伦的，他也无法保护她。就是这样的感受，他想，当你任由自己、妻子或女儿摆布的时候。束手无策，而愤怒不会毁灭对方，却会折磨自己。

"你对那个人说了什么？"

"他应该感到羞耻。他穿着托尔·斯泰纳尔品牌[①]的衣服，骚扰一名年轻女人，殴打一个老人。要为对这位老人的行为请求原谅吧。我告诉他我们是好人，不是坏人。"

"你以为因为这个品牌他就是你们中的一员吗？"

"是的，我想。"

"可是……？"

"哦，让我按自己的想法吧！"

---

① 德国服装品牌，深受德国新纳粹和极右翼分子欢迎。

三十九

卡斯帕尔为海德堡之行安排了七个小时，但由于一场事故和交通堵塞，行程变成了九个小时。先是西格伦睡着了，然后他们听了五个小时的《汤姆·索耶历险记》，最后，西格伦想知道通过穿着来识别信念正确与否。他谈到阿米什人的情况，他们提及修女、僧侣和士兵的情况，犹太男子的圆帽和穆斯林妇女的头巾。真正让她感兴趣的是，一个人的行为举止是否要和自己的着装相吻合，戴头巾的穆斯林女子是否应该是一个好的穆斯林女子，戴圆帽的犹太男子是否应该是一个好的犹太男子。那名穿着托尔·斯泰纳尔品牌T恤衫的男子的袭击并没有从她的脑海里消失。她想安慰自己，犹太人也可能在头戴圆帽时做坏事，但对她而言这并不是真正的安慰。

到了海德堡，她并没有觉得太累，到达后马上动身了。她喜欢这座坐落在河畔的城市，这里有古老的大桥和雄伟的城堡，狭街窄巷，广场，沿着陡峭的小径通往城堡的阳台，从那里可以看到夕阳西下。整个旅程就是这样。西格伦欣赏所有美好的事物，没有成见，也毫无保留，没有青少年喜欢展示的优越感和屈尊俯就，既没有因为斯特拉斯堡属于法国而对法国人心生抱怨，也没有因为巴塞尔人在普法战争中与法国人站在一起，并为他们建造了一座纪念碑而对巴塞尔人满腔仇恨。她对斯特拉斯堡大教堂和巴塞尔大教堂、横跨莱茵河的渡轮以及从码头大桥看苏黎世湖的景色感到兴奋，卡斯帕尔也为此感到高兴。

她也喜欢他租借的公寓。它位于卢塞恩湖上游的一栋房子里，那房子共有六套公寓，一个大花园，花园尽头一条狭窄的通道通向湖畔。只有另外两套公寓有人居住，都是美国的老年夫妇；其他公寓待售，有时也有人过来看房。卡斯帕尔和西格伦拥有自己的花园和海岸。

卡斯帕尔希望房子里有一起玩的小伙伴，为了和西格伦做伴，他想在公共游泳池里度过最初的几天。可西格伦不想。她不需要别的孩子。她已经受够了别的孩子。弹琴，躺在水边，看书，游泳，到卢塞恩购物，晚上做饭，晚饭后下国际象棋或黑白棋——她乐此不疲，似乎什么都没有错过。当卡斯帕尔建议远足时，她欣然同意，她喜欢乘船穿越湖泊、泰尔纪念碑和泰尔小礼拜堂，徒步攀登瑞吉山。他们开车去洛桑旅行了两天，乘船到日内瓦，坐了近一天的火车和汽车后返回，她怀着喜悦接受一切：湖泊、葡萄种植园、城镇、喷泉和富丽堂皇的建筑，她对德语地区和法语地区人民的和平共处感到惊叹。但然后她又喜欢回到湖边的公寓，不觉得需要去探访她在瑞士历史中读到的某一个地方。

只有在日内瓦，卡斯帕尔和西格伦才谈论起政治来。面对国际联盟的宫殿，她自豪地说起希特勒退出国联是德国从《凡尔赛条约》的可耻枷锁中解放出来的开始。他一步一步地使德国重新变得强大和伟大；她知道重新引入兵役义务、进驻莱茵兰非军事区和吞并奥地利。卡斯帕尔暗示希特勒发动了一场战争，但他无法取胜，还是输了，这并没有影响到她的心情；她说他关心的是德国，正如德国人必须关心德国一样，他玩得很大，输得很惨，不过每场比赛之后还会有下一轮。当卡斯帕尔问她是否真的想再次交战，她想重新占有哪些地区，那里的人应该成为怎样的人时，她却显得不自信起来，卡斯帕尔也就到此为止了。她沉默片刻，卡斯帕尔不知道她是对他感到失望还是对自己感到失望，是他不愿意接受她的想法，还是她无法说服他接受她的想法。但后来她忘记了希特勒，也忘记了伟大而强大的德国。

卡斯帕尔需要比西格伦更长的时间，才能放松下来和她一起度假。最初的几天，他老是提心吊胆： 西格伦会感觉好吗？她孤独吗？她感到无聊吗？她弹这么多琴是因为自己高兴，还是出于绝望，是因为没有其他事情可做吗？他给她提供的资助够了吗？然后他想起了自己童年时代与祖父母一起度过的假期。他也没有错过与其他孩子一起玩耍，他也很高兴有更多时间阅读，每当他寻求他们的关照时，他的祖父母都会转向他，这对他很有好处。他们和他一起散步，一起远足，参观博物馆，欣赏音乐会或者观看歌剧。他已经心满意足了。

第二周，他索性放开了。他不必给西格伦消遣解闷，或者逗她开心，他也无法从政治上教育她。如果她想要什么，她自己会要。他们去了卢塞恩的市场，去了食品店和书店，走过有顶木桥，坐在咖啡馆前，吃着冰激凌，喝着浓咖啡，看着过路行人。他们在公寓里度过了一个雨天，西格伦花了特别多的时间弹琴。在练习一首曲子时，她问他该如何理解曲子，他不知道她想从他这里了解什么，发觉她和音乐的关系比他的更深。她照着《安娜·玛格达莱娜·巴赫曲谱集》练琴，要比他以往任何时候更见功力。他们在花园、草地或者河岸边度过了阳光灿烂的日子，如果有一个人想要独处，他就会选择离开，回来时经常带些果汁、苹果和巧克力。他们谈论他们读过的图书、湖面上的船舶、群山和云彩。西格伦想了解卡斯帕尔和她外祖母的生活，卡斯帕尔向她一一娓娓道来。日子过得轻松愉悦。

他们很晚才抵达柏林。卡斯帕尔开了十个小时的车，疲惫不堪。西格伦快到柏林前才醒来，却兴致勃勃，泡了甘菊茶，他们一起坐在餐桌旁。身边的环境对他们已然变得陌生。他们的紧张、他们的争论、比约恩的满腹牢骚犹如冰冷的烟草烟雾一样弥漫在厨房里。他们不是摆脱了这些问题吗？不过和其他日子一样，第二天是柏林日；西格伦会去钢琴老师家里上两小时的课，他会去照管书店，她会去书店接他，而关于她是否想和他一起到电影院观看修复版《西区故事》的问题，不管西格伦如何作答，她的父母一定不会不闻不问。他伤感地对她微笑。

“你会难过吗，外公？秋天我再过来。”

这让他感动得眼泪都要哗哗流出来了。他点了好几次头，说他累得像条狗，得上床睡觉，她放了一首肖邦的夜曲，他马上安然入睡了。由于比约恩春天时并没有明确禁止观看电影，次日，西格伦和卡斯帕尔一起看了《西区故事》，虽然不习惯电影版，但还是被整个音乐和画面的力度征服了。她与玛丽亚一起受苦，不在乎她的皮肤是黑的。星期日，她在比约恩的眼皮底下亲吻卡斯帕尔的脸颊，作为告别。

四十

一个人形成习惯的速度有多快呀！西格伦来来去去，一次、两次、三次，现在她又走了，很快又会回来。而习惯能带来多少快乐呀！卡斯帕尔和西格伦在秋天再次聚首时，他们对一如既往的安排感到高兴，那几天的行程，品尝意大利餐馆的饭菜，看看书店，西格伦对钢琴课和弹琴感到高兴，卡斯帕尔很高兴为西格伦就寝时间选择音乐。除了共同的日常生活之外，他们还拥有了共同的记忆，从记忆中衍生出建议。你还记得一年前去过爱乐乐团吗？我们可以再去吗？你还记得去年秋天你不敢像春天那样徒步旅行吗？我们要不要再作一次这样的徒步旅行？在她的要求下，他们再一次前往贝格鲁恩博物馆；这一次，她在毕加索的画前站了许久，一声不吭，既没作否定的评价，也没作肯定的评价。

一天晚饭后，西格伦问："如果他们向你发出邀请，你会参加我的青年领袖活动吗？"她向他解释什么是青年领袖活动，这是一种告别童年进入成年的庆祝活动，要完成一项任务，家人、朋友和同伴一大群人手持火炬围着大火、唱着歌儿、念着格言，最后赏一记耳光，因为告别童年令人伤心，而从前在骑士晋封仪式上也会有耳光奖赏。

“我当然会来。有意思吗？你的任务是什么？”

“有些任务是给男孩的，有些是给女孩的。我跟父亲说了好几个月，我想要男孩的任务，而不是缝纫或编织什么的任务。就这样，他把我丢在森林里，我不能带口粮，只能随身携带一把刀，但不是像男孩那样待上四十八小时，而只要三十六小时。”

“然后呢？”

“你想什么呢？夏天有足够的浆果和蘑菇，我熟悉地形。下雨时，地是湿的，但没有下过雨。”

“你得到什么格言了？在成年礼上，我们每个人都会从《圣经》中得到一句话来陪伴自己度过一生。”

“父亲为我选了‘燃烧吧，像太阳一样照耀’。他说我们生活在一个需要全人类的时代。我们依次走向火场，得到格言，赏得一记耳光，从兽角杯里喝一小口蜂蜜酒，唱起《年轻的人民站起来了》。是的，很有意思。只是那些成年人喝得太多了。我们完成任务回来时，他们已经喝过酒了，然后继续喝到活动结束，之后还喝，喝得更凶。为什么他们老是喝那么多呢？”

他想知道她那句格言是谁说的，在网上查阅了一下，发现这是修改了希特勒的话。他没有告诉她。她一定知道《年轻的人民站起来了》是希特勒青年团的一首歌曲，这首歌曲也不会打扰到她。你必须习惯吗？她必须保持一年前的样子吗？她要怀着好奇、偶尔满怀热情地潜入他的世界，然后像狗在湖中洗澡后甩水一样甩开他的世界，进而坚守她的世界和她的种族生活，仿佛什么都没有发生过一样吗？她忘记希特勒就跟想起希特勒一样迅速，在一起度过的夏天难道只是假期里的一大例外吗？

他疼爱她——只是有个条件，她得放弃她的世界，走进他的世界吗？不，他不想那样去爱。哪怕仅仅是瞬间，他又如何能以为他的形象、他的存在、他的影响会在几周内纠正十五年来犯下的过错呢？多么目空一切，多么迫不及待！

他们又徒步旅行了一次，对西格伦是小菜一碟，对他则刚好合适，穿越布里斯河谷十二公里。那里的草地上长着一些老苹果树，他问西格伦是否喜欢诗歌，等不及她回答，他便欣喜若狂地背诵起来：

这是一个秋日，我像是从没见过！
空气静止，仿佛人们几乎没有呼吸，
但它沙沙作响，忽远忽近，
最美的果实从每一棵树上掉落。
哦，别打扰它们，大自然的庆典！
它们自己在静静享受着收获，
因为今天，唯有柔和的阳光照射，
果实才会从树枝上滚落。①

---

① 德国剧作家、诗人黑贝尔（Friedrich Hebbel，1813—1863）的诗歌《秋景》中的诗句。

“我和你外婆第一次见面时，我给她背诵了一首春天的诗。现在是秋天，所以你得到了一首秋天的诗。是不是很美？难道不觉得吗？”

他们站在那里，空气的确是静止的，它轻轻地沙沙作响，虽然不是在挂着小而干瘪的苹果的树上，太阳柔和地照耀着，这是大自然的庆典。

“是的，它很美。”西格伦不想打扰庆典，低语道。他们继续走着，她问：“你知道很多诗吗？我不知道。学校里接触过一两首诗，可我不喜欢。我喜欢你推荐的诗。最近是一首跟月亮相关的诗。”

他生自己的气了。为什么不多给她朗诵一些诗歌呢？尽管是书商，但他认为音乐高于文学，在他的一生中，他更愿意创作一首歌而不是一首诗，而如果有可能的话，碧尔吉特会编撰一本音乐年鉴而不是一本诗歌年鉴。但这并不是拒绝让西格伦接受诗歌的理由，而如果她不知道诗歌的话——他不再生自己的气了，他满心期待着带领西格伦进入诗歌世界。

他们又去了一次爱乐乐团，聆听了贝多芬的《D大调小提琴协奏曲》和科恩戈尔德[①]的《升F大调交响曲》。卡斯帕尔十二岁那年第一次在收音机里听到这首小提琴协奏曲，当时是在母亲的病床前，他和母亲在欣赏音乐的喜悦中连接在一起。这一次他和

---

① Erich Wolfgang Korngold（1897—1957），犹太血统的美籍奥地利作曲家。

当年一样被感动到了。他瞥了一眼西格伦，她双手放在胸前。她听交响乐时并没有多么如痴如醉，但至少全神贯注；她由这部交响曲联想到了《西区故事》，从音乐上看卡斯帕尔也觉得这很容易理解。她没有问科恩戈尔德是谁，他不想再一次听到说犹太人中也有厉害的作曲家，因此什么也没说。

最后一天，天气冷冽，西格伦给瓷砖壁炉生火。卡斯帕尔最后一次给壁炉生火是为碧尔吉特，她不在之后就弃之不用了。地下室里有足够的木头和煤块，西格伦很高兴展示自己生火的本领。当炉壁变得暖和时，她把枕头放在地板上，端来了晚上的甘菊茶，他们背对壁炉坐着。“有点像露营！”她笑着说。

比约恩次日过来之前，卡斯帕尔问她十六岁生日想要什么。她不想要书，因为不管什么书她都可以随意拿走，她想要音乐，尤其是钢琴音乐，起初她被CD上钢琴演奏的完美惊呆了，现在她受到了鼓励。然后她问起他的生日是在什么时候，他想要什么，这让他很感动。而让他再次感动的是，当告别的时候，她再次当着比约恩的面吻了他的脸颊，并用双臂搂住了他。

四十一

然而，父女俩刚走出家门，他就开始担心比约恩可能会感到被冷落了，会把这种情绪发泄到西格伦身上。比约恩用手拍了拍她的肩膀以示问候，她用拳头碰了碰他的胸脯。或许这是他们之间常见的问候方式吧。但或许比约恩想知道的是，如果西格伦有更多可给予的东西，她为什么不首先给予他。

刚开始几天，他经常觉得她还在，在厨房里等着他吃早餐，或者马上下楼，或者开始弹三角钢琴，或者喊一声“外公”，因为他们要出门了，而她觉得他动作不够快。意识到她已经走了时，他为她担心起来——她的父母会不会禁止她弹钢琴，他们会不会注意到她的变化并惩罚她，或者西格伦会不会无法适应同时在他们的世界里和他的世界里生活。然后恐惧消失在他的梦里。她吊挂在绳索上，这一次下面是深渊，进退两难，她踯躅在迷宫般的街巷和屋宇之中，一筹莫展，她得作为一名钢琴演奏家登台表演，却无法移动她的手指，这是她，同时也是他，他把迷失其中或是难以摆脱的恐惧的旧梦带进西格伦的梦里，他在那里徘徊或无法动弹。

卡斯帕尔在书展上发现了一本《德意志诗选》，他并不认为他必须介绍那些一直被冷落了的诗歌，而是希望分享他了解和喜爱的东西，而且他确信也是西格伦喜欢的东西。《德意志诗选》——父母也不会反对了。他给西格伦寄了这本诗选和六张CD，从巴赫到格拉斯的钢琴曲，作为给她的生日礼物；同时，他给比约恩汇出了下一笔款。

没过几天，西格伦打来电话，问他星期日下午能否过来。五点可以吗？她的声音听起来不太开心，好像是在逼迫之下说话，是绝望，还哭哭啼啼的。

“怎么了，西格伦？你……”

“没什么。”她挂了电话。

那天是星期四。他什么也做不了，什么也澄清不了，什么也改变不了，只有等待和担心。他安排好了星期日出门的时间；他想放下包袱到那里去。如果与比约恩和斯维娅发生冲突，他希望保持冷静。哪儿出问题了？他们想要什么？他不能再和西格伦一起旅行了吗？不能再看电影了吗？她不会再花上整整三个星期和他待在一起了吗？他暂时没有其他安排。什么事情都好商量。

他停了车，朝房子走去，他还没来得及按响门铃，西格伦就把房门打开了。她没有向他招呼致意，也没有看他一眼。她在哭。她走进厨房，他跟在她后面。

这就如同他的第一次来访，桌子右边是斯维娅，左边是西格伦，桌首是比约恩。但是，当两个人坐下来时，斯维娅脸色凝重，西格伦低着头，比约恩则站着，双手放在竖起来的一本书上，卡斯帕尔看不见书名。“坐下。”

“怎么……”

“我相信了你。我知道你读了骗人的报刊，你支持罪责崇拜，你是鼓掌欢迎的人。你讨厌德国。这是自我讨厌，这是病态的。你骨子里没有荣誉感。但我以为你会尊重家庭。家庭就是父亲、母亲和孩子这些人，家家都有难念的经，外人不好介入，也不必因为别人的家务事搞得自己不开心。”比约恩仍然站着，双手放在书上，轻蔑地看着卡斯帕尔。“你们不尊重，你们不尊重任何东西，不尊重德国，不尊重为德国服务的人，不尊重教师、官员、士兵和农民。你们取笑他们。你们所能做的就是满足个人欲望，你们吸食大麻，服用可卡因，你们跑各种机构打通关系，给自己搞位置搞钱。家庭？是的，要么就是单亲家庭，七拼八凑的家庭，同性恋家庭，否则就是未婚同居。你们不知道健康的家庭是什么样子。你以为，好好瞧瞧吧，你以为你可以毒害我们的家庭，让一个健康的家庭生病，你生病了，你把书偷偷装到西格伦的手提箱里。”比约恩拿书敲击桌子。“她在手提箱里发现它时，应该马上给我看。她没有这么做是我的西格伦给我带来的第一次失望。不过这种事不会再发生了。不是吗？”比约恩看着西格伦，一副阴郁、威胁的表情，她惊恐地抬头望着他，点了点头。“你以为你已经收买我了？用你那个出卖斯维娅的荡妇妻子的钱？你以为因为我拿走了你的钱，所以当你毁掉我的家庭时我会保持沉默？我不需要你的钱。你知道你可以把钱塞到哪里吗？你可以用它擦你的屁股。就这里，”他右手拿着书，“你可以把它塞到你的屁股里，”他将书扔到桌子上，卡斯帕尔不知道比约恩是想要拿书砸中他还是扔给他，“别让我再在这里看到你，如果你盯着西格伦不放，我会揍死你的，很清楚，我会揍死你的。”

现在卡斯帕尔看到了这本书的封面，书名是《我的路》，还有一张年轻女子的照片。他不知道这本书。“我知道。”他说，然后看了看西格伦的脸。她很害怕。她知道他要说什么。她担心她的父亲会相信卡斯帕尔，了解到是她自己挑选了这本书并把它带回了家，她想知道这本书写了什么内容。她的父亲对她的愤怒超出了她的承受能力——如果他把针对卡斯帕尔的愤怒针对她，她怎么能忍受呢？这一切的表情包括恳求都写在西格伦的脸上，她恳求他离开，什么话都不要说，静静地离开。

他离开了。没有人说什么，他没有，比约恩、斯维娅和西格伦都没有。他悄悄地关上身后的房门，走向汽车，坐下，把书放到旁边，他需要一点时间缓一缓。他的双手在颤抖。当他能够开车时，他开车去了木材仓库，停下车，那次庆典之后他曾在那里度过了一个夜晚。这本书是一名年轻女子对她的右翼父母和她所处的右翼环境的清算，这名女子从那个环境里长大并最终从那里走了出来。父母们日子过得并不舒心，比约恩一定从他们身上看到了自己和斯维娅。他一定被吓坏了吧，这名年轻女子从右翼环境中走了出来，这被视为、被称为怎样的一种解放呀。卡斯帕尔明白，比约恩不想看到西格伦读到这本书——他什么时候发现了这本书，是在她读完之前还是读完之后？他发现书时，是否立即做出了反应，还是在收到最近的分期付款之后？

四十二

想到与比约恩、斯维娅和西格伦的那次见面，卡斯帕尔就感到恶心。那次见面肮脏、丑陋、卑鄙。他什么话都没说，可是感觉自己好像不仅被玷污了，而且还被自己玷污了。他不应该听那些辱骂。可是他不得不听，因为他不想失去西格伦，却不知道他已经失去了她。他不得不玷污自己。现在，他的生活中充满了污垢。西格伦不再出现在他的生活中，只有一堆污垢。

随着时间的推移，他学会更宽容地评价比约恩了。在卡斯帕尔的眼里，种族世界是多么悲惨，但这是比约恩的世界，他想让他爱着的西格伦留在他的世界里。这就是父母爱孩子时所做的。如果父母为自己创造了一个平行而对立的世界，或许他们更想让孩子留在其中，他们的创造也才不会白费心思。至于比约恩的话——或许他早就渴望终于能向另一个世界的人发表看法吧。

卡斯帕尔想知道西格伦在家里过得怎么样。他在牧师家庭长大，那里也有点像是一个平行而对立的世界，十六岁，他开始了叛逆期，星期日不去教堂做礼拜，不参加教会的青少年团契，晚上不看《圣经》读物，和母亲的道德观格格不入——面对父母的种族世界，西格伦是否也赢得了自己的独立？她有着必不可少的勇气。但是她和父母之间的关系如何？她和他们有多亲近？他们和她有多亲近？卡斯帕尔领教了比约恩的呵斥和威胁，见识了斯维娅的沉默——他们仅仅是偶尔为之，还是一直那么专横，以至于西格伦想要摆脱他们，解放自己？

他的父母曾经就是这样的人，他的熟人和同事的父母已经不是这种人了。他们不想以权威对待自己的孩子，而是想成为他们的朋友，理解孩子们想要做和已经做的一切，助他们一臂之力，给他们建议和忠告，但不是要求他们，更不会命令他们、惩罚他们。他们支持孩子们反对老师，反对在这种或那种情况下被孩子们抱怨过的所有人，对孩子们的初恋表示支持、同情、安慰，如果女友想在儿子这里过夜，父母第二天早上会给儿子女友做好早餐。卡斯帕尔常常认为，父母持续不断的陪伴，温柔体贴，关爱有加，就必定可以抓住孩子们的呼吸。但事实并非如此。孩子们希望得到温柔体贴、关爱有加，也期望生活也会对他们温柔体贴、关爱有加，还能在父母家里待上很长时间，从而使他们的期望成为现实。当比约恩和斯维娅如此对待西格伦时，她很难从他们那里解放出来。为避开对她高声叫骂、威胁恐吓、无所不禁和实施惩戒的父亲，她可以走进一个不同于他的种族世界的另一个世界，躲到钢琴和书籍里，逃到一个迥然不同的、敏感温柔的男孩那里感受初恋。卡斯帕尔经历过比约恩的叫骂和威胁，可以想象斯维娅的一本正经和不易亲近。但他也认为，他们可能有另外一面，显示出另外一面，同时盯住西格伦不放；他们同样需要她，就像他认识的具有左翼倾向、绿党色彩或者自由思想的父母同样需要他们的孩子一样。

他一次又一次地想象着西格伦。一个穿裙子的女孩在他前面跑着——西格伦还一直没穿牛仔裤吗？一个穿牛仔裤的女孩在他前面跑着——西格伦现在也穿牛仔裤了吗？一本写给年轻读者的书来到了他的案头——这本书也适合给西格伦看吗？每当去欣赏音乐会或者歌剧时，他必定会想西格伦是否喜欢这首曲子，尤其当听到一首钢琴曲时，他就希望西格伦还在坚持弹琴。他总是想起西格伦，当他去博物馆的时候，当他在书店遇见洛拉的时候，女员工又得把它带到书店来了，当他做饭的时候，当他晚上放上一张 CD，想到西格伦是否会在音乐声中睡着的时候。

他翻来覆去地想知道他是否能以某种方式进行干预。给她写信？给她寄书、乐谱、CD？去学校等她放学？和老师谈谈？到居斯特罗钢琴老师那里打听一下？通知她父母取走汇款？但如果西格伦希望他介入，她只要拿起电话就可以了。她没有打电话，尽管这很容易，这使他失去了一旦她的父母结束管制，她还能和他联系上的希望。

宝拉也不知道有什么建议。卡斯帕尔每年看望她一两次，当她和丈夫去柏林欣赏音乐会或者歌剧时，卡斯帕尔会和他们同行，然后共进晚餐。德特勒夫接管了诊所，尼娜接管了农庄。他们没有一纸婚约，但过着同居生活。宝拉几次三番地邀请斯维娅，但始终没有收到回复。卢克巴赫诊所没有种族患者，但宝拉从住在洛门的患者那里听说，越来越多的种族家庭已经在那里定居，伦格一家仍然把钱存起来等着买下农庄。病人们会报告西格伦的情况，她早上乘坐公交车上学，傍晚回来，像其他女孩一样，穿着裙子和衬衫，节假日穿着民族服装到处乱跑。他们对伦格家里传出的琴声只字不提，只是当西格伦戴上耳机弹奏电钢琴时，他们又能说些什么呢？

有一回他以为看到了西格伦。他坐在公交车上，她走在人行道上，他看到了她的背影，然后就看不到她了，因为当他们处在平行位置时她转向了商店橱窗，而当她转身离开时又离得太远了。他从座位上跳起来，按下按钮，下了车，跑回去，远远地看到她，减慢脚步，以免上气不接下气地遇上她。他们朝对方走去，又从彼此身边走远。那个人不是西格伦。

那不是一个女孩，而是一个中年女人，尽管她的身形很年轻，步态很轻盈。卡斯帕尔感觉自己被骗了，很是窝火，对那个愚弄他的女人，对那个让他下车的公交司机，对不能放下西格伦的他自己，对已经从他生活中消失了的西格伦。

第三部分

一

西格伦并没有从他的生活中消失。两年后，她按响了他家的门铃。他刚上床睡觉，看了看表，已经十二点半了。他把晨袍套在睡衣上，走到门口，挂上了门链，把门打开一条大缝。他起先没有认出来者是谁，此人上身穿着黑色连帽衫，头上留着黑发，下身穿着黑色牛仔裤。“你能让我进去吗？”他才认出是她的声音，于是断开了门链。

他们走进厨房，卡斯帕尔在炉子上烧水，把甘菊茶茶包放在杯子里。她问：“你有更浓烈的东西喝吗？”他找到了还是碧尔吉特之前购买的威士忌，把杯子和瓶子放在西格伦面前的桌子上，然后泡上茶。他看到西格伦在颤抖，她看到了他的眼神，她颤抖着给自己倒上酒，颤抖着一干而尽，然后把手插入套头毛衣的口袋里，头低着，头上戴着风帽。“我今晚能留在这里吗？”还没等及他回答，她补充道，“如果警察来了，你可得说没有碰见过我。”

“他们为什么要来？”

“警察，”她哈哈一笑道，“警察真烦人。”她又给自己倒上一杯酒。“也许他们在找我。我不知道他们是否已经去过伊尔姆特劳德家里，并且找到了我的东西。我的东西里有你的地址。”

“你并没有回答我的问题。”

“你的问题……我只想今晚待在这里。事情出了差错，有人死了，其他人中的一个人。戏结束前我还不知道该怎么办。难道我今晚就不能待在这里，想想我该怎么办吗？”

“戏？”

“因为那个家伙，他死了。警察、媒体和政治——当然会有一场戏。”

卡斯帕尔坐了下来。“把你头上的风帽摘下来，看着我。告诉我发生了什么事。”卡斯帕尔生气了。不是因为西格伦的闯入给他带来了麻烦。西格伦说了什么？生活被毁掉了？为什么？为什么首先是种族的疯狂，然后是疯狂的暴力行为？西格伦清醒，聪明，富有音乐天赋，喜欢阅读和思考——为什么她要毁掉自己的生活？

西格伦直起身子，慢慢地把风帽往后推。如果他们在街上彼此擦肩而过，他都认不出她来了。西格伦把她的头发和眉毛染成黑色，涂上了黑色的眼影和黑色的口红。

这不是他记忆中的那个女孩。并不是说她看起来真的冷酷、凶恶和危险。但她戴上了面具，她想在这副面具里显得冷酷、凶恶和危险。

她耸了耸肩。大概这一切都错了，因为他们中间出了一个告密者，一个叛徒。否则，其他人怎么会受到警告和提防呢！他们只想点燃来自左翼的区议员的汽车，因为正是这名区议员叫人关闭了他们的酒吧。当他们在车上时，其他人带着棒球棒和铁链来了，他们还没有做好准备，当耶尔格跌倒在地时，阿克塞尔拔出手枪开火。西格伦不知道阿克塞尔随身带着手枪，她知道他喜欢武器，但他们从不需要武器，有时用石头、瓶子或鞭炮，但真正的武器，不，真正的武器他们从来不需要。然后，其他人中有一人倒在地上，有人喊道："医生，快，叫医生过来！"在区议员的房子里，灯亮了，门开了，西格伦和伊尔姆特劳德抱起耶尔格偷偷跑掉了。其他人没有跟着他们走。当他们拐过两条街，耶尔格又可以自己走路时，阿克塞尔和赫尔穆特追上了他们。阿克塞尔像喝醉了酒一样嚷道："我跟他们干上了，我跟他们干上了！"然后他们听到了警笛声。

"也许他只是受伤了。"

"他死了。有报道了，我在苹果手机上看到了。医生来之前他就死了。"

西格伦说得对，卡斯帕尔心想。这是一件影响恶劣的大事，会让整个城市和国家忙碌起来。几个月来，袭击左翼政客汽车的事件时有发生。警方没有找到肇事者，他们徒劳而返。现在一个左翼政客开始寻求自救，叫来了左翼暴徒，左右翼暴徒之间发生了械斗，有人不幸死亡。这给政界和媒体提供了素材，警方不敢再次重蹈覆辙，不惜一切代价找到元凶。如果受害者长着一张有趣、讨人喜欢的脸蛋，那么兴奋和愤怒的浪潮会更加凶猛。卡斯帕尔为这个男孩感到惋惜。与此同时，他又讨厌整起事件，袭击、暴力、械斗。他也讨厌西格伦。

然后他看到她在哭。泪水顺着脸颊流下来，脏污发黑。不时地，她发出轻微的抽泣声。卡斯帕尔站起来，把椅子挪到她的椅子旁边，搂住她的肩膀。她倚靠在他身上。过了一会儿，她抽噎着说道："我不希望这样。有人死了。我不希望这样。"

"是你们吗？你们点燃了汽车吗？"

"哦，汽车……"她继续哭泣，声音很大，毫无顾忌，毫无防备。仿佛这一哭她就可以洗掉所发生的一切、她自己所做的一切。

卡斯帕尔还用另一只手臂搂着她，抓住她。她得去警察局作证。在此之前他们还可以和律师谈一谈，他认识一位律师，她也可以把律师带到警察局去。但她第二天就得过去。他应该告诉她吗？不，她会一直哭到睡着，然后苏醒过来。

"你为什么不来了？"

"什么意思？"

"为什么你突然从我的生活中消失了呢？就像外婆从母亲的生活中消失一样？为什么你不帮助我反对我的父母，用音乐和那些书？你一开始做得很好，然后就不想这么干了。"

卡斯帕尔，不，卡斯帕尔没有感到愤怒，愤怒压在他心里，但他控制住了，既没有从西格伦身上放下手臂，也没有用她应得的、他所感受到的冷酷回答她的问题。她如何能指责他从她的生活中消失了呢？她的目光在恳求他离开。除此之外他还能做什么呢？为什么她从来不写信或者打个电话呢？“为什么……”可他没有继续说下去。这无关乎当时和自那以后他们之间发生过什么，以及没有发生过什么。这无关乎理由充足的指控和毫无根据的指控。西格伦感到孤独，她孤零零一个人生活在自己的世界里，她与他有点疏远了，他没有让她在另一个世界里安顿下来。无论她不跟他联系的原因是什么，她始终孤孤单单。他把她拉到他身边。“很抱歉，西格伦，很抱歉。我再也不会离开你了。”

他在房间里为她铺好床，并从他的睡衣里找出一件给她摆放好。她洗掉脸上的黑色妆面，躺在床上，几乎就和两年前他见过的那个女孩一样。当他向她道晚安时，她已经进入梦乡。

二

卡斯帕尔辗转无眠。她说得对吗？他是否想得太仓促了，她可以联系上他，如果没有联系，她就是不想联系了吗？他是不是被这件事伤害到了，也因此没有做得更多了？他没有在学校门前等候她，是因为他太自尊而不愿意站在那里等着，也有可能会被故意忽略掉了？他是不是太过懒散，又胆小如鼠，因此不愿意为西格伦与比约恩和斯维娅斗吗？为什么他没有写信和寄包裹，而这些信件和包裹除了未读或未被拆封就扔掉之外，不会有更多危险？他应该更果断地反对西格伦的右翼世界观吗？在探访伊尔姆特劳德时是否应该告诉她，他对与“安提法”组织和警方战斗持有怎样的想法，而不是让她展示耳朵上的卐字标志？

他从床上坐起来，倚靠在墙上，打开床头灯。如果西格伦还没准备好去警察局，那该怎么办？因为她的荣誉依然叫忠诚，她不想背叛任何人吗？他必须去吗？不是因为警方知道发生了什么，发生了也就发生了，而是因为阿克塞尔是个危险分子？如果西格伦不想自首，他会把她交给警方吗？

三点钟，他索性起床了。他走进厨房，开始收拾，摆好早餐餐具，把水和咖啡放进机器里，一切都在静悄悄地进行着，以免吵醒在厨房上方房间里睡觉的西格伦。他还把客厅收拾了一番，尽管他知道厨房和客厅的秩序不能替代他脑海里缺失的秩序。他给员工们写了一封电子邮件，说他今天不去书店了。他把阳台门敞开着，发觉空气里有着春天和煦的讯息，他走了出去。离天亮尚有一段时间。连鸟儿都还在沉睡着呢。他听到阳台下灌木丛中在窸窣作响——一只老鼠、一只兔子或一只松鼠吧。他侧耳谛听夜晚的其他声响，孤独的脚步声，愈来愈近又愈来愈远，一条街外的汽车声，一条狗的吠声。

阳台门径直敞开着，他在扶手椅上睡着了，然后从垃圾清运车的吵闹声中醒来。快到七点了。报纸上还没有什么消息；新闻报道了对区议员汽车的未遂袭击，左翼背景的一名大学生死亡，左翼和右翼的暴力冲突；警方尚未逮捕任何人。这意味着叛徒知道将要发生这次恐吓性的袭击，但不知道谁会发动袭击，也不知道伊尔姆特劳德、阿克塞尔、耶尔格和赫尔穆特已经躲藏起来。保卫这辆汽车的人中是否有人拍下了袭击者的照片？西格伦只字不提拍照的事。在黑暗中拍摄的照片上她和其他人会被认出来吗？他们是乘坐轻轨或者地铁抵达和逃离的吗，那么车站的视频录像会导致他们身份被确认继而遭致逮捕吗？

当卡斯帕尔坐在早餐桌旁喝咖啡时，西格伦静悄悄地走下楼梯，在早餐桌旁坐了下来。她很沮丧。“你一定听到消息了。有报道说是谁干的吗？”

“只提及他是一名大学生，来自左翼。”卡斯帕尔给她倒上咖啡。“你要去警察局吗？”

“我想我知道那个告密者是谁了。蒂莫。说话不着边际，尽说空话；他是什么样的家伙，他做过什么，他天不怕地不怕的，没有人把他当回事。我们应该把他赶出去。我们原以为他是心地善良的人，因而没有对他采取行动。不过我们几乎从不带他出去。我们不希望他把事情搞砸了。”

“你认为他会去警察局吗？”

“他不想让警方插手。我们应该知道我们需要他。如果没有他，我们会被揍上一顿。对我们发觉他是告密者，他也没有考虑过。”西格伦三思后说道，“但或许他也不是那个告密者。或许在来自左翼的那个家伙再次让人关闭我们的酒吧之后，其他人已经料到我们会做些什么。”

他没有再问她是否会去报警。他问她打算做什么。她想最好在他这里待上一段时间。她本想从伊尔姆特劳德那里拿走她的东西，但如果警察在那里等她，尽管这种概率很低，但一旦发生这样的情况，那么伊尔姆特劳德会对这一切怎么说，会怎么说阿克塞尔和死者，而西格伦，她该说什么，又如何对待阿克塞尔？她的东西并不重要，只是那些地址里面有卡斯帕尔的地址，可没有人看到她来找过他，如果警察来了，他说她不在他家里，警察不会马上搜查他的公寓。

“我希望你能和律师谈谈你的情况。仅限于你们之间谈。你应该知道你的处境。”

“我不是告密者。我不会到警察局去的。他们不会背叛我，我也没有背叛他们。”

“假若蒂莫真的和其他人谈过话，其他人会向警方举报蒂莫，而且正如你描述过的那样，蒂莫会向警方自首。注意听听律师会说些什么吧。你做好准备。”

“那是不是意味着我暂时可以待在你这里？”

“你必须离开那里，西格伦。你先得考虑一下，我明白。但如果你想在那里继续参与活动，而只是想藏匿在我这里的话，那么我就跟这些没有任何关系了。那你走吧。”

她看着他，他从她脸上看到了如释重负，但也看到了固执己见。如释重负是因为有了拖延的时间，固执己见是因为她不想做告密者吗？她咬了咬下唇。她什么时候习惯这个动作了？这意味着她没有安全感，还是她内心退缩了？

“我给律师打电话，请他今晚吃饭。我们是老朋友。然后我去买点东西——你需要东西吗，你想要什么？”

他记下了她想要的东西以及数量。她陪他走到门口，搂住他的脖子，在他脸颊上亲了一下。“非常感谢，外公。”当他还在楼梯间时，她追上他。“头发褪色剂——能给我带一瓶褪色剂吗？”

三

卡斯帕尔不再喜欢为自己购物了。各种各样的商店，那里的空气，那里的音乐，那里的漫无头绪，脱衣和穿衣，照镜子，在收银台前排队等候——他都很讨厌，他希望直至他去世，他拥有的那些西装和外套还能过得去，除了偶尔穿上一件套头衫、一条灯芯绒裤子、一件衬衫、一双鞋子，最好是所有的东西都有两套，衬衫要有四五件。但为西格伦购物给他带来快乐，他也很乐意购置他认为她很想用来做饭菜的食材。他回到家打开房门，听到了低沉的钢琴声。西格伦在三角钢琴的琴弦上盖了一块布。

“我已经有半年没弹过琴了。我很想弹琴，现在才意识到究竟有多想了。”在厨房喝茶时，西格伦说起高中毕业后的那个夏天，她曾带孩子们去了但泽[①]和柯尼斯堡[②]，但对那一切早已感到了腻烦：风土人情、歌谣、服装，关于土地、王国、荣耀的闲言碎语，父亲呢，他终于拥有了自己的农庄，却还是忍饥挨饿、吝啬小气，而母亲呢，她既尊重他又鄙视他，或者只是一味地害怕他。西格伦告诉他们她要走了，她走了，搬到了伊尔姆特劳德那里，做过服务生和清洁工，她不在乎怎样挣到钱，只要她和女孩们男孩们一起走上街头战斗，表明不是所有的一切德国人都能容忍的，他们不能容忍政客，不能容忍记者，不能容忍土包子，尤其不能容忍“安提法”组织。他们殴打毒害我们孩子的毒贩，毒贩们知道警察也不喜欢他们，所以没有去报警。有一次，他们把一只燃烧瓶当作手榴弹扔进水烟吧；西格伦所在的那批人马以为是另一批人马干的，阿拉伯人本应互相残杀，但不知何故他们却没有。西格伦知道卡斯帕尔会谴责她所做的一切，她说的时候感到有点不好意思了。与此同时，她又感到很自豪，当她谈到汽车被烧毁时，她的眼睛在闪闪发光。

“除了死一个人，你们还达到了什么目的？”

“我们纵火烧毁了那些记者的汽车，但他们夸夸其谈，并没有被吓住。不过相信我，如果你的车在家门口被烧毁，你就不会忘记了。你应该看看那个场景。”

“那个死者呢？”

“是的，死者……”卡斯帕尔担心她会如是说，有所得必有所失，或者说，铤而走险者自取灭亡。可她低下了头，一声不吭，虽然不再哭泣，但坐在那里，依然和前一天晚上一样满脸不高兴。

“你认为阿克塞尔可以获得自由吗？”

“我不知道他昨天发生了什么事。”

“曾经发生在他身上的事，可能会再次发生在他身上。我们必

---

① 现波兰格但斯克，德国旧称但泽。

② 现俄罗斯加里宁格勒，德国旧称柯尼斯堡。

须阻止他。你必须阻止他。”

“他想保护耶尔格。”

“这样全世界都能看到不是所有的一切德国人都能容忍了吗？你们并不是在关心政治。哪里着火了、爆炸了或者斗殴了，你们就欣喜若狂。”卡斯帕尔显得怒气冲冲。他不想再顾及西格伦的感受了，他不在乎她是否感到劳累或者想要退出了。“你们常常出口伤人很多——不是也没有得偿所愿吗？你们枪杀了一个人，好让耶尔格不被打死吗？你们是多么娇生惯养、可怜悲催的生物！你们想让德国再次伟大吗？你们和‘安提法’组织的成员战斗，玩着你们想玩的愚蠢游戏，但任何游戏都有限度。阿克塞尔是祸害，祸害应该被清除，他应该蹲班房，或许应该去看病治疗，而不是到大街上寻衅滋事。他可不能携带枪支到处乱跑。他就像喝醉了酒一样，你说过他还想重出江湖。你们其他人不再开枪杀人了吗？你们只是殴打了尼日利亚的毒贩，让他意识到他在德国不受待见吗？你以为他不知道这一点吗？而那些记者——对，他们不会忘记，如果我的车在家门口着火了，我也不会忘记。然后呢？你以为那个记者因此就从另外一种角度写文章了吗？或者他就不敢再写文章了吗？你以为因为我销售了非法书籍，你们放火烧了我的车，我就会不再销售图书了吗？这是多么愚蠢的事，西格伦！生活在别处。生活就是音乐和工作。上大学读书、教育孩子、治病救人、建造房屋或举办音乐会——你很聪明，很坚强，可以有所作为。谁也收回不了东普鲁士和西里西亚。德国不会变得更大，但也并没有太小，也不会排斥外国人。是需要他们的，否则还有谁愿意摘芦笋、酿葡萄酒、杀猪呢？如果你父亲的农庄正在经营，他需要一个雇工，而只找到了一个外国人，他就会用他。此人必须像其他所有人一样学习德语并遵守法律，但如果他这样做了，他的问题在哪里？无论一个人是德意志本族人，或者只是德国人，或者是外国裔的德国人，无论婚礼是在草地上还是在教堂里举办，或是犹太人在婚礼帐篷里踩碎玻璃杯[1]——那又怎样？就让他们过他们想过的生活吧，让他们生活吧。”他的突然发作使他感到很尴尬，但他很受用。他在西格伦的脸上寻找赞同或者深思，但在他能读懂她的表情之前，她便低下了头。

他在等待反应。任何一种反应。等待一种“我不知道”的反应。这并不是如你所说的那种反应。你并不明白。你无法理解。可你说了很多。你还从来没有说过这么多，外公。我得好好考虑一下。或许也有异议：其他人有棒球棒和铁链，但她没有，或者她的父亲永远不会雇用外国人，或者德国未必是一个十足富裕的国度。但她只是坐在那里，低着头，双手放在桌上，好像那是一架钢琴，她刚刚中断了弹琴。等他几乎再也忍受不了她的沉默，她才抬起头来，看到购物袋里的褪色剂，拿到手上，站起身来说道：“我……那我去弄头发了。”

---

① 犹太婚礼习俗：婚礼仪式的最后，新郎要用右脚踩碎一只玻璃酒杯，据说是对公元70年耶路撒冷圣殿毁灭的纪念。

四

她从浴室里出来，头上裹着毛巾，坐在三角钢琴前，毛巾一直还湿漉漉的。虽然最近半年没有再弹过琴，但她之前一定练得很多。她弹得不错。她先从那本曲谱集里练了几首曲子，然后开始学习莫扎特《A 大调钢琴奏鸣曲》的各种变奏，不放过每一次差错，专注于自己感到困难的地方，也不遗漏觉得容易的地方，一次又一次地停顿下来，卡斯帕尔在隔壁房间里看不到她在做什么，只能想象她不是用手指而是在脑海里弹奏旋律。

他当年弹奏过这个主调，却在对付这些变奏曲时翻了跟斗。这些变奏曲仍在他耳边萦回；碧尔吉特很喜欢它们，练习数月，直至旋律从她的指缝间流畅地流出。这些变奏曲还无法从西格伦的指间流畅地流出。但她不仅力求流畅，而且关注演绎的谨慎和柔和，有时稍带犹豫地弹奏，之后才变化旋律，赋予变奏很大的柔和度，让第四变奏没有痛苦地悲鸣，让第六变奏没有胜利地欢呼。这让卡斯帕尔很感动。他不禁想起他们的狗从他们伸出的手上叼起一小块奶酪或者香肠，动作轻柔，小心翼翼，不让它的牙齿伤害到他和碧尔吉特的手。西格伦也开始练习过门；她不想把各种变奏简单地并列在一起，而是要作为整体演奏。她对应该如何弹奏整个乐章有了概念，卡斯帕尔对这一点要比对她的技术进步更为高兴。他本想忙忙订单和发票的事。然而，他倾听了西格伦的琴声，对她的演奏感到高兴，对她误入歧途感到悲伤。

律师过来时，他们刚好一起做了饭，准备好了饭菜。一位上了点年纪的绅士，剃着光头，蓄着小胡子，挺着小肚子，问候卡斯帕尔和西格伦，将卡斯帕尔视为老朋友，将西格伦视为年轻女士。她看起来也是如此，加上红色的头发和绿色的衬衫裙，卡斯帕尔正因为她的红色头发才选择了这条衬衫裙，比起他晚上一起拿过来的牛仔裤和T恤衫——她称之为“T恤衬衫”，西格伦更喜欢这条衬衫裙。她不安地看着他。

卡斯帕尔告诉律师他听到了什么新闻，律师打听了一下情况。“安提法”组织的那些男孩认为他们认出了一个人，但不是凶手，而是另外一个人，警察并没有跟律师说出被审问者的名字，这个被审问者则声称什么都不知道，而且还有不在场证明。律师说，光这些还不够，不过还有弹道检测、附近轻轨站和地铁站的视频记录，当时附近的人都要接受问询，要核实他们的不在场证明，现场的密探们正在观察情况。然后律师听取了西格伦的报告。

“如果检察官获悉此事，他会指控你和其他人共同谋杀。他会如愿以偿吗？他会说，由于你带走了携带手枪的阿克塞尔，你赞同并接受了他开枪杀人的可能。你会说你认为阿克塞尔不可能携带手枪。他们会相信你的话吗？”他停顿了一会儿。“如果你告发枪击者，对他身上携带手枪、他开枪杀人感到恐惧，那么很有希望这不过是一起纵火未遂，仅仅做出缓刑的处罚。如果不是……你害怕了吗？你不告发凶手，因为你担心自己的性命？如果你的陈述具有说服力……”他又停顿了一会儿。“我不必告诉你我会建议你做什么。这样的事情迟早会败露。你不欠枪手任何东西。如果你从一开始就清楚地表明枪手有着自己的计划，那么其他人就会从虎口中脱险了。”

西格伦从一个人看向另一个人，没有安全感，却还固执己见，想义无反顾地独立做出决定，不需要任何人，既不需要任何人的建议，又不需要任何人的帮助。卡斯帕尔从她的眼神里看出，她也不知道自己该做出什么决定。独立，这对她来说很清楚，但这个决定需要一个内容，她没有，而她觉得如果接受了建议和帮助，那独立就无从谈起了。她该怎么办？律师已经这么说了，这样的事情迟早会败露。不过也许这种事不会被发现吧。她可不想成为告密者！她咬着下唇，站了起来，好像下了决心，又坐了下来。

晚饭后，她和两个男人待在一起，喝着红酒，凝神细听。他们像老朋友一样谈论过去。碧尔吉特组织过示威活动，因为多次未予申报而受到审判，律师为她辩护。“她很执拗。我喜欢她，但她没有让我的工作变得轻松。她不会让任何人变得轻松。”

“真的吗，外公？”

“她肯定不会让你轻松的。我没有权利教育你，她本来是有这个权利的。她在你母亲面前想必不会有安全感，因为她弃她而去。但在你面前不会。”

在入睡之前，她想知道是否可以看一看他曾经提到过的碧尔吉特的笔记。他答应考虑一下。他坐在她的床侧，想着在警察对伊尔姆特劳德查无所获之后，西格伦实际上又可以回到伊尔姆特劳德那里，他想知道她为什么没有过去。她离开伊尔姆特劳德的世界了吗？她找到她自己的世界了吗？她只是过得太舒服了，不想深更半夜再去克罗伊茨贝格了吗？她是不知道应该以什么样的面目出现在伊尔姆特劳德面前吗，留着红色或黑色头发，下身穿着黑色或蓝色牛仔裤，上身穿着他带给她的彩色T恤衫？

“当所有的一切过去，你想如何开始自己的生活？”

“我不知道，外公。你以为我没有想法。我是有想法的。你的朋友谈及工作的事很有趣。我们中有些人不得不一次又一次地站在法庭上。但是，我知道这个琴声听起来不对劲，因为我已经有半年没弹过琴了，但这是真的——我最喜欢弹钢琴。我想一直弹钢琴，直至不想弹为止。我还从未这样做过。在家里，我不得不停下来，因为我必须干点什么，要帮忙做点什么。到了你这里，我又不敢弹琴，因为你，因为你的邻居。我把我的电钢琴带来就好了，戴上耳机就不会打扰到任何人了。”她悲伤地笑了。“伟大的钢琴家们四五岁就开始弹琴。你觉得纽约的茱莉亚音乐学院怎么样？我看过这方面的介绍，这就是我想去的地方。但录取率只有百分之五，而要想被录取，仅仅会弹奏莫扎特的《A 大调钢琴奏鸣曲》还不行，而且每年花费五万美元。”

四五岁——卡斯帕尔不知道，但可以想象，他也不相信能弹奏莫扎特的《A 大调钢琴奏鸣曲》就足以被录取了。难道可以吗？这首乐曲被认为很容易弹奏，但在莫扎特的家族里却属于特殊而沉重的奏鸣曲，考官会知道这一点。如果西格伦能以前所未有的方式弹奏这首乐曲，那该多棒呀！“明天你弹吧，想弹多久就弹多久。我得去书店；住在楼上的人去上班了，楼下的人也不会听见。还是我让你多睡会儿觉？”

她点点头，他播放了《月光奏鸣曲》的第一乐章，喊了一声“晚安”，她回了一声“晚安”。

他应该给她看碧尔吉特的笔记吗？在过去的两年里，他一遍又一遍地阅读笔记，有时很想写完它的后续部分。他不知道自己是否会成功，但是心想如果能完成碧尔吉特的小说并让其出版，她会感到高兴的。直至他明白已经没有什么好完成的了。他那么喜欢想象和讲述碧尔吉特如何寻找和找到斯维娅，但碧尔吉特想写的小说不会是这个样子。这部小说并不存在。碧尔吉特并不是真的想写它。她不想因为寻找和找到她的女儿，写下寻找和找到的故事来寻找自己、找到自己。她想接受自己是那个无法做到这一点的人，无法寻找，无法找到，无法写作。她失败了，不是因为写作。西格伦会理解吗？

五

他们一起吃过早餐，他就去书店了。她想打电话给伊尔姆特劳德，之后弹琴，直至弹不动为止。

可是十一点，她到了书店。当大门打开，空气进入，卡斯帕尔抬起头，看见西格伦进来，慌里慌张，不知所措，她没有向任何人打招呼，径直走到他跟前，说道："他枪杀了蒂莫！"说完在他面前站住，好像在期待他说一句话，或者做一个手势。

他带她走开，他们在送来的包裹存放和拆包的地方坐了下来，她将事情的来龙去脉告诉了他。她已和伊尔姆特劳德通过电话。蒂莫的女朋友发现了蒂莫，先报了警，然后给伊尔姆特劳德打了电话；她完全张皇失措了，哭着喊着，指责所有的人——凶手、蒂莫的朋友们，是他们没有帮助和保护他，指责邪恶的世界。她显然不知道其他人对蒂莫不信任，或许是他自己没有注意到这一点，或者是因为感到羞耻而隐瞒了这一点。对伊尔姆特劳德和西格伦来说毫无疑问的是，阿克塞尔认为蒂莫是叛徒，然后枪杀了他；他们理解他是如何想到这个主意的，但对他擅自行动感到不知所措。"他应该事先跟我们商量，我们可以说服他别动手。”蒂莫的女朋友并没有怀疑阿克塞尔。但由于他们没有为蒂莫辩护，她感到愤怒，她肯定说出了他的朋友们的名字，警方会传讯他们，一个一个地审问他们。警方会发现蒂莫和来自“安提法”组织的那个男孩是被人用同一把手枪枪杀的。

“蒂莫的女朋友认识你吗？”

“我们从未见过面。她一直置身事外，而我来这里才六个月。但她认识伊尔姆特劳德，知道那套合租公寓以及长住在那里的人。”

卡斯帕尔吃惊地发觉自己对两名受害者居然漠不关心。这应该区别对待吧，那两个年轻人虽然误入了歧途，但他们面前还有自己的人生要去度过，他们可以变得理智起来，做些合乎理性的事情。卡斯帕尔无法改变这一点，他们的死亡并没有触动他。他感到恼火的却是这个反复无常的杀人狂阿克塞尔，而和这种恼火连接起来的则是另一种恼火，西格伦居然在保护阿克塞尔，并且准备被阿克塞尔送上法庭，投进监狱。西格伦将在牢里待上几年，即使她可以拥有一台电钢琴——这毫无意义，这一切如此毫无意义，如此令人厌恶。

“你不能再等下去了。你得去警察局或检察机构，我们可以问问律师该找谁。我们也问问他是不是要陪你。一旦阿克塞尔继续到处乱跑，你不知道他还会搞出什么事来。”

西格伦想必知道，这件事没法说服卡斯帕尔，她自己也显得不自信了，但还是怯声怯气却又执拗逞强地说道：“对阿克塞尔来说，一切都结束了。现在他可以让人太平了。”

“那如果没有呢？你要对他仍在做的、你可以阻止却没有阻止的事情负责。你没有阻止蒂莫的死还不够吗？”

她哭了。眼泪再次从她的脸颊流下，她再次发出轻微的抽噎声。这次卡斯帕尔没有用手臂搂住她的肩膀。

“我知道，外公，我知道。也许……也许蒂莫还活着。这个叛徒。我知道我必须去。”但她没有站起来，她也没有要卡斯帕尔打电话给律师。“今天我弹钢琴。明天我会成为告密者，去开口说话。但不是今天。今天我要弹钢琴，直至弹不动为止。”她看到了他脸上的不快。“你可以把我赶出公寓。那我就不能弹琴了。但我不会因此早去警察局的。”

卡斯帕尔从口袋里拿出手机，打电话给律师。西格伦专心在听。是的，他会陪她一起去检察机构。她能在九点半到他那里去吗？他们首先应该详细讨论所有的一切。

西格伦点点头。她干坐着，卡斯帕尔也没有站起来。“你很勇敢，西格伦。你在做正确的事，尽管情非所愿，或许你能以其他方式渡过难关。你在解放自己，为了自己的生活。我无权说什么，但我为你感到骄傲。”

“我父母对这一切会说什么呢？”

六

这也让卡斯帕尔感到担心：即使不是现在，那么以后，西格伦的父母会说什么呢？父母对她还有多大的掌控力？她在多大程度上能摆脱他们获得自由？西格伦的父母是否将她与自治民族主义者相处的几个月视为放荡的时光，正如他们也曾有过放荡的时光一样，然后期望她冷静下来，回归种族生活，接管农庄，嫁给一名雅利安男子，和他生养许多孩子？这会成为西格伦的选择吗？不是现在，但如果她对生活感到失望了呢？他会帮助她：他打算送给她的钱足以支付茱莉亚音乐学院两年的学费，到另一所音乐学院读书就更是绰绰有余了。可是，假如成了一枕黄粱美梦呢？

卡斯帕尔没有陪西格伦回家。她可以独自一人练琴。但他也没法待在书店里。他去了公园。春天给树木和灌木带来了第一片淡绿色，孩子们在运动场上嬉戏，狗在草地上相互追逐，老人们坐在长椅上。世界一片祥和。周复一周，天气越发暖和，大地越发嫩绿，到处都是姹紫嫣红，在他早晚行走的小径上，他会再次嗅闻大地、树木和鲜花的芳香。

为什么西格伦就不可以上柏林这里的音乐学院呢？钢琴老师该知道如何做准备。既然她那么喜欢钢琴，又乐意练琴，卡斯帕尔无法想象她会通不过入学考试，假如今年夏天考不上，至少明年夏天能考上。她可以住在他家里，他们有时可以一起吃早餐或晚餐，有时可以一起去听音乐会，平常时间她可以过自己的生活，他不用管她。这不会使他感到很痛苦。当年碧尔吉特也在他身边过着自己的生活。

他和一对夫妇坐在一张长椅上。两位老人默默地坐着，她把手放在他的手上。这种事是否还能发生在他身上：和一个女人一起坐在长椅上，手拉着手，说着闲话或者默不出声？当他试图想象这一幕的时候，碧尔吉特就坐在他旁边，碧尔吉特，他一如既往地想念她，当他大清早起床而不必轻手轻脚，当他回到家却无法告诉她当日的所见所闻，当他吃饭时看着对面的空位置，当他睡梦中伸开手臂寻找她却找不到她的时候。但偶尔在入睡前，他意识到自己一整天都没有想到过她。有时甚至直至第二天早上他才想起她来。他想让她留在他的生活中。她却从他的生活中退出了。

他试图想象另一个女人坐在他旁边。两年前，他雇了一名学徒，那是一个阳光、能干的女孩，在和人打交道方面落落大方，在拥抱、触摸和依赖他人方面也表现得无拘无束。他喜欢她，她丰满的嘴唇和苗条的身材吸引着他，她向他求爱。可他既不想把年轻貌美当作战利品，也不想作为老板成为一名学徒的猎获物。

他觉得难以想象劳拉真的对他感兴趣，她真的爱他。这难道有错吗？因为她不再是一个女孩，而是一个年轻女人，而一个年轻女人首先就是一个女人吗？他不知道。不管怎样，他没有和她交往。

一年前，他做了一次体检，也做了一次血管检查。那位神经病科女医生比他年轻，但对他而言也不太年轻，正如对她而言他不太老一样，他从她的脸上能看出她喜欢他。她金发碧眼，嘴巴宽大，牙齿整齐洁白，虽然穿着白大褂，却依然显出迷人的身材。如果额头上没有皱纹，嘴角和眼睛周围没有笑纹，卡斯帕尔会觉得她的美丽会把人吓住。但她有皱纹，她微笑着走近他，承诺她是一个热情、有经验的医生。

她将装置放在他的脖子上，他听到血管里的鲜血流动的声音、脉搏跳动的声音、心脏跳动的声音。在看针式打印机的打印记录之前，她向他解释这些声音告诉了她什么。等到结束，她在他站起来之前把手搭在他的肩膀上一会儿。

他径直说开了。“我们能见面吗？一起吃个晚餐？抱歉我完全没有注意你是否戴着戒指，我不是经常这样和女人说话，事实上我从未这么做过。”在她平静地看着他的目光之下，他也显得平静了。“现在我看到你戴着两枚戒指。很遗憾你失去了丈夫，你爱过他，否则就不会戴两枚戒指了。我……可我说得太多了。我只想说，我很高兴邀请你共进晚餐。”

不错，正如他发觉的那样，故事就这样开始了，尽管他很笨拙，或者正因为他很笨拙，她就这样马上和他相识了，接受了他的邀请。第一顿晚餐既热闹又熟悉。但是接下来几周的热闹和熟悉并没有超越第一个晚上。他们两人都没有耐心去设身处地体会彼此愈积愈多的生活。这本该是他们要处理的事，但他们忍受的孤独之苦还不够，以至于恋情无疾而终。

他还能指望什么呢？比和西格伦共同生活所承诺的更多吗？不只是偶尔一起享用早餐或者晚餐？不只是偶尔一起欣赏音乐会？只是那样他就觉得心满意足了。再只要有萦绕整个公寓的琴声就好。

七

西格伦做好了饭菜，摆好了餐具。她轻松愉悦，仿佛因为这个决定，负担从她的身上卸下了，仿佛她获得了解放。她没有提及出了什么事，也没有提及第二天上午去检察机构的事。她采纳了他的建议。和钢琴老师聊一聊，反正又要在他那里上课，准备大学入学考试，住在卡斯帕尔家里——这可是多么美好的事啊。

“你知道我会让你随意来去，想干啥干啥。”

“是的，外公，我知道。我们会一起生活。我喜欢这样的日子，我会和你一起去欣赏每一场音乐会和每一部歌剧。我想了解更多的音乐。”

“你想过你父母……”

“我的父母，”她打断了他的话，“爸爸不会原谅我不想要农庄了。我必须要他想要的，否则任何一切都行不通。但他找到了一个种族人士接管农庄，并对此感到满意。只要种族定居能够顺利进行就好。妈妈的日子会艰难一些。她为农庄操碎了心，我想她有一个梦想：她住在她可以老死的地方，我和丈夫以及许多孩子住在农庄里，她可以像自己希望被宠爱的那样去宠爱他们。”

卡斯帕尔本想承担收拾餐具和清洗的活儿，但西格伦甚至都不要他帮忙。那天晚上，她想把所有的活儿都干了。

卡斯帕尔边喝浓咖啡边提及钱的事。“我觉得你应该得到最近几年我没有支付给你父母的钱，而且你本来就应该得到你自十八岁生日以来应得的那部分。那是十二万五千欧元。我要把钱转到你的账户上吗？还是你希望以分期付款的形式拿到钱？”

她摇了摇头。“我从妈妈那里得知，你说这些只是为了接近我们，接近我和她。我无权得到这笔钱。”

“无论出于何种原因，说了什么就要认账。我说你有权得到这笔钱，那它就是你的。”

“哦，外公，”她微笑着说，“我连银行账户都没有。当我有什么需要的时候，我会过来找你，足够支付茱莉亚音乐学院的费用太棒了，即使我上不了茱莉亚音乐学院，或许其他音乐学院的花费也会很多。”她想知道她是否应该说出她心里的其他想法，于是鼓起劲来。“当年那个夏天的庆典活动上，绳子和篝火的庆典活动，我看见你和我妈妈在一起。你们看起来相处得很好。你觉得你可以找机会和她谈一谈吗？”

他不知道该如何看待这个建议。“她不信任我。”

“我跟她说了，当年并不是你把书放到我的手提箱里。我没有和爸爸说这件事。我没能马上告诉她，而是在一年以后，她认为我不再见到你很好，但你没有欺骗他们也很好。”

“你时不时和她谈谈，不是更重要吗？”

“她会很高兴的。她一开始不想让你注意到这一点。但她会很高兴的。还有别的。你妻子写的关于她自己和我妈妈的文章——你说会考虑是否允许我看。我可以看吗？今天晚上？我想妈妈也会喜欢看的。”

为什么今天晚上？因为她做出了决定，决定结束旧生活，开始新生活，她想知道她的外祖母是如何从她的旧生活进入她的新生活吗？她想今晚彻底长大吗？当她坐在他对面时，她已经既严肃又自信了；她已经表达了坚定的态度，建议他和斯维娅谈一谈，要求他提供碧尔吉特的笔记，似乎她的要求他都没法拒绝。她把红头发高高地盘起，这总是让她看起来有点严肃，她的嘴让他想起了碧尔吉特的嘴，当她对自己有信心时就是这个模样。她有权看碧尔吉特的笔记吗？没有，但他答应过她不会把她一个人晾在一边，如果他不把笔记给她看，他觉得把她一个人晾在一边了。

他们站了起来，至少他陪着她清洗碗碟，为她准备好了笔记，在CD前站了很久，无法决定播放哪首曲子。她过来了，拿起巴赫的那张《G小调钢琴协奏曲》碟片给了他。“请你把整首乐曲播放一遍好吗？”她吻了他的脸颊。“你不必再上来了。”

八

十点，律师打电话给书店。西格伦在哪里？和检察官约定在十一点半见面，他们务必事先达成一致。卡斯帕尔回家去了，每走一步心里都更忐忑、更忧虑。这天他起得很早，站着喝完咖啡，早早出了门。他有点惊讶，居然没有看到西格伦，平时她比他起得早。但是艰难的一天在等待着她。

他没有穿过公园，而是穿过街道，多次奔跑起来，可惜坚持不了多久，只能在气喘吁吁、胸口刺痛中疾行。西格伦出什么事了？从陡峭的楼梯下到客厅的时候摔倒了吗？在地铁前摔倒了吗？碰到有人野蛮驾车或是酒后驾车了吗？他脚踩在人行道的石头上那么大声，但踩在楼梯间地毯上却听不到声音了，当他站在公寓里，不再喘气，也不再感到心跳时，整个空间一片静寂。他曾一度希望她就坐在钢琴旁，因为弹琴忘掉了一切，可他知道这种希望只是虚幻而已。他同样知道，当他高喊“西格伦”时，他听不到回复。

回家，寻找，从一个房间走到另一个房间，找不到她，最后发现她时她已经死了——那天晚上他发现碧尔吉特的一幕重现，他挪动不了步子了。他站在过道里，害怕走进厨房、客厅、餐厅或者她的房间，害怕去任何地方。他径自站住，一动不动。

电话使他摆脱了困境。律师想知道卡斯帕尔是否找到了西格伦。没有，卡斯帕尔结结巴巴地说，他还在找，他会马上给他消息。现在他从一个房间走到另一个房间，最后进了西格伦的房间。桌上有一封她写的信。没有信封，一页纸，正反面都写了字。卡斯帕尔拿起信，坐在床上读起来。

亲爱的外公：

我不能这么做。我知道应该把逃亡在外的阿克塞尔供出来，让他接受审判。但是伊尔姆特劳德、赫尔穆特、耶尔格和阿克塞尔是我们自己人，我不能背叛他们。我不是告密者。我不想再和他们有任何关系了。但我不能让检察官介入我们之间。我走了。

我知道你的公寓里有什么东西，你是知道的。你把钱和那张写着取款密码信息的纸条放在你书桌的小木盒里了；昨晚趁你睡觉时我从盒子里拿走了现金，又从你的钱包里拿走了信用卡。你可以冻结信用卡。但我不会把钱花在愚蠢的事情上，我会找到工作。反正信用卡九月份就要到期了。

昨天我说的话是真的。我想和你住在一起，想弹钢琴，想在一年后考上音乐学院。但我们的人是不会让我太平的，无论是好是坏，我的父母也不会放过我。你会尽你所能帮助我。但你能尽到多少呢？或许你认为我应该和我们的人和我的父母一起熬过这个难关。可是我为什么要这么做？昨天夜里我看了外婆的笔记，我理解了她的意思。有时我们必须承认我们有能力做什么和没有能力做什么。有时我们必须选择走为上计。

我爱你，外公。谢谢你的钢琴。我说的就是那架钢琴。也谢谢你的电钢琴，我要是没有把它放在洛门，现在就可以把它带走了。我会马上用你的信用卡买一台新的电钢琴。它不用很贵，我只要能把它放在行李箱里就行，就像小提琴手随身携带着小提琴一样。

哦，对了，我还拿走了你的行李箱，那个带轮子的黑色小箱子。我没有多少东西，这个箱子够大了。我还带了三本书路上看——你会看到是哪几本。

我已经明白你告诉我的一切。昨天我独自一人在家，听了肖邦、德沃夏克和拉赫玛尼诺夫的音乐。将来有一天，我想演奏拉赫玛尼诺夫的《第三钢琴协奏曲》。可我更喜欢演奏那首《A 大调钢琴奏鸣曲》，以任何人之前从未演奏过的方式。我知道怎么做。但我现在还不能，我还不敢。

祝我好运吧，外公。拥抱你！

西格伦

九

卡斯帕尔打电话给律师，律师请他过去。他应该告诉检察官什么？卡斯帕尔帮不上忙。他为西格伦所做的一切而纠结，她从他的生活中消失了，他的生活变得孤独，她只是做了自己不得不做的事，他希望她成熟和自由，现在她成熟了，也获得了自由，他的悲伤自有其道理，他需要时间疗治悲伤，但他只能为自己而不是为她感到悲伤。

律师没有注意听卡斯帕尔的问题。他想知道卡斯帕尔知道什么，了解到西格伦有关蒂莫的消息。他答应不向检察官提及西格伦。这段时间里，阿克塞尔和蒂莫周围的其他人一定会被警察盯上。律师仅限于提醒，在搜查阿克塞尔的房子时有可能会发现两个人被枪杀的武器。至于他从哪儿知道这一点，他秘而不宣。

该来的，还是来了。第二天晚上，律师得知阿克塞尔的房子遭搜查，将消息告知了卡斯帕尔。卡斯帕尔松了一口气，阿克塞尔不会再危及其他人了，西格伦也不再会对任何谋杀案负责。她的名字如果迄今为止没有被提及，那么将来也不会被提及，如果愿意，她可以回来，而不必害怕检察官——卡斯帕尔也为这事松了一口气。但这种轻松就像是确认了她已经离开的事实。

他还没有决定满足西格伦的愿望，也还没有和斯维娅谈一谈，她就贸然上他家来了。伊尔姆特劳德告诉斯维娅，西格伦不再和她而是和卡斯帕尔住在一起，因为斯维娅在公寓里没有见到卡斯帕尔，所以下午早早地她就赶到了书店。

他带她去公寓。在穿过公园的路上，她已经催促他说话了。“她在哪儿？她在做什么？她怎么样？”当他回答说不知道时，她生气了。“你为什么把她赶走？你对她做了什么？”这些问题让他很恼火，他不得不克制自己，以免做出粗暴的反应。他和她坐到最近处的长椅上交谈起来。

她认真听着，手里揉着手绢。“这是我们担心的事。这将导致自治派发生暴力冲突。比约恩说德国需要暴力才能觉醒，但这不是儿戏，而是革命，我们必须耐心。这可是他教给西格伦的。”

“为什么西格伦不想再和你们待在一起，而是到柏林来了呢？”

“小时候，她和比约恩就是这样，”她用中指围住食指，“当她走自己的路时，他就无法忍受了。”她笑了笑，“如果一切如我们想象的那样进行，她找到一个人，嫁给他，和他一起接管农庄的话，我担心嫉妒会把他逼疯。”她做了个无奈的手势。“我还能做些什么事情？”

“西格伦说你既崇拜比约恩，又鄙视比约恩。或者你只是害怕他。”

“西格伦瞧不起我们。是你教她的。我们没有受过教育，没有那么多书，没有音乐。钢琴，你会说它只是一架钢琴，但它不是来自我们，而是来自你，来自外部，它把一切都打破了。”

卡斯帕尔本想表示反对。但也许她说得对。因此他甚至没有谈及克拉科夫城的汉斯·弗兰克，也没有提起西格伦和他共度的那几个星期。西格伦在钢琴方面有自己的世界，但这个世界与她父母的种族世界无关。

“不，我不鄙视比约恩。我也不崇拜他。我也不害怕他。”她笑了。“你想知道那是什么吗？没有他，我会……我会无家可归，我会酗酒和吸毒成瘾，我不想向你描述我如何搞钱。不，要是我那样的话，我应该已经死了。多亏比约恩救了我这条命。我以前告诉过你，我可以信赖他，我可以相信他。多亏魏泽和他的妻子救了你一条命呢，你会这样想，尽管如此，我仍然不想再和他们有任何瓜葛。就出生、父母和孩子而言，这是另一码事。但我和谁说呢？你的妻子、我的母亲，她比任何人都清楚这一点。”

“西格伦觉得你站在比约恩一边而不是站在她一边吗？”

“不知道。”

卡斯帕尔无法想象。也许她不想知道这一点。伊尔玛·魏泽站在丈夫一边，而不是站在她一边，她也不希望像她那样。她不想使自己遭受责备，而从他的问题中可以听到这种责备。他不应该再问了。

“西格伦离开的前一天晚上，谈到了你。她希望你快乐。”他看着斯维娅，但从她的脸上看不出她是否快乐。“一旦有西格伦的消息，我们通个电话好吗？”

她摇了摇头。“我想我不会有她的消息。”

“但如果有消息的话……”他在考虑是否应该将西格伦的想法告诉斯维娅，他们可以聊一聊。自从认识斯维娅以来，他几次领教过她的谨慎和冷淡，也几次差点儿领教过她的信任。他不知道何以和她相处，不知道如何跟她接触，不知道如何与她交谈。他怕她。但他鼓起勇气。“我想再见到你。我和你，我们都爱西格伦，我们都想念她。顺便问一下，她的照片你可以寄给我一张吗？我不拍照片，我没有她的照片。”

斯维娅打开手提包，发现皮夹里有一张照片。照片上的西格伦，正是卡斯帕尔和她初次见面时的年岁，她站在一块岩石上哈哈大笑，穿着一件类似民族服装的节日礼服，头发和裙子在风中飘扬。“你可以留着它。”她站起来，“那我走了。”

十

卡斯帕尔原以为西格伦会消失得无影无踪，如果她不出声，他就不会知道她上哪儿去了。

但在下个月初，信用卡账单来了。西格伦飞到了澳大利亚，在悉尼取了款，住在一家旅社，在一家中国餐馆吃了几顿便宜的饭菜，还买了一台电钢琴。然后她乘坐大巴去了布里斯班。她找到可以在那里住下来的朋友了吗？她在布里斯班的一家旅馆里没有花任何钱，也没有提取任何与租金相关的钱款。偶尔在餐馆里吃上一顿饭，看得出不止一个人吃。这个月最后一周，她不再使用那张卡。

他月复一月地陪伴着西格伦，直至九月。她待在布里斯班，从一家慈善机构购买了旧家具，在超市里购买了床垫、食品加工机、书籍、乐谱和日常杂货。她很少取款，想必已经找到了工作；九月份，提款才有所增加，可能是因为她想为信用卡过期后的日子做些准备吧。他收到新卡很久了，但直至九月底，实在不能再晚的时候，他才激活新卡。

在澳大利亚的头几个月，斯维娅也陪伴着西格伦；每当一份新的账单到达时，卡斯帕尔会给她打去电话告知消息。她还又一次去了柏林，只是为了让卡斯帕尔告诉她，西格伦前往澳大利亚之前发生了什么事。卡斯帕尔从她那里得知，西格伦之前收到过和青年小组一起前往柯尼斯堡的护照，假如没有护照，她就无法飞往澳大利亚。她本应和德国土地联系在一起，却反而脱离了德国土地——斯维娅恼怒地笑了。她谈到了新农庄的许多工作，谈到了比约恩，他觉得被西格伦背叛了，不想再听到她的名字，并指责斯维娅，要她为碧尔吉特、卡斯帕尔以及西格伦的背叛负责。卡斯帕尔主动提出让她读读碧尔吉特的笔记，可是她拒绝了，她说她可以想象，她不必去读。

他们又坐在了公园的长椅上。斯维娅不想和卡斯帕尔一起去公寓，也不想去餐馆。她不想待很久。她一副心不在焉的样子，既没有因为西格伦的离开表现出悲伤，也没有因为她并不是生死未卜而是抵达澳大利亚且受到很好的关照表现出喜悦。她疲惫而郁闷。卡斯帕尔很是同情她，希望她和他能像西格伦希望的那样亲密无间，他用手臂搂着她。她并没有退缩，但也没有接受这个动作。她站起来，又一次说道："那我走了。"说完微微一笑，但微笑里没有承诺。

卡斯帕尔找了书看。他读了澳大利亚历史、澳大利亚社会、澳大利亚文学和绘画方面的书。澳大利亚也有印象派、表现主义以及诺贝尔文学奖得主，许多演员和音乐家都来自澳大利亚，澳大利亚是世界上最富有的国家之一，所有这一切都让他很感兴趣。墨尔本海德堡印象派创作了多少美丽的画作啊！那里还有多少生动而独特的当代小说啊！卡斯帕尔享受着阳光明媚的十月，整个中午坐在阳台上，手捧一本《澳大利亚概况》阅读，他觉得柏林和布里斯班之间的距离愈来愈小了。

在网上，他发现布里斯班有两所音乐学院，昆士兰音乐学院和昆士兰大学音乐学院。他确信明年西格伦会申请去读书，他会飞往澳大利亚，在其中一所音乐学院里找到她。如果他在布里斯班找不到她，那么就会在澳大利亚的其他音乐学院里找到她；那里还有十二所音乐学院，这些信息一目了然，她可以申请就读。若是恰好有一场大学生音乐会——他在柏林就可以了解到——他就会进去听。或者他会直截了当地问她在哪里上课，他很想进去好好听一听。门卫会说这可不行，否则人人都可以进来了，他会说他是她的外祖父，门卫就会微笑着把他带到他的外孙女身边。

图字：09-2022-0531 号

图书在版编目（CIP）数据

西格伦的选择 /（德）伯恩哈德·施林克（Bernhard Schlink）著；沈锡良译. -- 上海：上海译文出版社，2025. 3. -- ISBN 978-7-5327-9745-5

Ⅰ. I516.45

中国国家版本馆 CIP 数据核字第 2025111RY8 号

西格伦的选择 Die Enkelin	BERNHARD SCHLINK 伯恩哈德·施林克　著 沈锡良　译	责任编辑　周　冉 装帧设计　柴昊洲

上海译文出版社有限公司出版、发行
网址：www. yiwen. com. cn
201101　上海市闵行区号景路 159 弄 B 座
上海中华商务联合印刷有限公司印刷

开本 890×1240　1/32　印张 11　插页 5　字数 162,000
2025 年 3 月第 1 版　2025 年 3 月第 1 次印刷

ISBN 978 - 7 - 5327 - 9745 - 5
定价：75.00 元